El último paraíso

EL ÚLTIMO PARAÍSO

SERIE S.I.N. 1

K. Bromberg

TRADUCCIÓN DE
Eva García Salcedo

CHIC

Primera edición: septiembre de 2022
Título original: *Last Resort*

© K. Bromberg, 2022
© de esta traducción, Eva García Salcedo, 2022
© de esta edición, Futurbox Project S. L., 2022
Todos los derechos reservados, incluido el derecho de reproducción total o parcial.
Los derechos morales de la autora han sido reconocidos.

Diseño de cubierta: Taller de los Libros
Imagen de cubierta: Freepil - chajamp

Publicado por Chic Editorial
C/ Aragó, n.º 287, 2.º 1.ª
08009, Barcelona
chic@chiceditorial.com
www.chiceditorial.com

ISBN: 978-84-17972-84-4
THEMA: FRD
Depósito Legal: B 16441-2022
Preimpresión: Taller de los Libros
Impresión y encuadernación: Liberdúplex
Impreso en España — *Printed in Spain*

Capítulo 1

Sutton

—¿En qué piensas?

—¿Cómo? —le pregunto a mi jefa, distraída.

Presentarme así de cansada ante un nuevo cliente no es que sea la mejor estrategia para impresionarlo, pero, sin duda, ha valido la pena.

Roz me observa con socarronería e insiste:

—Te he preguntado que en qué piensas.

Lo de anoche se repite en mi cabeza.

Él entre mis muslos.

El fuego que sentí la primera vez que me la metió.

«Dime qué quieres» susurrado en mi hombro.

Cómo me agarraba las piernas.

Cómo me pasaba la lengua por la piel.

Cómo experimenté un placer que no había sentido jamás en mi vida.

Miro a Roz con cara de cervatilla asustada mientras me esfuerzo por contestarle.

—Pues… Es que…

—No estés nerviosa. —Me da una palmadita en la mano; cree que titubeo porque estoy preocupada, y no porque esté rememorando lo de anoche.

—No lo estoy.

Lo estoy.

Y no sé ni cómo tengo fuerzas para estarlo.

Pero cuando echo un vistazo al enorme vestíbulo, pienso «¿Cómo no voy a estarlo?». Me encuentro en la última planta de un rascacielos de Manhattan, a punto de reunirme con las personas que juzgarán mis aptitudes.

Y si a eso le sumas que las últimas veinticuatro horas han sido de vértigo, debería apellidarme Estrés. He discutido con mi mejor amiga, Lizzy. Roz me ha elegido por sorpresa para dirigir un proyecto. Clint ha roto conmigo de sopetón. Por primera vez en mi vida, he tenido un rollo de una noche, el cual, si os soy sincera, no deja de repetirse en mi mente en bucle horas después de despertar en la cama vacía de una *suite* de hotel.

—Sí que lo estás. —Me sonríe mientras me observa con sus gafas de montura negra—. Mira, sé que no tienes tiempo y que aún estás digiriendo los detalles que te he dado, pero estoy convencida de que vas a bordarlo. Y si no sabes algo, disimula hasta que des con la solución. —Me guiña un ojo—. Ya que te vas a meter en la boca del lobo, al menos finge que sabes aullar. Es lo que hacemos todos.

—Aullaría, pero te lo voy a ahorrar. —Me río por lo bajo y pienso en los documentos y las especificaciones que he leído detenidamente esta mañana, mientras me bebía mi expreso de un trago. Recemos para que recuerde lo justo de los detalles importantes y suene convincente. Por suerte, dispondré de tres días y un largo vuelo para memorizar el resto de pormenores.

—Lo harás bien. Recuerda que los socios no son tan intimidantes como parecen en un principio. Tú sonríe todo el rato y mírame si necesitas que te eche una mano.

Deduzco que se refiere a los hermanos Sharpe, de Sharpe International Network (o S.I.N., que es como la secretaria ha llamado a la empresa mientras hablaba por teléfono cuando hemos entrado). No obstante, una vez en su oficina, las palabras de Roz son todo lo contrario de lo que me dijo ayer. Ayer me aseguró que los socios eran unos perfeccionistas redomados; justos, pero exigentes. Asiento a regañadientes. No es que pueda hacer otra cosa: ya no hay escapatoria.

—Ah, solo para que lo tengas en cuenta, son...

—Ya pueden pasar —dice una asistente impecablemente vestida mientras se acerca a nosotras. Sus tacones repiquetean sobre el suelo de mármol blanco.

—Gracias —decimos Roz y yo, que nos levantamos y la seguimos. Me fijo en la costura de su falda de tubo en un intento por aplacar los nervios que me devoran.

Puedo hacerlo.

«Hazlo por ti, Sutton».

Las palabras de Lizzy se repiten en mi cabeza, lo que me confirma que estoy haciendo lo correcto, a la vez que la asistente abre la puerta gigante que da a la sala de juntas. Roz entra primero, y yo, después.

—Caballeros —dice Roz a modo de saludo mientras se aparta para que vea bien a los socios.

Mis pies trastabillan.

Mi corazón se detiene.

Y mi mandíbula se desencaja.

«Mierda».

En la otra punta de la mesa, está sentado el hombre que anoche estaba pegado a mí —dentro de mí, encima de mí—. Entonces, miro al hombre de su lado y, mierda: son iguales. Gemelos. ¿Va en serio? «Estás estresada. Es el cansancio». Tomo aire con brusquedad y miro al tercero, que vuelve a la mesa tras ir a por un café.

«Me cago en todo».

No puede ser verdad.

Son clavados, trillizos idénticos. Los tres guapísimos hasta decir basta. Y los tres me miran fijamente.

Juro por Dios que no tengo ni idea de a cuál de los tres pertenece el aroma que todavía huelo y el sabor que aún paladeo.

—Hola —dice el del medio, con su camisa blanca almidonada y su llamativa corbata roja. Esboza una sonrisa torcida que es en parte afectuosa y en parte, burlona—. Perdona. ¿No te lo ha dicho Roz? Sabemos que da un poco de yuyu entrar y vernos a los tres.

—Perdón. Sí. —Al lío. Niego ligeramente con la cabeza y añado—: Hola. —Trago saliva como puedo mientras intento no ponerme roja—. Soy Sutton Pierce. —Los miro a los ojos uno a uno; me cuesta hablar. No tengo claro si quiero ver un brillo de reconocimiento en alguno de ellos o no—. Encantada de conocerlos.

El de la derecha se ríe entre dientes, lo que me llama la atención. Lleva una camisa gris oscuro con el botón de arriba desabrochado y las mangas enrolladas. Me llaman la atención sus musculosos antebrazos y sus manos fuertes. Su pelo es un poco más largo que el de sus hermanos. Me fijo en sus dedos y me pregunto si fueron esos los que un segundo me dejaban sin aliento y al otro me hacían gritar.

—El placer es nuestro. —Me mira a los ojos cuando levanto la mirada. Y no aparta la vista.

«¿Será él?».

Me vienen imágenes de anoche a la cabeza, y me paralizan. Me veo de rodillas mirando sus ojos ambarinos, con su polla, grande y dura, en mi boca. Recuerdo cómo se mordía el labio inferior mientras me penetraba, cómo me hacía cosquillas con sus rizos mientras me lamía entre los muslos. Cómo me... hizo sentir: como nunca imaginé que lo haría.

Las escenas se reproducen como una película en mi cabeza.

Una película que no puedo parar.

Estoy excitada, confusa, perpleja.

Muy, pero que muy jodida.

Y todo eso sucede mientras estoy ahí de pie, siendo juzgada por los hombres que tengo enfrente.

—Sentaos —dice el hermano de la izquierda. Me fijo en su camisa blanca, su chaleco gris oscuro y su corbata amarilla. Tiene los mismos ojos, la misma sonrisa y el mismo pelo.

Y tiene un vaso del Starbucks delante.

Tiene que ser él. ¿No?

«Olvídate. Actúa normal. Como si uno de ellos no hubiera dejado el listón tan alto que ya no quisieras estar con ningún otro».

—Gracias —murmuro, y me siento junto a Roz mientras soy plenamente consciente de que uno de esos hombres me está desnudando con la mirada. Tengo que hacer un esfuerzo hercúleo para no mirarlos uno por uno hasta recordar sus rasgos más peculiares y averiguar con cuál me lie. O para esconderme debajo de la mesa y morir de vergüenza.

En cambio, me centro más de lo que cualquier ser humano debería en sacar mi libreta y mi boli del bolso para tomar notas.

—Soy Fordham Sharpe —dice el del chaleco y la corbata amarilla—. Llamadme Ford. Este es Ledger. —Señala al hermano del medio, el de la corbata roja—. Y este es Callahan. —El chico sin corbata y con la camisa gris oscuro levanta la mano y asiente.

—Luego habrá una prueba —dice Callahan, lo que hace que lo observe. Nos miramos a los ojos un instante. «¿Eres tú Johnnie Walker?».

—No te preocupes —dice Ledger, y me saca de mi aturdimiento—. Cuanto más tiempo pases trabajando para nosotros, más capaz serás de distinguirnos. Somos muy diferentes, en serio.

Callahan resopla.

—Es que es el pequeño —nos explica Ford, que sonríe con suficiencia mientras Callahan pone los ojos en blanco—. Intentamos no tenérselo en cuenta.

Los tres sonríen y juro que hasta Roz, a mi lado, suspira al contemplar tanta belleza junta.

—¿Os parece si empezamos?

Capítulo 2

Sutton

Hace veinticuatro horas

—A las diez. Discoteca Coquette.

—Abriéndonos al mundo, ¿eh? —la chincho. La discoteca Coquette es el lugar de moda, pero el pase VIP solo se consigue si conoces a alguien importante o lo eres tú—. ¿Cómo te vas a hacer con las entradas, o los pases, o lo que se necesite para entrar?

—Puede que esté saliendo con uno de los gerentes.

Alzo las cejas ante un hecho típico de Lizzy. Siempre se junta con la gente adecuada en el momento adecuado. Atrae la suerte y la prosperidad como un imán.

—¿Y bien? ¿Te apuntas? Hace siglos que no vienes a una noche de chicas.

—No puedo —susurro al móvil mientras me asomo por mi cubículo, en un rincón al fondo de mi oficina, para cerciorarme de que no me oye nadie. O de que no ven el mohín que he hecho en respuesta a la pregunta de mi mejor amiga.

No debería haber cogido el teléfono. Y menos con lo tensa que se ha vuelto nuestra relación en los últimos meses.

—Cómo no —murmura Lizzy, que suspira con resignación. Se parece mucho a mi estado de ánimo últimamente.

—¿A qué viene eso?

—A que ¿cuándo fue la última vez que la lapa de Clint se despegó de ti? ¡Por el amor de Dios! Es una noche de chicas. No te deja ni a sol ni a sombra, ¿o qué?

—Lizzy, eso no es así.

—Sí lo es, Sutton. El capullo puede salir y divertirse todo lo que quiera, pero, para sorpresa de nadie, tú no puedes porque a lo mejor te necesita de repente. Él puede aceptar ascensos y escalar puestos, pero en cuanto a ti te da por hacer lo mismo, te hace dudar de tu potencial y rechazas oportunidades similares. Joder, que hasta te ayuda a elegir los vestidos que llevar a sus eventos y, una vez allí, te humilla públicamente pregonando a los cuatro vientos que has escogido mal. —Lizzy emite un sonido de frustración a la vez que me empiezan a escocer los ojos por las lágrimas.

Sabía que me arrepentiría de desahogarme con ella el mes pasado. La llamé en un momento de frustración y debilidad y, ahora, lo estaba usando en mi contra. Cómo no.

La parte de mí que desea aferrarse a ella en busca de apoyo cede al impulso de defender a Clint y a mi dignidad.

—Estoy trabajando. No puedo hablar de esto ahora.

—Siempre tienes una excusa para no hablar del tema; para defenderlo. —Hay un deje suplicante en su tono, pero finjo que no me doy cuenta—. Tía, mírate: en tu trabajo lo petas a diario. Y, casualmente, es la única faceta de tu vida en la que no interfiere ni tiene poder.

—Lizz...

—No quiero ofenderte, pero es que no te das cuenta. —Al ver que no contesto, suspira con pesadez—. Sé que lo quieres, pero esto no es amor. Esto es control mezclado con una obsesión por empequeñecerte para verse más grande él.

—Eso no es verdad —susurro sin una pizca de convicción.

—Le ha arrebatado la chispa y la personalidad a mi mejor amiga, y ya no pienso consentirlo. Me he pasado los dos últimos años de brazos cruzados viendo cómo te desvanecías mientras él tiraba más y más fuerte de los hilos con los que te maneja, y no lo soporto más. Prefiero cargarme nuestra amistad diciéndote la verdad que dejar que te conviertas en una sombra de la chica que sé que eres.

—Te he dicho que no puedo hablar de esto ahora.

Y, sin embargo, no cuelgo.

Ni siquiera lo intento.

Porque sé que tiene razón. Nada de lo que me ha dicho es nuevo para mí. Es más, son las cosas que me repito una y otra vez. Cosas en las que he pensado bien entrada la noche, cuando Clint ha salido y yo me he quedado sola en casa. He llegado al punto de reconocer que nuestra relación no es sana. Que nuestras charlas sobre casarnos y compartir un futuro no son más que eso: charlas. Soy consciente de que no puedo seguir así eternamente y, sin embargo…, aún no soy lo bastante fuerte para poner pies en polvorosa.

«¿O sí lo soy?».

La idea me sacude. La verdad que hay en ella me deja sin aire mientras Lizzy me calienta la oreja.

¿Tanto me ha doblegado? ¿Tanto como para anteponer sus necesidades a mi bienestar? ¿Tanto como para que su frase estrella de que se hundiría sin mí haya calado hasta el punto de que me dé igual quién me mantiene a flote a mí?

Pero yo erre que erre con lo mismo.

—Lizzy, me necesita…

—Ni se te ocurra decirme que estaría hecho polvo sin ti —empieza—. Que ya es grandecito y puede cuidarse solo. Te ha manipulado tanto que crees que si algún día lo dejas, se desmoronará. Pues ese es su problema, no el tuyo.

—No es tan fácil como crees. —Me da vergüenza hasta pronunciar esas palabras; a mis veintipico años debería ser más madura. Lizzy sabe que estoy de deudas escolares hasta las cejas, pero no que apenas tengo ahorros y que no puedo vivir sola en Nueva York.

Me estremezco.

Esa no es razón para vivir con Clint.

Madre mía. ¿Por eso sigo con él?

—Sé que no es fácil. Es más, sé que es chunguísimo, porque te ha arrebatado gran parte de tu esencia y te ha lavado el cerebro para que creas que no puedes hacerlo.

—Vivimos juntos. No puedo coger y dejarlo y…

—Sí puedes, Sutt. Puedes coger y dejarlo. Ya te he dicho que puedes quedarte conmigo hasta que las cosas te vayan mejor. La oferta sigue en pie.

—Gracias —le digo en apenas un susurro, pues su voz resuena en mi cabeza y ahoga al miedo asfixiante que se ha apoderado de mí más de lo que me gustaría admitir.

Es raro saber qué debes hacer —qué quieres hacer—, pero que te corroan la culpa y la vergüenza por no poder hacerlo.

—Echo de menos a la amiga que se subía a la barra del bar a bailar conmigo, la que me llamaba a las tres de la mañana para ir a comer helado porque se había quedado trabajando hasta tarde y me echaba de menos. Echo de menos tu risa y tu sentido del humor. Jamás le perdonaré que te haya arrebatado eso de ti. Vamos, que te echo de menos, Sutt.

Toso para que no se me escape el sollozo que estoy conteniendo mientras salgo escopeteada del despacho y voy a esconderme al baño para recuperar la compostura.

—Lizz… —Mi hipo resuena en la estancia vacía decorada con azulejos. Echo el pestillo y agrego—: Sigo aquí, sigo siendo yo. Sigo…

—Y yo sigo queriéndote.

Sus palabras duelen demasiado; no puedo oírlas.

—Tengo que colgar.

Con la espalda apoyada en la puerta, me deslizo hacia el suelo y dejo que me caigan las lágrimas y me embargue la emoción.

«Tiene razón».

Tiene razón, y estoy aterrada. ¿Será este momento, este instante, la gota que ha colmado el vaso?

La cuestión es: ¿quiero yo que así sea?

Se me humedecen más los ojos mientras me siento de cualquier manera y me concedo un segundo para autocompadecerme. Y unos cuantos más para aceptar lo que Lizzy ha puesto sobre la mesa.

Me llega un mensaje al móvil.

Lizzy: ¿Estás bien?

Yo: Lo estaré.

Lizzy: Te quiero. Solo quiero lo mejor para ti.

Me sorbo los mocos. Veo la pantalla borrosa por las lágrimas. Me las limpio con el dorso de la mano, respiro hondo y, entonces, tecleo la pregunta más dura que he formulado en años.

Yo: ¿Cómo lo hago?

Lizzy: Poco a poco. No estás sola. Empieza haciéndote un favor hoy, solo uno. Prométemelo.

Yo: Te lo prometo.

Miro la pantalla, mi promesa, mientras me caen las lágrimas y mi determinación se endurece.

«Un favor».

Puedo hacerlo.

«Poco a poco».

Me recompongo, me levanto del suelo y me seco las lágrimas de las mejillas con papel del baño, y solo entonces me doy cuenta de que el concepto de aceptación entraña poder. De que una vez que aceptas las verdades de las que huías, empiezas a tener poder sobre ellas.

—¿Estás bien?

Echo un vistazo rápido a Melissa, mi compañera de cubículo, y asiento.

—Sí. Es que la alergia está haciendo de las suyas.

—¿Seguro? —Me mira más de cerca y le sonrío. Ocultar mis ojos hinchados no haría más que aumentar sus sospechas.

—Sí. Me da de vez en cuando. —Me encojo de hombros como si no hubiera estado llorando como una Magdalena mientras me cuestionaba mi vida—. ¿Qué pasa?

—Venía a por ti. Roz quiere verte.

Me quedo a cuadros y digo:

—¿A mí? ¿Por qué?

Roz nunca quiere ver a asesores adjuntos a no ser que se hayan metido en un lío o vaya a echarlos. ¿Me habrá oído alguien mientras estaba en el baño? ¿Me habrá visto atender una llamada personal en horario laboral? ¿Estaré…?

—Ni idea, pero, yo que tú, no la haría esperar.

Al momento, estoy sentada en el palacio de cristal al que Roz, la dueña de Resort Transition Consultants, llama despacho. Sus ventanas del suelo al techo se jactan de mostrar Manhattan, pero, en realidad, dan a otro rascacielos vecino. Me seco el sudor de las manos en los pantalones de vestir y rezo para que no se dé cuenta de que me acaba de dar un bajón y que no se crea que tengo los ojos rojos por beber en jornada laboral o algún disparate del estilo.

Roz, sentada enfrente, me observa con su jersey negro marca de la casa, sus gafas de montura negra y su pelo cortito y moreno a juego.

—Nos acaban de proponer un proyecto de última hora.

—Qué guay —digo. Aunque por dentro gruño porque ya estamos abarcando demasiado.

—Pues sí, sobre todo porque este cliente es de un nivel superior. Ya solo las comisiones valdrán la pena, pero la fama y la reputación que obtendremos por formar parte de este proyecto son de un valor incalculable. —Roz sonríe. Si no fuera porque me tiene delante, se estaría frotando las manos y contando la pasta que le lloverá—. Lo único malo es que se espera que estemos al corriente, al pie del cañón y en sus oficinas en cinco días.

—Vale —digo para participar en la conversación, pues, aunque me encanta trabajar con Roz, no hay nada que le guste más que el sonido de su voz.

«Pero ¿cinco días? ¿Estamos locos o qué?».

—Hace poco, nuestro cliente adquirió una propiedad en las Islas Vírgenes que está haciendo aguas. Es un sitio magnífico, pintoresco y precioso, pero tiene problemas.

—Como todos.

—Ahí es donde entramos nosotros. —Sonríe pletórica—. Nos han contratado para que evaluemos los daños y que los dueños hagan que el resort brille con luz propia.

«¿Y nos dan cinco días para prepararnos? ¿En serio?».

Aunque un resort en las Islas Vírgenes… Lo que daría yo por romper con la rutina y dedicarme en cuerpo y alma a mi trabajo mientras soluciono mis problemas personales.

—Es una oportunidad estupenda para RTC.

—Y aún no sabes lo mejor. —Me hace un gesto con la mano para indicarme que ella sí—. ¿Quién rechazaría trabajar unos meses en el paraíso? Joder, yo misma me encargaría del proyecto si pudiera, pero no puedo marcharme con la que tengo aquí montada.

—Entonces… —Intento adivinar qué me está pidiendo sin hablar—. ¿Quieres que ayude a Gwen a tenerlo todo listo porque está liada con las propiedades de los Rothschild? —pregunto en referencia a la asesora principal; esa a la que me asignan en casi todos los proyectos. Y cuando digo que me asignan quiero decir que yo hago todo el trabajo y ella se lleva el mérito.

—Esta vez, no.

—Entonces, ¿qué necesitas?

Mueve unas cosas de su mesa y vuelve a mirarme a los ojos cuando dice:

—Sé que estoy perdiendo el tiempo, pues ya me has comentado que no te sientes preparada para asumir un cargo superior al de asesora, pero te lo preguntaré de todos modos. ¿Te interesa el proyecto, Sutton?

—Claro que sí. Como te he dicho, te ayudaré en lo que pueda.

—Lo sé, pero no es eso lo que te estoy preguntando. —Sonríe y añade—: ¿Te gustaría dirigir el proyecto?

Por un segundo, la miro boquiabierta.

—¿Dirigir, dirigir?

—Sí, dirigir, dirigir. Liderar el proyecto. Ser la asesora principal, la que toma las decisiones junto con los clientes.

—¿En las Islas Vírgenes?

—Ahí es donde está el proyecto, sí.

Carraspeo. Me empiezan a sudar más las manos y se me acelera el pulso.

—Eres consciente de que nunca he trabajado en un proyecto de este calibre y menos lo he dirigido, ¿no? —Solo proyectos de bajo presupuesto y escasas inversiones. Proyectos que no incluyen un resort con fondos ilimitados o que requieren diez veces más experiencia de la que tengo yo—. A ver, que no dudo de que pueda hacerlo y de que satisfaga a nuestro cliente, pero es muy arriesgado adjudicarme el papel de líder.

—Soy consciente. —Asiente y sonríe para tranquilizarme—. Pero también sé que algún día vas a tener que aprender, y quizá haya llegado el momento. Nada te enseñará más que ponerte a prueba. Todo lo que he aprendido en este negocio ha sido gracias a que me he visto obligada a salir de mi zona de confort.

Olvida que mi falta de experiencia dejará en ridículo a RTC como meta la pata y tire por la borda la gran oportunidad que supondría trabajar con este cliente.

—Si el cliente es tan importante, ¿cómo es que no se lo pides a algún asesor principal? Yo encantada de ultimar algún proyecto que tengan entre manos.

—Porque nuestro cliente ha solicitado un diseñador entregado que se centre únicamente en su proyecto y nada más que en su proyecto.

—Vamos, que es exigente.

—Cuando se es tan exitoso como ellos, puedes ser lo que te dé la gana. ¿Por qué cambiarías, cuando la gente mataría por mencionarte en su porfolio?

Miro a mi jefa con cientos de preguntas rondándome por la cabeza. ¿Por qué yo? ¿Y si fracaso? Y si, y si, y si... Y, sin embargo, sé que no me lo habría pedido si no confiara en mí y en mis habilidades.

—Y la segunda parte de mi respuesta —dice al ver que no voy a hablar— es que creo en ti, Sutton. No solo aprendes rápido y eres ingeniosa, sino que he estado siguiendo tu trabajo. Gwen siempre me dice que eres muy entregada y que aportas mucho a sus proyectos, y creo que ya va siendo hora de que te des cuenta de todo el potencial que tienes. Obviamente, el proyecto incluye un aumento, alojamiento en el resort y la posibilidad de obtener un ascenso tras su conclusión. —Nos miramos a los ojos fijamente—. No te lo digo para presionarte para que aceptes. Lo último que quiero es que accedas por obligación y luego lo lamentes, porque figurará en tu expediente, pero, a su vez, si sigues rechazando ofertas, no prosperarás en RTC. —Me obsequia con una sonrisa tierna y alentadora mientras a mí me corre la adrenalina por las venas—. ¿Y bien? ¿Qué me dices?

«Hazte un favor hoy».

Recuerdo la última vez que Roz me pidió que me propusiera nuevas metas. El montón de excusas que puse para no hacerlo, no fuera a ser que ascendiera más rápido que Clint en su carrera. Recuerdo que me dijo que lo mejor era que no aceptara el proyecto para no ponerme en evidencia a mí, a la empresa y, sobre todo, a él. Asimismo, recuerdo que aquella noche lloré en la ducha para que no me oyera, con la sensación de que me había defraudado a mí misma, y que intenté justificar todo aquello, en vano.

«Ya va siendo hora de que te des cuenta de todo el potencial que tienes».

Madre mía. ¿Cómo me he podido tratar así? Si soy un hacha en mi trabajo.

El pulso me taladra los tímpanos y me envalentono más con cada segundo que pasa. Miro a Roz y sonrío.

—Sí, me interesa mucho…

Roz se queda atónita al oír mis inesperadas palabras.

—¿En serio?

Temblorosa, tomo aire y asiento.

—Sí. Quiero aprovechar la oportunidad. —«Poco a poco»—. Me da un miedo atroz, pero estoy preparadísima.

—Todo lo bueno de la vida asusta un poco. Es la forma de saber que estás viviendo de verdad.

Hace dieciocho horas

—¿Sutton? ¿Cielo? —dice Lizzy al verme plantada en su puerta, con las maletas a los pies y cara de desamparo.

—Tenías razón —susurro apenas mientras miro fijamente a mi mejor amiga. No digo nada más pero, aun así, sabe qué hago ahí y qué necesito exactamente. Me conduce al interior de su casa y me abraza fuerte.

—Todo irá bien —murmura una y otra vez en un tono que me reconforta. Por primera vez en mucho tiempo, siento que respiro de verdad—. Cuéntame qué ha pasado.

Procedo a contarle que Roz me ha hecho una oferta, que he aceptado el puesto para hacerme un favor, tal y como le prometí, y que Clint se ha puesto como un basilisco cuando he vuelto a casa y le he contado que he aceptado la oferta.

Le digo que al principio su tono ha sido tranquilo y sereno, aunque hiriente, y que creía que solo necesitaba tiempo para hacerse a la idea. Dios, si hasta lo he invitado a venir a las Islas Vírgenes conmigo y trabajar a distancia. Pero cuanto más demostraba la ilusión que me hacía el proyecto, más furioso se ponía él. Hasta le ha pegado un puñetazo a la pared de yeso y me ha humillado con sus insultos; su rabia y su mezquindad eran innegables.

Y, tras la tormenta, una calma gélida.

—*Nunca serás nada sin mí, Sutton.* —*Su semblante excesiva-
mente sereno resultaba inquietante—. Y ambos lo sabemos. Pero
si estás tan empeñada en fracasar, adelante, vete. Solo acuérdate de
que cenamos con mi jefe el viernes que viene, así que procura estar
de vuelta para entonces. Te vas a enterar como me avergüences.*

—*Se acabó, Clint* —*repito por décima vez (o eso me parece)
en diez minutos. ¿Cómo no había percibido esas amenazas veladas
antes? ¿Por qué siempre lo he obedecido, en vez de plantarle cara?*

Su sonrisa es burlona. Su ceja alzada cuestiona mi seriedad.

*Mi única reacción es meter todo lo que pillo en mi maleta.
Estoy demasiado alterada, demasiado herida para hacerla como es
debido y coger lo necesario, pero no puedo vacilar. Si dudo, Clint
atacará y aprovechará para demostrar que no voy en serio.*

Que no hemos terminado.

—*Volverás. Es imposible que sobrevivas tú sola sin tenerme
ahí para guiarte y corregir tus constantes errores.* —*Me mira de
arriba abajo y niega con la cabeza con asco—. Pero prepárate para
arrastrarte.* —*Se ríe entre dientes—. Te va a costar caro darte
cuenta de que soy lo mejor que te ha pasado en la vida.*

—Es como si, por primera vez, hubiera visto sus gestos con
claridad, oído sus palabras de verdad. Como si estuviera viviendo el momento desde tan lejos que por fin veía lo que
llevas viendo tú todo este tiempo —concluyo, y niego con la
cabeza—. Su necesidad de controlarme, de infravalorarme, de
hacerme encajar en un molde para su uso y disfrute.

Lizzy me aprieta la mano y asiente. Nos hemos sentado
juntas en el sofá.

—Y te has ido.

Asiento y digo:

—Le he dicho que lo nuestro se había acabado, que habíamos terminado y... —Me encojo de hombros—... he hecho
la maleta, he conducido un rato y he llegado aquí.

—¿Y cómo te sientes, ahora que has tenido tiempo para
pensar?

Tuerzo los labios y trato de experimentar alguna emoción. Debería sentir algo, ¿no? Debería tener ganas de gritar y chillar y arrearle a algo después de romper con el hombre con el que llevo dos años, pero lo único que siento es agotamiento. Un agotamiento puro y duro.

Bueno, no, miento.

Distingo otra emoción.

—Aliviada. —Miro a mi mejor amiga y sonrío ligeramente—. Siento un alivio inmenso, nada más.

—Pues eso ya te lo dice todo.

Es cierto.

Estoy convencida de que en algún momento lamentaré la pérdida de quien antaño era mi mundo. ¿Pérdida de qué? No lo tengo claro, pues los buenos recuerdos han sido tan escasos estos dos últimos años que me cuesta evocar alguno que no sea yo cediendo a algo por Clint o mordiéndome la lengua por distintos motivos.

Me hundo en el sofá, echo la cabeza hacia atrás y cierro los ojos para disfrutar del momento.

Un momento que había visto venir hacía tiempo, pero para el que no había reunido el valor para llevarlo a cabo.

Una cosa está clara: hace mucho que corté con Clint, es evidente por mi indiferencia y mi falta de estupor. Lo de hoy es el colofón final a algo que sé que debería haber hecho hace mucho. Una vez leí que las mujeres cortan con sus parejas emocionalmente mucho antes que físicamente. Y para muestra, un botón.

Soy yo reivindicándome.

«Lo he hecho».

«Al fin lo he hecho».

Me detesto por haber tardado tanto.

Hace quince horas

Me planto en la puerta del baño y miro a Lizzy pasarlas canutas para ponerse las pestañas. Su maquillaje es perfecto, su peinado es impresionante y el vestido centelleante y ceñido que se pondrá a continuación está colgado en un rincón. Sus lentejuelas crean prismas de luz que se reflejan por toda la estancia.

—Qué calvario debe de ser ponérselas —murmuro a la vez que señalo las pestañas que sostiene entre los dedos.

—Le acabas cogiendo el tranquillo. —Se gira y me tira de la mano para que entre en el baño—. Va, que te las pongo.

—Qué desperdicio, ¿no crees?

—Pues ven con nosotras y no será un desperdicio —me dice mientras me aprieta los brazos—. Sé que no estás pasando por tu mejor momento, pero igual una noche de chicas y un poco de terapia entre cócteles te animan.

—No sé —murmuro—. ¿Y no quedará…?

—¿Y no quedará mal que salga y me desmelene después de estar tanto tiempo reprimida? —Lizzy pone los ojos en blanco con aire teatral—. Pues claro que no. La gente lo hace a diario. Venga, ponte algo y vente conmigo. Tengo un vestido que te sentará fenomenal. Y si en cualquier momento te apetece irte, cogemos y nos vamos. —Me da un abrazo rápido con las pestañas de un ojo puestas y las del otro, no—. Sutton, es válido querer sentirse viva.

Capítulo 3

Sutton

Hace doce horas

La discoteca Coquette es todo lo que promete: pija, selecta y agobiante. Gente asquerosamente guapa se pasea de una mesa a otra en el reservado VIP del que se ha adueñado Lizzy. Suena música, un ritmo bajo y sordo que no resulta pesado, dado que la pista de baile está en la otra punta del bar, en una zona separada.

La iluminación es tenue y las conversaciones se reducen a un murmullo bajo de gente coqueteando, socializando y relajándose tras un duro día de trabajo.

Y luego estoy yo. Un poco piripi, pasándomelo bien en un extremo de la barra, esperando a que se acerque el camarero para pedirle otra copa.

Me vibra el móvil en la mano y le echo un vistazo mientras suspiro con resignación. No sé si quiero que sea Clint, ya que así, al menos, sabría que me echa de menos, o no lo sea, pues eso demostraría que yo tenía razón y no le importo.

—Yo no lo haría si fuera tú —dice alguien a mi izquierda.

—¿No harías qué? —replico por impulso, sin mirarlo. Paso del mensaje que no he leído y me centro en él.

Él, el hombre tremendamente atractivo —tremendamente todo— que se halla a escasos centímetros de mí. Me topo con unos ojos ambarinos que rezuman diversión mientras me observa. Tiene las pestañas negras, la mandíbula cuadrada y unos labios hechos para pecar (no me hace falta probarlos para saberlo).

Debo de parecer tonta mirándolo boquiabierta sin mediar palabra, deleitándome con su camisa oscura y arremangada que exhibe unos antebrazos *sexys* y unas manos fuertes.

Vuelvo a mirarle el pecho y los hombros anchos, paso por sus labios, que dibujan una sonrisa medio chulesca, y lo miro a los ojos de nuevo. Alza las cejas como si me preguntara si me gusta lo que veo.

—Contestar a ese mensaje —responde, al fin, una vez que sabe que tiene toda mi atención.

—¿Y eso por qué? —Me vuelvo hacia él y apoyo la cadera en el borde del taburete. Es… bello, a falta de un adjetivo mejor. Bello. En mi vida he considerado a un hombre bello.

«¿Qué narices hace hablando conmigo?».

—Porque un hombre que te escribe en vez de estar aquí contigo no merece tu tiempo.

—¿Y tú sí?

Da un trago a su bebida sin dejar de mirarme a los ojos por encima del borde de la copa.

—Eso aún está por ver, ¿no?

Resoplo y pongo los ojos en blanco.

—Sin ánimo de ofender, pero creo que te equivocas de chica. —Le habré dado calabazas, pero eso no quita que me lo esté comiendo con los ojos. No tengo claro si es la iluminación del local o él en general, pero irradia un aura que hace que quiera acercarme a él y comprobar si es real.

—¿Y eso por qué?

—¿Qué te pongo? —nos interrumpe el camarero.

—Un Tom Collins —digo, y le dejo un billete de diez dólares en la barra.

—Otro Johnnie Walker Blue —dice el hombre de mi lado a la vez que levanta la copa.

—Gracias, pero no necesito que me invites.

—Lo sé perfectamente —dice. Me devuelve el dinero y sustituye el billete por uno de veinte—. Pero nada me satisfaría más.

«¿Que nada le satisfaría más? ¿Quién habla así, hoy en día?».

—Gracias —murmuro.

—Bueno, Tom Collins. —Otra vez esa sonrisilla—. ¿Cómo es que me equivoco de chica?

—Verás, Johnnie Walker, te aseguro que sea lo que sea lo que estés buscando, no soy yo.

Me da un repaso largo y lento; me mira con tanta intensidad que me arde la piel y, entonces, asiente de manera casi imperceptible y dice:

—Ahí es donde discrepamos.

Me río a medias y niego con la cabeza.

—Me alegro de que pienses así, pero fijo que las mujeres caen rendidas a tus pies casi a diario y…

—Es cierto. Es un trabajo chungo, pero alguien tiene que hacerlo, ¿no? —Sonríe de medio lado y con arrogancia, pero es una sonrisa tan deslumbrante que te deja sin aire.

¡Me cago en todo! ¿Por qué me parece tan *sexy* su soberbia? ¿Por qué su rostro impasible y las palabras que salen de su boca me remueven las entrañas? Pero es su risita, esa que retumba en el vértice de mis muslos, la que me hace sacudir un poco los hombros.

—Qué mono, pero lo siento, no soy de las que suplican. Además, no me interesas nada.

«¿Quién narices es esta tía?».

—¿Es un desafío? —pregunta mientras me lanza una mirada helada que me paraliza y una sonrisita de suficiencia asoma a sus labios.

—Es un hecho.

—Todo el mundo suplica. Si te gusta…, suplicas.

—Qué sutil. Seguro que te las llevas a todas con esas frasecitas.

Otra risita. Un trago deliberado que me indica que quizá haya dado en el clavo. Aparta la vista y vuelve a mirarme.

—Shhh. —Se inclina más hacia mí y baja la voz—. No soy de los que revelan sus intimidades.

—¿Por qué yo? —pregunto.

—¿Por qué tú, qué?

—¿Por qué me invitas a mí en vez de a alguna de esas? — Miro a las distintas mujeres que esperan en la barra.

—¿Importa?

—Sí.

—Por Betty Bradshaw.

—¿Betty qué? —Me río.

—Betty Bradshaw. Cuando íbamos a tercero de primaria le compré Twinkies en vez de Ding Dongs, y me dejó. Me rompió el corazón.

—Yo habría hecho lo mismo —le digo para chincharlo—. Todo el mundo sabe que un Ding Dong es mejor.

Su cara de desdén, combinada con la mueca que intenta disimular por la tontería que acabo de soltar, hace que me crezca la sonrisa.

Sí, acabo de decir que un bollo de chocolate relleno de crema es mejor que un hombre *sexy*.

Johnnie carraspea.

—Que conste que Betty me partió el corazón, ahí, en mitad de la cola. Me dijo que prefería a Jimmy Rodgers porque él sí le había regalado Ding Dongs y no Twinkies.

—¿Y te importaría decirme qué tiene que ver eso con que me hayas invitado a una copa?

—Nada de nada. —Esboza una sonrisa jovial—. Pero se me ha ocurrido que, a lo mejor, te retenía aquí un rato más, así que tenía que intentarlo.

—Conque astuto y atractivo.

—Una combinación difícil de superar. —Choca su copa con la mía y agrega—: Deberías probarla.

No puedo hacer otra cosa que no sea negar con la cabeza y sonreír mientras bebo. ¿Esto es tontear? ¿Está tonteando conmigo?

Es raro y emocionante y, sin embargo, he cortado con Clint hace unas horas. No debería estar ligando. Debería estar…

—Insisto, Collins —murmura con toda la calma del mundo—. ¿Por qué me equivoco de chica?

Observo al hombre que me incomoda en el mejor de los sentidos. Soy consciente de que lo último que me conviene ahora mismo es quedarme aquí coqueteando con él, y que el mejor modo de evitarlo es siendo totalmente sincera. Un mujeriego como él saldrá por patas en cuanto se dé cuenta de que está ante una mujer emocionalmente inestable.

—Porque acabo de romper con mi novio. Solo me liaría contigo por despecho, y todos sabemos cómo es eso.

Johnnie no se inmuta y dice:

—Turbio, complejo, pasajero. —Se encoge de hombros, con suficiencia, como si estuviera dispuesto a arriesgarse—. Liarse por despecho puede acabar bien.

Vaya, me ha salido el tiro por la culata.

«¿Y por qué me alegra que haya sido así?».

—O puede ser un desastre —repongo.

—No si eliges a la persona adecuada.

—A ver si adivino. Te gusta ser esa persona por lo que has dicho de que sería algo pasajero. Sin compromiso y sin apego.

—Por eso y por los polvazos.

—¿Debo asumir que eso es lo que echas tú? ¿Polvazos?

—Digamos que, claramente, contribuyo a la causa —contesta sin el más mínimo pudor.

—No hay duda de que tienes la autoestima muy alta.

—No es culpa mía que las mujeres estén tan desatendidas. Digo yo, si un hombre no sabe tocar el cuerpo de una mujer, ¿puede considerarse un hombre?

Resoplo y pongo los ojos en blanco.

—Me dirás que no tengo razón. ¿Acaso tu ex se preocupaba por tus necesidades tanto como tú por las suyas? ¿El sexo con él era una obligación y no algo que desearas?

Sí. Grito la palabra en mi cabeza mientras pienso en Clint y en lo aburrido que era el sexo con él. Me tumbo, separo las piernas, gimo y finjo que llego al orgasmo. Él gime también y se quita de encima. Entonces, en cuanto su respiración se regulaba y sus suaves ronquidos se oían por todo el dormitorio, me planteaba si valía la pena molestarme en acabar la faena. En general, no.

Aunque, bueno, a lo mejor siempre había sido un rollo. Quizá al principio estuviera tan enamorada de él que pasé por alto lo patata que era en la cama. Y luego, a medida que la animosidad se acrecentaba, acabé participando más que disfrutando.

—Ajá —dice por toda respuesta, pero parece más un «Sabes que tengo razón»—. ¿Cuánto llevabas con él?

—Dos años.

—¡La madre que me parió! ¿Dos años con la misma persona?

—Veo que no te va la monogamia.

—No lo diría así. —Se encoge de hombros, sin mucho afán, y cambia el peso de un pie al otro.

—No hace falta; lo has dado a entender.

—Haces muchas conjeturas —murmura. Coge una gota que está a punto de caérseme de la copa con el dedo, se lo lleva a los labios y se lo chupa.

Se me van los ojos a su lengua. Joder, cualquier mujer sobre la faz de la Tierra se fijaría.

—Pues como habrás hecho tú de mí.

—¿Y qué conjeturas crees que he hecho sobre ti? —Lo empujan por detrás y da un paso hacia mí. Huele a aire fresco y a calle. Es un aroma muy suave, pero eso no impide que me atraiga.

Más o menos, como él.

—Pueees… que soy facilona, que estoy tan desesperada porque me hagan caso que he venido a un bar a ver si encuentro a alguien que me preste atención. —Frunzo los labios y lo miro mientras pienso en qué más decir—. Seguro que estás rezando para que me guste Starbucks para llevarme allí por la mañana.

—¿Starbucks? —Está tan perplejo que ríe como si tosiera—. Ahí me he perdido.

—Por si olvidas cómo me llamo. Como seguramente me convierta en otra de tantas que han pasado por tu cama, es probable que no recuerdes mi nombre. Así es el camarero el que me lo pregunta para ponerlo en el vaso y no tú, y tú quedas como un señor.

Johnnie me mira estupefacto, pero su sonrisa me cautiva y la diversión que rezuma su mirada hace que quiera que siga haciéndome caso.

—¡Ostras, qué genio!

—Gracias.

—¿Y te gusta? —inquiere.

—¿El qué?

—Starbucks.

Este hombre tiene algo que me envalentona, que hace que esté a gusto. Que me cambia ligeramente. Me acerco más a él y le susurro al oído:

—Soy de las que se toman un americano con doble de azúcar, pero dudo que olvides el nombre Collins.

«Aprovecha que lo has dejado pasmado y para. Puede que estés que te sales con lo de tontear y hacerte la misteriosa, pero no durará eternamente. En nada, volverás a ser la bobalicona torpe y patosa de siempre, así que aprovecha que llevas la delantera y huye mientras puedas».

Con eso en mente, doy un paso, tropiezo con algo —seguramente mis pies; es la manera que tiene el universo de decirme que no me lo crea tanto— y me caigo encima de Johnnie. La mano se me va al paquete un segundo antes de casi estamparme de morros en su hombro.

No dejo que eso pase: me apoyo en su entrepierna y me impulso hacia atrás. Johnnie gruñe y hace una mueca y, mientras me enderezo, me maravillo de no haber derramado ni una gota y trato de asimilar el tamaño exacto del bulto que tiene bajo el pantalón.

Me pongo como un tomate. Prefiero mil veces darle un lingotazo a mi copa que mirarlo a los ojos.

—Joder. —Se ríe entre dientes—. Si querías examinar el género, no tenías más que pedirlo.

Esta vez se merece que ponga los ojos en blanco. Es que, o hago eso, o me muero de vergüenza.

—Tienes que currarte más las frases para ligar.

—Y tú las conjeturas.

Nos miramos a los ojos; nos aguantamos la mirada; nos medimos con la mirada.

—Me dirás que me equivoco —salto, de pronto a la defensiva—. Que no has venido a pillar cacho. Que no quieres pasar un buen rato con alguna que esté dispuesta, que no piensas que soy una presa fácil.

—¿Una presa fácil? ¿Tú? Lo dudo mucho. —Niega rápidamente con la cabeza, pero sus ojos me dicen que tiene interés.

Un interés que me gusta y que, a su vez, me confunde.

Todo esto es nuevo para mí. Extraño. Que me tiren la caña en una discoteca. ¡Que me guste que me tiren la caña en una discoteca!

El deseo en general.

¿Qué narices hago ahora?

«Vive un poco. Disfruta de la sensación de sentirte atractiva y deseada».

Los nervios hacen mella en mí a la vez que mi fanfarronería decae.

—Y que conste que estoy en la ciudad por trabajo. He pensado que estaría bien tomarme unas copas y relajarme un rato antes de reunirme con mis socios mañana.

—Asumo que no te caen bien.

Frunce los labios un segundo y contesta:

—Es complicado.

—¿No lo es todo? —Desplazo el peso de un pie al otro—. Gracias por la copa. Un placer, Johnnie. Suerte con tus socios mañana y, lo que es más importante, suerte en tu búsqueda de un ligue al que llevar al Starbucks por la mañana.

—¿Qué gracia tiene eso, Collins? —Se acerca un paso más.

32

—Sé que no estás acostumbrado a que te rechacen, pero sí, he venido con mi amiga a celebrar que vuelvo a estar soltera y que me han ascendido. Me voy a seguir de juerga con ella.

—¿Te han ascendido? Qué guay. Enhorabuena. —Choca su copa con la mía.

—Sí, gracias. Están ahí. —Señalo la zona VIP: Lizzy es el centro de un corrillo de tíos. Johnnie los mira y, luego, vuelve a mirarme a mí.

—Pues vete a celebrarlo.

—A eso iba.

—Pues venga.

—Ya voy.

—Entonces, ¿por qué no te mueves?

«Porque no quiero moverme».

Debería querer moverme. Debería querer alejarme de los hombres y estar traumatizada por lo que le he permitido a Clint hacerme…, pero estoy muy a gusto tonteando. Me gusta tanto ver a un hombre mirarme con deseo. Me pone tanto que… no quiero moverme.

«¿Y bien?».

Me entra el pánico.

Un pánico puro y duro.

«¿Quién va a estar contigo si me dejas? No le parecerás atractiva a ningún otro».

—Me voy —anuncio—. Ya.

Con los nervios a raya, paso por el lado de Johnnie y me dirijo a la primera salida. Con cada paso que doy, le ruego desesperadamente a mi cerebro que deje de repetir las crueles palabras de Clint. Tras salir por la puerta, agradezco el súbito silencio, el aire fresco en la cara y la inmediata distancia que he interpuesto entre ese hombre, que me aturulla de formas que no he experimentado jamás, y yo.

«Hace dos años que no coqueteas, Sutt. Es normal que estés nerviosa y desconcertada y no sepas qué sentir».

Respiro hondo.

Respiro hondo y despacio.

Echo un vistazo al callejón en penumbra y observo a la gente ir de un lado a otro a escasos centímetros de mí. Aprovecho el momento de paz para recobrar la compostura y dejar de sentirme estúpida por huir de Johnnie Walker.

—¿Qué haces? —mascullo para mí. ¿Qué mujer huye de un hombre así? ¿Por qué no me permito disfrutar de algo un poco prohibido y desmelenarme tras dos años de yo qué sé qué?

«Vuelve a entrar, Sutton».

Te mereces un premio por el ascenso de hoy.

«Vuelve a entrar. A ver qué te depara la noche».

Mereces vivir algo emocionante después de tanto tiempo sin sentir nada.

«Hazte otro favor».

Me río de mí misma. Por lo visto, ese es mi nuevo lema. Respiro hondo para reunir valor y hacer algo del todo inusual e inapropiado. ¿El problema? Que cuando voy a abrir la puerta, descubro que está cerrada con llave. Está claro que no quieren que se cuele cualquiera sin pagar.

Estoy a escasos metros de la entrada delantera de la discoteca Coquette cuando se abre la puerta de golpe.

—Collins. —Me vuelvo y veo a Johnnie, ahí de pie, enmarcado por la luz del portón que se cierra a su espalda. Se me pone la piel de gallina—. No te vayas.

Salva la distancia que nos separa y se planta justo delante de mí. Me pongo fanfarrona de nuevo y digo:

—Creía que no suplicabas.

Gruñe de la forma más *sexy* que he oído en mi vida, me estampa contra el muro que tengo detrás y me da el beso que lleva deseando toda la noche.

«¡La madre que lo parió! ¡Qué bien besa!».

Capítulo 4

Sutton

Hace nueve horas

El cuerpo me arde —cada músculo, cada terminación nerviosa, cada centímetro de piel— cuando nuestras bocas se funden, nuestras lenguas se saborean y nuestros dientes mordisquean. Si creía que los besos que nos hemos dado en el callejón de la discoteca y en el taxi de camino a su impresionante *suite* en el The Mark eran alucinantes, estaba subestimando seriamente el talento de este hombre.

Que no me queje. Para nada.

Pero ahora, mientras me agarra del culo y entramos en su apartamento dando tumbos, tan solo pienso en que quiero más. Lo quiero desnudo. Quiero que me llene, quiero que me folle.

Este deseo tan intenso es nuevo para mí, y pienso disfrutarlo hasta el último segundo.

Doy gracias al alcohol y a lo desinhibida que me vuelve cuando nos quitamos la ropa con movimientos bruscos y rápidos. Mi vestido. Su camisa. Mi sujetador. Sus pantalones. Los mandamos lejos de una patada o los tiramos por ahí, sin pensar y sin dejar de besarnos. Nuestras manos se ponen a explorar.

De inmediato, llevo las mías a sus hombros robustos y recorro con ellas su tableta; no la veo debido a la penumbra, pero noto hasta la última onza. Impaciente, cuelo una mano en sus bóxers, donde su prominente bulto parece a punto de

35

desgarrar la tela. La tiene caliente, dura y gorda; tocarla solo hace que el deseo de que me la meta sea incluso más agradable.

Johnnie baja hasta quedar fuera de mi alcance y su boca muere en mi pecho. Mis manos, locas por aferrarse a algo, se enredan en su cabello. Traza círculos en mi pezón con la lengua, y junta los labios y chupa. Mi gemidito, suave en mi garganta, sale entrecortado cuando me mete la mano en las bragas. Me separa los labios con los dedos y los restriega por mis pliegues húmedos. Su gemido se confunde con mi respiración acelerada.

—¿Todo esto por mí? —murmura pegado a mi piel mientras me deja un reguero de besos húmedos de vuelta al hueco de mi cuello. No hablo, no puedo hacerlo, pues mi atención está en la suavidad de su pelo, en el cálido aliento que baña mi cuello y en el placer que me embarga cuando me sube el pie a una silla cercana y me introduce un dedo.

Me falta el aire y me flaquean las rodillas cuando saca ese mismo dedo y lo lleva hasta mi clítoris. Frota con delicadeza el manojo de nervios que se concentra ahí, lo que hace que prácticamente le pegue el sexo a la mano para que me dé más, para que me haga sentir más. Con cada mínimo roce, las sensaciones hacen estallar fuegos artificiales en mi interior.

Su boca encuentra la mía de nuevo.

—No me has contestado, Collins —murmura entre besos—. Te he preguntado si todo esto es por mí.

Mi cerebro trata de arrancar, pero está muy concentrado en sus dedos. En cómo vuelve a deslizarlos por mi hendidura. En cómo, al introducirlos, tocan justo donde quiero que me toquen.

No me creo lo que estoy viviendo. Entonces, Johnnie me tira del pelo y me echa la cabeza hacia atrás. Se me desencaja la mandíbula y, con el cuello desprotegido, me veo obligada a mirar a esos ojos ambarinos que están a pocos centímetros de los míos.

—Puede que tu ex te permitiera estar calladita, pero eso es porque era un egoísta de mierda. Quiero que me digas qué quieres. Quiero asegurarme de que te estoy haciendo sentir lo que quieres sentir. Quiero que los vecinos de al lado llamen a recepción porque un minuto estás gritando y al otro me suplicas que siga. ¿Queda claro? —Sus palabras amenazantes y prometedoras son como un estruendo que me recorre de arriba abajo. Un acicate, un estremecimiento de deseo mezclado con adrenalina.

Me agarra tan fuerte del pelo que no puedo apartar la vista, como haría en circunstancias normales. No hay lugar para la timidez. No hay sitio para echarse atrás y recobrar la compostura. Solo hay hueco para mis resuellos irregulares y el ruido que hace Johnnie al meter los dedos en mi sexo húmedo y sacarlos, como quien no quiere la cosa. Como si fuera suya.

No he estado más cachonda en toda mi vida.

—La mujer de la discoteca me soltaba zascas y me decía lo que pensaba de mí sin problema. ¿Y tu seguridad? ¿Acaso la has fingido? —Me retuerce más el pelo, lo justo para hacerme daño. Enarca una ceja; un desafío tácito para comprobar si soy tan fanfarrona aquí como en la barra—. Dime, Collins, ¿qué quieres?

Se me agita la respiración conforme me acerco al clímax; sus palabras solo consiguen excitarme más.

Nunca me han hablado así. Jamás me han pedido, exigido —como queráis llamarlo— que diga qué quiero hacer en la cama ni me han persuadido para ello. Las necesidades de Clint siempre iban primero, y yo siempre me quedaba con las ganas, insatisfecha y frustrada.

Me embriaga y me imbuye de poder que me hable así. Que me pida que verbalice lo que quiero.

No volveré a ver a este hombre. Madre mía, si es que ni nos hemos presentado. ¿No será esta la mía? ¿Mi oportunidad de ponerme en la piel de la mujer por la que me estoy haciendo pasar esta noche y disfrutar el rodeo?

¿Lo pilláis?

Así pues, respiro lento y cojo fuerzas. Lo miro fijamente a los ojos y digo algo que no he pronunciado en toda mi vida:

—Quiero que me folles. Quiero que me hagas sentir y que hagas que me corra.

Todavía tiene los dedos dentro de mí cuando su risa de aprobación resuena por el dormitorio.

—Ahí está —canturrea mientras se le dibuja una sonrisa—. Me gustan las mujeres que saben lo que quieren. —Me da un beso en los labios con aire vacilón y susurra—: Pero antes vas a tener que ganarte mi polla.

Sus palabras me sorprenden y, aunque me suelta el pelo y saca los dedos, me quedo ahí plantada, boquiabierta e insatisfecha.

—¿Que tengo que hacer qué?

Johnnie aprovecha la ocasión para bajarse los bóxers y liberar su pene. Como no podía ser de otro modo, alguien tan guapo como él debía tener una herramienta perfecta. Gorda, dura y... ¡Joder! Tenía razón. Hay cosas por las que vale la pena suplicar.

Y eso que le cuelga entre las piernas es una de ellas.

—Ya me has oído —dice, lo que hace que vuelva a prestarle atención. Da un paso hacia mí y añade—: Tienes que ganártela.

—Pero...

—Quítate las bragas, Collins. —Con la mirada, no pierde detalle de cómo me bajo las bragas empapadas y salgo de ellas cuando me llegan a los tobillos. Estoy como un flan cuando, con calma, me da un repaso de arriba abajo. Vuelve a esbozar esa sonrisa chulesca de medio lado y me mira a los ojos de nuevo—. Colócate delante de la ventana.

—Es que...

—Haz lo que te digo —me ordena en voz baja, como si quisiera dejarme claro que no puedo negarme—. Es hora de ganarte el polvo que tanto deseas—. Arquea una ceja y añade—: A la ventana, va.

Obedezco.

Dios, en mi vida habría imaginado que diría esas palabras, pero obedezco, joder.

Y lo hago con más ganas de las que he mostrado por algo en mucho tiempo.

No hay lugar para el recato mientras hago lo que me pide. No cuando me mira con una intensidad lo bastante fuerte como para prenderme fuego a mí, ya no digamos al dormitorio.

—Buena chica —susurra. Me acaricia la mandíbula y traza un círculo en el aire con el dedo—. Date la vuelta y apoya las manos en el cristal. Sí, así. —Una mano me toca el culo con suavidad—. Te gusta, ¿a que sí? Que te vean. Saber que en cualquier momento alguien puede mirar arriba y verte aquí plantada. Saber que es posible que en este preciso instante haya alguien corriéndose por verte aquí desnuda. —Con ternura, me pasa un dedo entre los muslos. Me roza con tanta suavidad que tengo que hacer un esfuerzo sobrehumano para no echar el culo hacia atrás en busca de más—. Dímelo, Collins. Dime que te gusta.

—Me gusta —confirmo con voz entrecortada, desesperada.

—Mejor así —alaba. Y, acto seguido, me susurra al oído—: Inclínate y pega las tetas al cristal, que quiero ver ese coño tan bonito que tienes.

Hago lo que me pide: me inclino y saco culo.

No se oye ni una mosca. Deduzco que Johnnie está detrás de mí, mirándome, pero el hecho de no poder verlo ni saber qué hace aumenta las expectativas a cada segundo.

Besa la parte baja de mi espalda, lo que hace que dé un respingo, pues no me esperaba esa sensación.

—Tienes un coño precioso, Collins. Me... —Emite un gruñido gutural cuando frota mis pliegues húmedos con la mayor delicadeza del mundo—... pone que no veas.

Intento pegarme a su mano y contraigo los músculos en el proceso. La risa seductora de Johnnie resuena por toda la estancia.

—¿Me estás pidiendo algo? ¿Se te tensa el coño por mí?

«Dios».

«Sí».

«Por favor».

—Mmm —es lo único que consigo decir.

—Contéstame o paro. —Deja de tocarme y me tenso en respuesta.

—Sí, es por ti.

«Métemela. Por Dios, métemela, joder. Me duele, estoy empapada y solo pienso en que vuelvas a tocarme».

Pero se hace el silencio de nuevo, y me hago ilusiones.

Johnnie me acaricia una nalga, entre los muslos, cerca de mi hendidura, lo justo para provocarme. Entonces, pasa a la otra. Noto su calor a mi espalda. Huelo la mezcla de su colonia con mis fluidos.

—Debería tomarte así, contra el cristal, para que lo viera todo el mundo. —Esta vez me acerca más los dedos—. Pero quiero verte. Quiero verte las tetas, los labios, el coñito. A ti. ¿Quieres eso, Collins?

—Sí —gimo. Vuelve a dejar los dedos donde los quiero. Se me escapa un gemido de placer cuando acerca su boca cálida y húmeda. La necesidad... Madre mía, la necesidad que me crea el mero roce de su lengua basta para que vuelva a arrimarme a él, deseosa de que me dé más. Desesperada porque me dé más.

Pega la boca a mi zona más íntima y succiona. Es una sensación que no he experimentado jamás, pero que quiero vivir de nuevo, ya te digo. La presión aumenta en mi interior. El deseo ardiente se transforma en un goce que no he experimentado nunca.

—¿Te gusta? ¿Te gusta tener mi boca ahí? ¿Mi lengua? —Me chupa la espalda de abajo arriba, lo que hace que se me pongan el vello de punta a su paso. Noto su cálido aliento en el cuello cuando dice—: Tienes un coño precioso, Collins. Su aspecto, su sabor, lo tenso que se pone cuando lo toco. —Me aparta el pelo para verme el cuello—. Es hora de ir a la cama. Quiero que te tumbes bocarriba, separes los muslos y me mires. ¿Entendido?

Es increíble lo que puede hacer la desesperación. Desear algo con tantas ganas que hagas cosas que juraste que no harías jamás. Como obedecer a un hombre al que acabas de conocer.

Pero le hago caso.

Me dirijo a la cama, me tumbo y separo los muslos.

Se ve la ciudad iluminada a su espalda, pero yo lo miro a él. No podría mirar a otra cosa ahora mismo: tiene toda mi atención.

Johnnie da unos pasos hacia mí y saca la lengua para humedecerse los labios —labios que siguen impregnados de mis fluidos— mientras emerge de entre las sombras. Y, aunque estoy mirándolo, doy un respingo cuando me pasa la yema del dedo por la cara interna de la pantorrilla. No es porque no esté segura o tenga miedo. No. Es porque estoy como loca por tener más.

Más besos.

Más caricias.

Más miradas.

Se sacude la polla de arriba abajo. Parece hasta *sexy* cuando se pasa el pulgar por el líquido preseminal y se lo restriega por el glande. Expectantes, se me tensan todos los músculos mientras me provoca sin darse cuenta.

—Madre mía, qué diosa —murmura—. Voy a necesitar saborear eso un poco más.

Justo cuando mi cerebro comprende a lo que se refiere, Johnnie se arrodilla entre mis piernas abiertas y, apoyado en mis muslos, baja la cabeza. Dios, qué gusto.

El gruñido gutural que emite lo es todo. La vibración de su garganta se suma a la miríada de sensaciones que me brinda su boca, y ahora son sus dedos los que se unen a la fiesta al volver a estar dentro de mí.

Yo ya estoy lista, ya estoy cachonda. Estoy nadando en un mar de sensaciones que me resulta familiar y que, a su vez, me es completamente ajeno. El sexo oral no era una prioridad para Clint. Y, cuando se ponía a ello, lo hacía a desgana y con torpeza.

41

Johnnie, en cambio, es un maestro. En todos los sentidos. Cómo me toca, cómo me lame, cómo todo.

Me abruman las sensaciones. Hasta cómo me raspa la cara interna de los muslos con la barba. Cómo me calienta con la boca, me coge de los muslos y me los separa al máximo. Cómo me impresiona que me meta la lengua.

Un gemido estrangulado emerge de las profundidades de mi garganta mientras me enrosco más y más. Me aferro a todo y a nada. A las sábanas, a su pelo. Le clavo los talones en los hombros con las piernas tensas y el torso levantado.

Johnnie acelera el ritmo. Todo se reduce a dedos, lengua, movimiento y presión. La cadencia es implacable. No podría escapar de ella ni aunque quisiera.

«Ahí».

Echo la cabeza hacia atrás.

«Así».

Arqueo la espalda.

«Por favor».

Le acerco las caderas a la cara.

«Ay. Mi. Madre».

Para cuando me desenrosco, ya no queda ni rastro de vergüenza. Tiemblo de arriba abajo y exclamo que sí con voz chillona mientras me lanzo de cabeza a las aguas del éxtasis y surco ola tras ola.

Estoy sin aliento, sonrojada y sobrepasada por las circunstancias cuando Johnnie se tumba encima de mí y ahoga mis gemidos con sus labios. Me saboreo en su lengua, y juro por Dios que mi sexo vuelve a dar palmas.

—Pero ¡bueno! —Me tira del labio inferior con suavidad y abro los ojos de golpe. Le sonrío como si estuviera grogui mientras se me pasa el subidón.

—Sabes usar la lengua, eso está claro. —Envalentonada, me río y hago que tacho una casilla con el dedo.

—Conque evaluándome, ¿eh? —dice, y me araña la clavícula con los dientes y desciende hasta mis senos—. En ese caso, será mejor que vuelva al tajo, que aún me quedan rincones por explorar.

Me agarra un pecho y me pasa el pulgar por el pezón, duro como una piedra, mientras me chupa el otro. Me retuerzo bajo su toque; mi piel sigue hipersensible a causa del orgasmo. Mis contorsiones solo sirven para que le restriegue el muslo por el miembro hinchado.

—Tienes hambre, ¿eh? —pregunta con los labios pegados a mi piel.

—Sí. ¿Tienes algo en contra de las chicas hambrientas? —Le sonrío mientras me muevo para agarrarle el pene. Johnnie inhala con brusquedad y me pasa la barba por el abdomen. A continuación, se sienta en cuclillas y me observa detenidamente.

Este hombre está cañón. Y punto. Desde los ojos hasta el pelo, pasando por el cuerpo y la polla. Es un puñetero Adonis. Lo único en lo que pienso mientras estoy aquí tumbada con una sonrisa tonta en la cara, obnubilada tras llegar al orgasmo, es que no me creo que haya estado a punto de perderme semejante experiencia.

—Nada en absoluto. —Ladea la cabeza y añade—: Es que estoy pensando en qué más voy a hacerte.

—Podrías aprovechar eso que tienes ahí —digo, y vuelvo a lanzarme a por su pene—. O… —Le paso un dedo por el muslo, deseosa de tocar su miembro venoso de nuevo, y, alentada por una seguridad que no sabía que tenía, agrego—:… podríamos volver las tornas. Sería lo justo.

Johnnie alza solo una ceja y esboza una sonrisa torcida.

—Sería lo justo, ¿no? —murmura mientras imito su pose.

—Sin duda. —Y esta vez, cuando me dispongo a cogérsela, me deja. No llego a rodeársela del todo, pero a juzgar por cómo entorna los ojos y gime, no creo que le importe mucho.

Me inclino hacia delante y le paso la lengua por la punta. Degusto su líquido preseminal y murmuro en señal de aprobación.

Johnnie me coge del pelo y me echa la cabeza hacia atrás.

—Si vas a chupármela, quiero verte de arriba abajo mientras lo haces. —Se zafa de mi agarre y se pone de pie al lado de la cama—. Ven. —Me tumba de espaldas con el cuello asomando por el borde de la cama. Estoy colocada de tal manera que lo veo del revés.

—No entien…

—La tengo grande. —Se encoge de hombros con descaro y arrogancia—. Así abrirás más la garganta y te cabrá más.

¡La madre que lo trajo! Creo que me he corrido solo de oírle decir eso.

Johnnie se inclina y me da un beso del revés, con nuestras caras mirando en direcciones opuestas. Entonces, se endereza y mis labios quedan alineados con su miembro, largo como él solo.

Abro la boca y lo acojo. Paso la lengua por su glande en forma de campana. Lo cubro con los dientes mientras me estira los labios. Chupo y, con cariño, lo empuño por la base, pues no hay forma humana de que me quepa esa monstruosidad en la boca.

—Joder —gruñe. Despacio, me la mete y me la saca con ayuda de las caderas, y yo voy chupando—. Qué gusto.

Es cuidadoso con el movimiento. Noto que se está conteniendo por cómo se le tensa el muslo en el que tengo la mano apoyada. Pero me la va metiendo y sacando poco a poco; cada vez un pelín más adentro.

Sí que la tiene grande, sí. Tardo un rato en controlar mi respiración y mis arcadas para no atragantarme cuando llega al fondo de mi garganta. Pero los gruñidos que emite, esos que resuenan por todo el dormitorio mientras chupo con fervor, solo hacen que quiera más.

—Veo cómo te doy en la garganta, Collins. Cómo te aferras a mí cuando te la meto más al fondo. —Me pasa la yema del dedo por la mejilla y el cuello a medida que se adentra en las profundidades de mi boca—. Tienes los pezones durísimos. —Me da palmaditas en uno y me lo acaricia con el pulgar—.

44

Me encanta que eches el coño hacia delante cada vez que te follo la boca, casi como si simularas que te follo también ahí abajo.

—Me pone un dedo en la raja, pero no hace nada más. Subo las caderas cuando se aparta—. ¿Tantas ganas tienes? ¿Quieres que te folle con esto… —Traza un círculo con las caderas, lo que hace que note su polla por dentro de la mejilla—… hasta dejarte exhausta? ¿Quieres saber lo que es quedarse satisfecha?

—Por favor —trato de decir con su polla en la boca mientras, sinuosa, llevo la mano que tenía en su muslo a mi entrepierna, pues el dolor es cada vez más fuerte y me urge aliviarlo.

—¿Cómo dices? —pregunta Johnnie.

—Por favor —repito, y gimo cuando doy con mi clítoris.

—¿Ves? —dice con una risa cortante mientras retrocede. Ahogo un grito cuando me saca la polla de la boca y la sustituye con la lengua. Me besa con avidez; una avidez incentivada por un delirio furioso que creo que no podría haber comprendido nunca… Hasta ahora.

Pero ahora sí lo comprendo.

¡Vamos que si lo comprendo!

—Merece la pena suplicar por las cosas buenas.

—Sí. —Le muerdo el labio—. Ya ves. —Le meto la lengua hasta la campanilla mientras le agarro fuerte de la nuca—. Fóllame. Ya.

Antes de que se me disparen las neuronas —aletargadas por el orgasmo—, Johnnie me levanta por los hombros y me deja en la cama. Me magrea los pechos desde atrás. Noto el calor que emana su respiración afanosa en la oreja, su polla húmeda entre los muslos. Me hace cosquillas con la barba al restregarme el mentón por el hombro.

—¿Cómo quieres correrte ahora, Collins? —Me araña en el hueco del cuello con los dientes—. ¿A cuatro patas? ¿Contra la pared de la ducha? ¿Encima de mí? —Posa las manos en mis costados y dobla una de tal modo que me frota el clítoris con la mayor delicadeza del mundo—. Podríamos hacerlo de las tres maneras. Una por cada orgasmo.

—No puedo…

—Vamos que si puedes.

Ahogo un grito. Me separa más las piernas.

—Pero nunca… —«… me he corrido más de una vez».

No lo digo en voz alta porque me cuesta respirar. Me pone la otra mano en la raja del culo. Nadie me ha tocado ahí jamás. Me tenso cuando tantea el ano con un dedo.

Me tiene atrapada. Si me zafo de la presión que ejerce en mi clítoris, me pegaré más a la mano con la que me agarra el culo. Si hago lo contrario, sentiré placer, pero no explotaré.

—Te correrás otras dos veces como mínimo. Puede que incluso más. —La certeza con la que lo afirma y la confianza que derrocha bastan para que se agudice el dolor y crea en lo que promete.

—No puedo… —gimoteo mientras niego con la cabeza. No estoy segura de si quiero que pare o que no pare nunca, conforme aviva su toque.

Me tira del pelo con tanta brusquedad que me echa la cabeza hacia atrás y deja mi cuello desprotegido.

—¿Insinúas que dudas de mis habilidades? ¿Que no crees que pueda hacer que te corras hasta reventar?

Me lame el cuello de abajo arriba. Juro por lo más sagrado que mi cuerpo reza para que no deje de tocarme nunca. Me arden sitios que en mi vida imaginé que me arderían. Los pezones, la boca, el coño. ¡La piel!

Me han tocado, he tenido relaciones sexuales. Pero nada como esto.

Como esto, nunca.

Sentirse poderosa e impotente al mismo tiempo es una sensación embriagadora. Me apetece regodearme en su novedad.

Estar con un hombre tan seguro de sus caricias y tan arrogante en sus exigencias me pone de una forma que no pensé que necesitaría. O querría.

Estar con un hombre que domina la situación, pero que no es dominante. Uno cuyas exigencias están concebidas únicamente para darme placer, para hacerme desear más.

Sus dedos me llevan a ese punto en el que aprieto los puños, me tenso y la respiración se vuelve fatigosa, y entonces se aparta.

—Dime qué quieres —exige.

—A ti —digo entre jadeos. Necesito sus dedos, su polla y todo él para correrme—. Te quiero a ti.

Mis palabras son un detonante, pues Johnnie emite el gruñido más *sexy* que he oído en toda mi vida y me tumba de modo que mi culo sobresale de la cama. Se sitúa entre mis muslos y me da un repaso de arriba abajo mientras se pone el condón.

Pero nuestras miradas vuelven a cruzarse cuando me restriega el glande por la entrepierna. La sensación inicial nos hace inhalar de manera audible; llevamos una hora preparándonos para este momento.

—¿Crees que podrás aguantarlo? —Con una ceja arqueada, me propone un reto que me muero de ganas de aceptar.

—Solo hay una forma de averiguarlo. —Mi última palabra se convierte en un gemido cuando me penetra muuuuy despacio.

Se me ponen los ojos en blanco y se me entreabren los labios a causa de la agradable quemazón, cada vez mayor, que siento a medida que mi cuerpo se estira para acogerlo. Me la mete todo lo que puede, hasta el fondo, y se queda ahí para que me acomode.

—¿Estás bien? —murmura con los ojos entornados debido al placer; se le marcan las venas del cuello del esfuerzo que está haciendo por controlarse.

—Sí. Buah, sí.

Es lo único que consigo decir mientras miramos cómo me la saca por primera vez. Le brilla por mis fluidos. Esto es lo más sensual del mundo: ver mi piel ensanchándose mientras Johnnie se retira.

—Se está muy bien ahí dentro —murmura mientras me levanta de las caderas y me embiste de nuevo.

Me abruman las sensaciones. Su glande impactando contra mi manojo de nervios. Su pulgar frotando mi clítoris cuando me la saca. Su forma de llenarme como nunca me han llenado.

Todas son una nueva experiencia para mí. Todas son una vivencia en la que me concentro y me sumerjo al mismo tiempo.

—Por favor —ruego mientras alzo las caderas; necesito más fricción, más de él, para llegar al clímax al que lleva un rato acercándome poco a poco.

Se inclina hacia mí y me coge de la nuca para fundir mis labios con los suyos. El gesto hace que se hunda más en mí. Nuestro beso, alimentado por nuestros gemidos y acompañado por su vaivén, es erótico en todos los sentidos.

—Necesito más —digo entre besos—. Más.

Hace tanto ruido al metérmela y sacármela que apenas lo oigo reírse.

—¿Seguro que estás lista?

Lo cojo de los bíceps y digo:

—Ya. Fóllame ya.

Gracias a Dios, me complace y aumenta el ritmo. Me embiste con un poco más de ímpetu, sale con mucho más apremio. Trato de que nos juntemos, pero se me van las ideas del mismo modo que mi cuerpo escapa a mi control.

Toda mi atención está puesta en él.

En el ruido que hacen nuestras entrepiernas al chocar.

Y en cómo me quema los nervios; me arden con tanto fulgor que juraría que están hechos de fuego.

Me clava los dedos en las caderas.

El corazón me ruge en los oídos. Lo único en lo que pienso es en ese punto, ese que Johnnie roza una y otra vez con cada acometida, sin cesar.

El orgasmo arrasa conmigo cual tren de mercancías. No se me ocurre otra forma de describir lo destrozada que me deja o las oleadas de felicidad que golpean mi cuerpo. Se me doblan los dedos de los pies, se me tensan las piernas y la vagina se contrae con él dentro. Se me cierran los ojos y emito el gruñido más gutural que he oído en mi vida.

—Joder —gruñe Johnnie, que sigue ahí, dale que te pego, hasta que es él el que grita al correrse.

Se desploma a mi lado y, con la respiración afanosa, tratamos de asimilar lo extraordinario que ha sido lo que acabamos de hacer.

—La madre que te parió, Collins —murmura. Se apoya en un codo y, de nuevo, apresa mi boca con la suya—. Eres la hostia. Voy a tener que hacerte mía otra vez.

Capítulo 5

Sutton

Hace cuatro horas

—Necesito volver a saborearte antes de irme.

Medio río, medio suspiro cuando noto el sedoso cabello de Johnnie en la cara interna de los muslos y me pasa la lengua por la raja, ya hinchada.

Las piernas me duelen un poco, pero la pericia con la que mueve la lengua hace que se me olvide enseguida lo tensas que están y todo lo demás desaparece.

¿No se cansa nunca, o qué?

Teniendo en cuenta el orgasmo que se está gestando lentamente en mi interior, me alegro de que no sea así.

Cierro los ojos y me sumerjo en el placer que me provoca...

Ring.

Me incorporo como un resorte en una cama que no es mía, ligeramente desorientada a causa de la penumbra, y trato de calmar mi respiración.

El teléfono.

«Coge el teléfono».

Miro la mesita de noche que tengo al lado, en la que el teléfono se ilumina con cada timbrazo. Me lanzo a por él como puedo.

—¿Sí? —farfullo con voz somnolienta.

—Buenos días, señora —contesta una mujer con pinta de ser supereficiente—. Llamaba para informarle de que su pedido está en camino. El conserje se lo dejará en la puerta.

—Pero si no he pedido nada… —Echo un vistazo rápido a la habitación de hotel y me percato de que no hay ni rastro del hombre con el que estuve anoche. Mi móvil y mi bolso siguen en la mesa de enfrente.

—Lo hizo un hombre, y nos dio instrucciones muy precisas acerca de la hora de entrega y del proceso —dice—. Avísenos si necesita algo más.

—Gracias.

Salgo de la cama y voy al baño envuelta en el edredón. Una parte de mí se viene abajo cuando veo que no hay ni rastro de él ni aquí, ni en el saloncito de la *suite*.

Se ha ido.

Me paseo por la habitación. Los envases del minibar que asaltamos a las tres de la mañana no están diseminados por la mesa. Mi ropa está en el sofá, perfectamente doblada. Deambulo por la *suite* y suspiro aliviada al ver la papelera llena de basura y botellas de agua vacías.

Lo de anoche pasó. No hace falta que alguien me pellizque para confirmarme que no ha sido un sueño. Todas las pruebas están aquí.

Aunque no tengo claro por qué necesitaba con tanta urgencia verlas para creerlo.

Ya algo más calmada, me fijo en las huellas que dejé en el cristal de la ventana. Son un recordatorio visible de lo que ocurrió anoche. El cielo se ilumina con el sol de la mañana y siento una mezcla de validación, pena, alivio y algo más que no logro identificar.

Pena porque se ha acabado.

Sí, ya sabía que solo sería un rollo de una noche, pero es innegable que he disfrutado hasta el último segundo de nuestra aventura. De él. De lo que ha despertado en mí, de las posibilidades que me ha demostrado que ofrece el sexo, de lo que me estaba perdiendo (¡ya no esperaré menos!).

Alivio porque ha terminado.

Que Johnnie no esté aquí me ahorra la incomodidad de amanecer juntos y tener que reprimir las muestras del repentino y extraño apego que siento por él; me evita las excusas y explicaciones sobre lo impropio de mí que es lo que hicimos anoche.

Yo no actúo así.

Y luego está ese algo más.

¿El vacío? La certeza de que no sé tener un rollo de una noche... De ahí que esté un poco perdida.

Tiene sentido, ¿no?

O quizá, sencillamente, esté procesando lo que ha sucedido en las últimas veinte horas, más o menos. Tal vez considere a Johnnie Walker y lo que ocurrió anoche un revulsivo más que necesario. Como si hubiera sido una prueba, una confirmación, o algo por el estilo, de que he hecho bien en reunir el valor para dejar a Clint, por fin. Y qué libre me siento, Dios.

Lo único que sé es que el aroma de Johnnie sigue en mi piel y que, cada vez que lo huelo, me recuerda lo poco que hemos dormido y los muchos orgasmos que he tenido.

Me recuerda las carcajadas, los gemidos y los gruñidos que han inundado la estancia.

Me recuerda que, durante unas horas, me he permitido ser otra persona, y no me arrepiento lo más mínimo.

«Ay. Mi. Madre».

Que lo de anoche pasó de verdad.

«Qué fuerte».

La sensata, responsable y modosita de Sutton Pierce ha dejado que la perfección hecha hombre la jodiera por todos los lados (literalmente), y no tiene el menor remordimiento.

Chillo y me tapo la cara con las manos como una adolescente bobalicona.

Me sobresalto cuando llaman a la puerta, aunque estaba esperando a que lo hicieran.

Espero a que los pasos del conserje se alejen por el pasillo y a que suene la campanita del ascensor antes de abrir la puerta de la *suite*. Al mirar hacia abajo, veo el inconfundible logo de Starbucks en una bolsa marrón y un café al lado.

Lo levanto del suelo tronchándome de risa. El nombre «Collins» está escrito con permanente negro en el lateral.

No lo ha olvidado.

Con una sonrisa tonta, cojo la bolsa de productos de panadería y me dirijo a la mesa. Me muero de hambre. Cuando me dispongo a abrirla es cuando me fijo en la nota escrita a mano que hay pegada.

Gracias por lo de anoche. Espero que haya valido la pena liarte conmigo, aunque fuera por despecho.

Johnnie

Capítulo 6

Sutton

Uno dice cosas cuando tiene un lío de una noche. Hace confesiones, se toma libertades, deja a un lado las inhibiciones. Y eso pasa porque da por hecho que no volverá a ver a la otra persona nunca más.

En la vida.

Uno se permite ser otro durante un rato; un rato que revivirá únicamente en su cabeza, pues creerá que seguramente sea mil veces mejor recordar al otro que seguir conociéndolo.

Al menos, eso es lo que supondría una chica sensata y razonable como yo que vuelve a estar soltera.

Y, sin embargo…, aquí estoy, sentada en una sala de juntas frente a tres hombres guapísimos, el acrónimo de cuya empresa es S.I.N., «pecado» en inglés, un nombre muy apropiado. Y uno de esos hombres campa a sus anchas por mi cabeza mientras, a su vez, es el culpable del ligero dolor que experimento cuando me remuevo en la silla.

«¿Cómo es posible que esté pasando esto?».

—¿Crees que podrás aguantarlo?

—¿Perdón? —Doy un respingo y advierto que tres pares de ojos ambarinos me miran. Casi me ahogo al oír esa frase. De inmediato, vuelvo a ver a Johnnie de pie entre mis muslos separados, machacándosela mientras me formula la misma pregunta—. Es que estaba tomando apuntes —alego mientras levanto el boli como si así fueran a entenderme—. ¿Qué me ha preguntado?

—Te he preguntado si crees que podrás soportarlo. —Ledger se recuesta en su asiento y ladea la cabeza mientras me observa. Me mira con curiosidad. Sabe Dios que, si yo estuviera en su lugar, me preocuparía sobremanera la mujer al cargo de mi proyecto, pues, cada vez que miro a alguno a los ojos, revivo lo que ocurrió anoche—. Roz nos ha asegurado que tienes mucha experiencia en evaluar los daños y abordar los problemas que pueda haber en un resort de estas características. Como bien sabrás, S.I.N. tiene fama de ofrecer un servicio impecable y unos alojamientos magníficos. Que uno de nuestros resorts no dé la talla, como es el caso, es una mancha en nuestro expediente, y no es que nos gusten las manchas, precisamente. Hay que darle un giro a esto, y hay que dárselo ya.

—Entiendo. —«Disimula hasta que des con la solución»—. He leído los informes financieros, las encuestas anónimas a los empleados y las reseñas de los huéspedes, y he indagado un poco qué ofrece la competencia que ustedes no dan. Vaya por delante que hay esperanza. Lo primero que necesitamos es que el personal acepte que los guíe alguien con fuertes dotes de mando. En cuanto vean que no se van a pique, que estamos ahí y que pueden contar con nosotros, su confianza también renacerá.

—Estoy de acuerdo. Callahan será tu portavoz —interviene Ford, y señala a su hermano. Por la mirada que se echan, diría que hay cierta tensión entre ellos. Pero cuando Callahan me mira y asiente con brusquedad, no hay ni rastro de ella.

—Por lo visto, soy el único disponible para el puesto —dice, alzando una mano. Por un microsegundo, estoy convencida de que es Johnnie Walker. Hay algo en su mirada (una mezcla de diversión y picardía) que me hace sentir que compartimos una broma privada.

Pero luego habla Ledger y, cómo no, se rompe nuestro vínculo, lo que hace que ponga en duda mi propia opinión.

¿Cómo no iba a cuestionarla?

—Perfecto. Pues, si les parece bien, les mantendré al tanto de las novedades dos veces al día. Podríamos fijar una hora para hablar, si...

—No será necesario —dice Ledger, sonriendo—. Callahan irá contigo.

—¿Que vendrá conmigo? —Me esfuerzo por sonreír. De lujo. No solo trabajaré para la empresa de Johnnie Walker, sino que lo más seguro es que trabajemos codo con codo. Este giro es ridículo, de chiste—. Estupendo.

—Sí. Normalmente dirigimos los proyectos a distancia y dejamos que se encargue el gerente del resort, pero, como hemos dicho, hay que zanjar este asunto cuanto antes, y creemos que vuestra presencia allí favorecerá que así sea —explica Ford.

Callahan mira fugazmente a su hermano.

Es obvio que hay tensión entre ellos.

—A pesar de las señales de advertencia, fue él el que estaba como loco porque compráramos el resort —comenta Ledger—, así que lo justo es que sea él el que lo restaure a nuestro gusto. —Mira a sus hermanos, casi como si los avisara, y acto seguido se vuelve hacia Roz y hacia mí y nos sonríe amablemente—. Con lo bien que habla Roz de ti, estoy convencido de que trabajaréis bien juntos.

Miro a los tres con lo que presiento que es otra cara de cervatilla asustada y trato de no evocar nada de lo acontecido anoche mientras me observan.

—Seguro que haremos muy buenas migas —dice Callahan.

—Seguro que sí —repito. De pronto, me muero de ganas de salir de aquí.

—¿Lo ven, caballeros? —interrumpe Roz con una sonrisa chulesca—. Les dije que Sutton era la persona indicada para el puesto.

—Eso parece —murmura uno de los hombres con un tono que me pone la piel de gallina. Sin embargo, cuando dejo de mirar a Roz y me centro en ellos, no tengo claro cuál de los tres ha sido.

Pero juro por Dios que quien hablaba era Johnnie.

Capítulo 7

Callahan

Se cierra la puerta.

El repiqueteo de los tacones de ambas mujeres contra las baldosas de mármol de fuera es un recordatorio audible de que sí, ha pasado.

Collins —bueno, Sutton—, la mujer con un coño delicioso y un culo de escándalo de la que me he despegado esta mañana a regañadientes, estaba sentada delante de mí.

Y, por si mis ojos no creían lo que estaban viendo, la prominente erección que se ocultaba bajo la mesa de la sala de juntas era prueba suficiente.

Decir que me ha sorprendido verla entrar sería quedarse corto. He flipado en colores.

La oímos reírse, y ese sonido basta para que se me suban las pelotas. ¿Seguirá teniendo la marca que le dejé en el hombro cuando la mordí ligeramente mientras le daba por detrás? ¿Tendrá moretones en las caderas de lo fuerte que la agarraba?

Es normal que quiera volver a tirármela aunque solo hayan pasado unas horas desde el último polvo, ¿no? Me lo he pasado tan bien que repetiría ahora, si pudiera.

Que haya hecho que le lleven un desayuno de Starbucks lo dice todo.

Nunca miro atrás cuando me marcho tras un lío de una noche. Jamás. Pero, esta vez, sí lo he hecho. Le he pedido su dichoso café con su nombre en el vaso para que supiera que me acordaba.

¿Y dónde me ha llevado eso?

«Joder».

De pronto, verme obligado a ir a Oceans's Edge y saltarme mi horario estrictamente planificado no me parece tan terrible como creía.

Sol, más sexo por despecho y, con suerte, mala cobertura —lo que me daría una excusa para no contestar a mis hermanos al instante— quizá compensen este ligero contratiempo.

Ya que me van a atar, al menos me divertiré en el proceso.

Es entonces cuando reparo en el silencio sepulcral que se ha hecho en la sala de juntas. Giro la silla en dirección a mis hermanos y ambos están de brazos cruzados, observándome.

—Vaya mierda de idea —masculla Ford por lo bajo.

—Por una vez estoy de acuerdo contigo, Ford —digo al fin con una sonrisa que seguro que los revienta. Que se jodan. Ya que estoy obligado a estar aquí y aguantar su rencor, lo menos que puedo hacer es tocarles las narices—. ¿Mandarme al paraíso con un pibón? Ya ves. Menuda cagada.

—Por Dios, ¿es que no vas a cambiar nunca? —dice Ledger, que echa la silla hacia atrás para mirarme.

—¿Cambiar? ¿Cambiar de qué? ¿De actitud, de objetivos? ¿De qué? No sabía que formar parte de S.I.N. significaba que ya no puedo apreciar la belleza femenina. ¡Qué cojones! Si estoy haciendo honor al nombre de la empresa.

—Significa que debes comportarte con profesionalidad —dice Ford—. Que debes guardarte la polla en los pantalones y las manos en los bolsillos, lejos de Sutton.

—¿Como hiciste tú el año pasado con cómo se llamaba? —digo con la certeza de que lo he dejado fuera de juego.

—No es lo mismo —replica.

—Claro. —Pongo los ojos en blanco. Siento que se me va la vida solo con estar aquí sentado.

—¿Hace falta que te recordemos el motivo por el que estamos en este lío? ¿El nombre de Gia te suena de algo?

«Vete a la mierda».

Tengo la frase en la punta de la lengua, pero me contengo.

—Vale, tienes razón —digo con desprecio—. Olvidaba que están las normas de Ford y Ledger, y luego las de Callahan. *Mea culpa.* —Levanto las manos y mis hermanos me miran.

—Exacto —repone Ledger, que casi escupe la palabra. La animadversión es palpable—. En esta familia siempre ha habido dos clases de normas. —Le da un tic en la mandíbula mientras me fulmina con la mirada.

—¿Así que de eso se trata? —pregunto sin dar crédito. Resoplo y añado—: ¿De joderme por algo que no podía controlar?

—Hablando de joder… Anoche usaste la *suite.* —Ledger no pregunta; sencillamente, lo constata para pillarme desprevenido.

Y vaya si le funciona la jugada.

Pienso en la *suite* de la empresa. La que usamos todos, de vez en cuando, si no hay huéspedes. La que yo usé anoche.

Miro a mi hermano. Me muestro impasible a propósito mientras trato de ponerme al día en un juego cuyas reglas aún ignoro.

—¿Me espías? Qué bien volver a tener a alguien controlándome.

—Qué va. —Se encoge de hombros—. No hace falta espiarte para saber que vas a hacer lo que se espera de ti sin falta.

Auch.

—¿A dónde quieres llegar, Ledger? ¿A que llevé a una chica? ¿Necesitas ver su nombre y sus credenciales para cerciorarte de que es digna de llevar nuestro apellido?

«Me cago en todo».

—No es que en el pasado hayas sido muy discreto, así que ¿por qué empezar ahora? —mete baza Ford. Cómo le gusta meter baza.

—No te pega estar celoso —le advierto.

—Esperemos que la chica a la que te cepillaste anoche te complaciera lo suficiente como para alejarte de Sutton —dice sin dejar de mirarme y sin hacer caso de mi advertencia.

—¿Qué eres ahora? ¿Mi tutor?

—No —interviene Ledger—. Técnicamente, somos tus superiores.

Aprieto el puño y rechino los dientes. El poder —o lo que entienden ellos por poder— ha convertido a mis hermanos en unos capullos de campeonato.

No me extraña que esté deseando irme cagando leches.

—Corta el rollo, Ledger. Que yo sepa, somos socios en igualdad de condiciones, así que, no, no eres mi superior. Además, ya soy mayorcito para decidir con quién me acuesto.

—Y nosotros somos una empresa multimillonaria que no quiere irse al garete por esas decisiones. —Sonríe con zalamería y condescendencia. Daría lo que fuera por borrarle esa sonrisilla de la cara—. Ah, no, espera —agrega con mofa—. Que ya nos hemos ido al garete.

—Lo que hice o no hice anoche no es asunto vuestro…

—El bueno y adorable de Callahan sigue creyendo que es un santo —dice Ford.

—Yo diría que el metepatas sigue creyendo que es un santo —repone Ledger.

Miro a mis hermanos con una tensión en el pecho que no me gusta nada. Van a degüello. ¿Cómo es posible querer a dos personas y odiarlas con el mismo fervor?

¿Cómo hemos llegado a esto? ¿Cómo ha cambiado tanto nuestra relación en seis meses? ¿Cómo…?

—Vete a cagar, Ledger. Lo de que vayas de buenazo y finjas que eres papá todo el rato ya cansa.

—Y el rollo de guapito fiestero también —replica inexpresivo—. Levantarte cada día de resaca intentando recordar el nombre de la mujer que tienes al lado debe de ser agotador.

Esbozo una sonrisa lenta y amenazante mientras lo miro y digo:

—Es mucho mejor que aprender a colocarte el palo que tienes metido por el culo para caminar como Dios manda, pero tú eso lo bordas.

—Cómo no, para ti ser responsable y entregado es como tener un palo metido por el culo. —Me sonríe de la misma forma y me observa con frialdad y calma.

Como hacía mi padre.

Verlo me duele.

Sabía que pasaría esto. Que discutiríamos, que nos enfrentaríamos, que surgirían unos celos que ni son obra mía, ni están bajo mi control.

Pero aquí estamos, preparándonos para una pelea que lleva meses cociéndose.

La previsión es lo que anoche me llevó a ir a la discoteca y que fuera a la barra a pedirme un Johnnie Walker.

Ahora no tengo a dónde huir. No tengo una mujer con la que desfogarme. No tengo alcohol con el que paliar la cruda realidad. ¿Quieren pelea? Pues la van a tener.

Me encojo de hombros con pasotismo y digo:

—Cada persona vive el duelo de una forma diferente.

—¿Así llamas tú a esto? —se burla Ledger, y yo, por no huir, rechino los dientes. Niego con la cabeza y disimulo la rabia y el dolor que se mezclan en mi interior—. Porque, para mí, estás haciendo lo que has hecho siempre: esfumarte. La diferencia es que papá ya no está aquí para librarte de las consecuencias.

—¿Por eso me habéis hecho venir, o qué? ¿Para ponerme los puntos sobre las íes y reafirmar vuestro poder sobre mí? —Les enseño el dedo corazón.

—Te hemos hecho venir porque ya va siendo hora de que trabajes.

—Según tú, mi trabajo consiste en tirarme a lo que se me ponga por delante y mancillar el apellido Sharpe. ¿Para eso estamos aquí? Porque, entonces, me apunto.

—Típico. —Niega con la cabeza y, al hacerlo, juro por Dios que tengo un *déjà vu*. Podría ser nuestro padre con sus exigencias desmedidas y su falta de empatía. Pero él no me telefoneará después para decirme que lo entiende y que me quiere, como hacía papá. Este silencio vacuo y teñido de rencor se alargará y punto. Madre mía, cómo lo echo de menos.

—¿Desde cuándo te comportas como nuestro padre?

—Desde que murió y no asumes tus responsabilidades ni cumples con tus obligaciones.

—He venido, ¿no? —digo con las manos a los costados. La decepción que anoche intentaba ahogar en alcohol rezuma ahora de los ojos de mis hermanos, que me miran fijamente.

—Ay, sí —dice Ledger—. Es impresionante que hayas venido cuando la junta te amenazó con negarte el voto de confianza.

—¿Qué has dicho?

—Ya me has oído.

Me levanto del asiento con ímpetu y me obligo a dirigirme a las ventanas en vez de arrear el puñetazo que tantas ganas tengo de dar. Una ira que no había sentido antes de que falleciera papá me consume de una forma que no puedo explicar.

«¿Quieren echarme?».

«¿Mis hermanos, sangre de mi sangre, me quieren fuera?».

El dolor me oprime, pero lo oculto tras una máscara de «me importa una mierda». ¿No es lo que he hecho siempre? ¿Escabullirme, desentenderme, escurrir el bulto cuando la cosa se pone fea? Sobre todo con mi padre. Incluso con mis hermanos.

—La verdad es que no. —Aprieto los puños. Me va a explotar la cabeza—. ¿Quieres que la junta me eche?

—Te has cavado tu propia tumba. Tú decides si quieres yacer en ella o demostrar que mereces el puesto.

—Así que de eso va todo esto, ¿no? —Niego con la cabeza, incrédulo—. Se te han subido los humos, Ledger.

—Si te pasaras más por aquí, quizá sabrías qué coño pasa —declara Ledger.

—Eh, Ledge. —Me inclino hacia él, bajo la voz y lo provoco diciéndole—: Me da a mí que eres tú el que debería aprovechar la *suite* y echar un polvo. A lo mejor, si echas una canita al aire y te pones en plan dominador, se te pasa la necesidad de…

—¡Esto no es un juego! —brama, y da una palmada en la mesa.

—Como tampoco lo es que me amenaces con echarme de la empresa que lleva mi apellido, joder.

—Nuestro apellido, Callahan. No solo el tuyo. —Ford mira a Ledger y luego a mí—. Nos hemos pasado los seis últimos meses dejándonos la piel para que todo fuera como la seda y llenar el vacío que dejó papá. A ti, en cambio, no se te ha visto el pelo. Dejabas los proyectos a medias y los contratos a medio cerrar. Te dabas el piro para regodearte en tu miseria. Pues ¿sabes qué te digo? Que también era nuestro padre, pero nosotros no pudimos marcharnos. No podíamos abandonar la responsabilidad que te da de comer, así que tienes toda la razón: llevamos un cabreo de la hostia. Tú, sin hacer ni el huevo, cobras lo mismo que nosotros. Ya está bien, hombre. O pones de tu parte o te largas.

Detesto que su argumento sea válido: es cierto que me marché. Pero… también detesto su razonamiento y lo que eso implica.

—Entonces, ¿«poner de mi parte» es para vosotros enviarme a un resort en ruinas con la esperanza de que lo restaure, obviando el hecho de que no tiene futuro y de que necesita un lavado de cara bestial? —Joder—. Queréis que fracase.

«¿Cómo hemos llegado a esto?».

—¿No es lo mismo que hiciste tú al pirarte? —inquiere Ford—. ¿Dejarnos a nuestra suerte para que fracasáramos?

«Cabronazo».

Miro a mis hermanos y veo a mi padre. Y su ausencia se ceba conmigo.

—Tú lo animaste a cerrar el trato sabiendo que nos oponíamos —arguye Ledger.

—El accionista mayoritario de la empresa por aquel entonces quería comprar la propiedad, y yo lo apoyé.

—El accionista mayoritario, o sea, papá, estaba mayor y empezaba a mostrar síntomas de demencia senil. El dueño quería dársela con queso. Yo lo vi, Ford lo vio. Joder, hasta nuestros abogados lo vieron. Pero tú estabas tan ocupado intentando cerrar el trato para tirarte a la hija del dueño que te la sudó. —Asesta otro puñetazo a la mesa y se me encara—. Debías protegerlo, Callahan. A nosotros. A la empresa, joder. Pero no lo hiciste. Y ahora tenemos un resort cuyo depósito en garantía caducó al mes de morir papá y que hace aguas desde entonces. Así que sí, tienes razón: todo esto es culpa tuya.

«Ellos no estaban ahí».

«No tienen ni idea».

«Y no lo entendieron cuando traté de explicárselo».

—Siempre pensando lo peor de mí, ¿eh, Ledge?

—¿Últimamente? Sí. —Asiente. Hay dolor y turbación en su mirada por lo que ha ocurrido, pero no arrepentimiento—. Pero nosotros no somos papá. Te queremos, pero no vamos a aguantar tus tonterías; no haremos la vista gorda ni inventaremos excusas para justificarte.

Me dirijo a los ventanales con las manos en los bolsillos y miro a la gente anónima y desconocida que hay abajo. Ojalá fuera uno de ellos ahora mismo.

«Quieren que fracase. Quieren echarme».

¿Y no es lo que quería yo? ¿Liberarme del peso que supone ser un Sharpe? ¿Señalar un punto de un mapa e irme allí a explorar? ¡Será por dinero! Ninguno lo necesitamos, pues con lo que hay en nuestras cuentas corrientes podríamos vivir diez vidas a cuerpo de rey. «Mándalos a la mierda, Cal. Diles que tú ganas. Diles…».

«No puedo».

Esta empresa era de papá. La fundó desde cero y, aunque, a diferencia de ellos, no llevo en la sangre lo de dominar el mundo, no puedo marcharme aún.

Es lo único que me queda de él. ¿Cómo osan usarlo a modo de ultimátum?

Estoy apañado si lo hago: si salvo el resort, me hundiré en la miseria en el proceso.

Y estoy apañado si no lo hago: porque fallar supone perder todo lo que conozco, y mis hermanos no van a dejar de ser unos presuntuosos de mierda ni aunque luche a su lado.

—Queríais que volviera. En persona, dispuesto a arremangarme. Pues aquí estoy. Al lío. —Los miro mientras trato de averiguar qué nos ha pasado. Cómo es que la muerte de papá, hace seis meses, nos ha separado tanto—. Iré. Identificaré el problema. Bueno, a lo mejor no, pero habrá alguien allí con el apellido Sharpe, así que podréis dormir tranquilos. —Me río con sarcasmo, tomo una uva del frutero que hay en el centro de la mesa y me la meto en la boca—. Cuidado con lo que deseáis.

Me dirijo a las puertas, hacia la libertad, pero las palabras de Ledger me detienen en seco.

—Y nosotros pensando que querrías dar un paso al frente y honrar la memoria de papá sacando de la ruina lo último que adquirió con tu consentimiento. —Ledger chasquea la lengua y agrega—: Pero está claro que te importa una mierda.

No me vuelvo. No puedo, me duele solo mirarlos; ver los vestigios de mi padre en ellos, las partes que yo nunca heredé.

Quizá por eso no me haya pasado por aquí.

Quizá por eso prefiera que me corra la adrenalina por las venas a perder mis días llevando un puto traje, encerrado en un despacho con vistas a medio Manhattan.

—Te voy a perdonar lo que has dicho. Pero solo por esta vez. —Es lo único que digo antes de salir en tromba del despacho.

«Que le den a todo».

«Que les den a ellos».

«Y que le den a mi padre por morirse».

Iré a las Islas Vírgenes, pero solo porque creen que no lo haré. Averiguaré qué coño le pasa a Ocean's Edge y lo solventaré únicamente en memoria de Maxton Sharpe. Y, cuando acabe, me piraré de la empresa y viviré la vida que papá no tuvo nunca porque se pasaba el día trabajando.

Me niego a que Sharpe International me controle.

Me niego a que alguien me controle.

Capítulo 8

Sutton

—Es el paraíso, Lizzy. Un paraíso empañado por una decoración anticuada que tiene que desaparecer cuanto antes y un personal que necesita unas lecciones de simpatía.

—¡Para eso ha ido mi chica! —grita al teléfono—. ¡Para dar caña, no pasar ni una y sacarle partido a esa antigualla!

Todo el mundo debería tener una amiga como Lizzy. Es la que te dice la verdad cuando no quieres oírla, la que te anima al máximo cuando lo necesitas y la que vigila tu piso por si tu ex vuelve a casa mientras guardas lo más rápido posible la ropa que te vas a llevar.

—Esa es la idea —digo mientras miro a mi alrededor. La brisa mece las palmeras y se oye a alguien tocando un tambor metálico a lo lejos. Las aguas cristalinas y la arena blanca de la playa se extienden ante mis ojos en todo su esplendor.

Las playas no son así en Nueva York. Para nada.

Ni los resorts.

Mientras que Manhattan es todo edificios altos y elegantes, kilómetros de hormigón y una energía vivaz, Ocean's Edge es justo lo contrario. Los edificios de madera blanca, pese a estar avejentados y destartalados, salpican los terrenos frondosos cubiertos de plantas tropicales y flores coloridas en cada rincón. El ambiente es relajado y tranquilo.

Aunque llevo poco dando vueltas por aquí, ya entiendo por qué los hermanos Sharpe compraron este sitio. Está desvencijado y anticuado, pero tiene un potencial infinito para convertirse en un complejo de primera.

—Háblame de tu cuarto. ¿Da al mar? ¿Desde ahí se ve a un jardinero *sexy* y buenorro que se niega a ir con camiseta porque hace demasiado calor y que se ofrece a podarte el seto gratis?

—Estás delirando.

—No, estoy atrapada en Nueva York mientras tú vas a vivir la vida padre en el paraíso. —Se ríe—. ¿Y bien? ¿Tu cuarto?

—Es una pasada. —Suspiro—. Está en la parte de atrás de la propiedad (supongo que será la zona asignada al personal), así que no se ve el mar porque esas vistas están reservadas para los huéspedes, pero, por lo demás, es perfecto. Ventanas abiertas por las que se cuela la brisa marina y el susurro de las palmeras acunadas por el viento. Es ideal.

—Qué guay, pero ¿a qué te refieres con que hay una zona asignada al personal? ¿Es que vas a compartir cuarto con un desconocido? ¡Así no vas a mojar por un tubo!

—Sí, en eso estaba pensando yo. —Resoplo—. Pero no: tengo mi cama y mi baño, y la puerta del cuarto da a una zona común en la que hay una cocinita que comparto con quien ocupe la otra *suite*. Rollo apartamento de dos habitaciones.

—¿Y quién ocupa la otra *suite*?

—No lo sé. Ni siquiera me ha dado tiempo a echar un vistazo, porque he cogido tarde el coche de alquiler. He dejado mis cosas y me he dirigido a mi primera reunión.

—¿Y ha ido bien?

—No, porque la han pospuesto para esta noche. Tampoco es que me queje. Así he podido sentarme y disfrutar del lugar antes de ponerme manos a la obra mañana.

—¿Que has descansado y te has relajado? ¿Tú? ¿Te encuentras bien?

—Para tu información, sí. Tengo un ponche de ron en la mano decorado con una sombrillita de papel, si se me permite añadir, y los dedos de los pies enterrados en la arena.

—Caray, estoy impresionada. En serio.

—Me estoy esforzando —digo en un tono de voz más suave mientras miro al sol, cierro los ojos y dejo que me caliente las mejillas.

—Lo sé. ¿Puedo preguntar si Clint ya se ha puesto en contacto contigo para que te vayas de ahí?

Me río con resignación y digo:

—No ha tardado nada, pero no he dado mi brazo a torcer. Me ha escrito para que recoja su corbata azul y amarilla de la tintorería y para recordarme que me ponga el vestido negro con escote abierto para cenar con su jefe.

—Conque sigue en fase de negación.

—No creo que sea negación, más bien… ¿pedantería? ¿Arrogancia? No sé ni cómo llamarlo, pero se va a quedar con un palmo de narices cuando vea que no voy a cenar con su jefe.

—¿Me lo prometes? —me pregunta Lizzy, cauta.

—¿Has olvidado que estoy a cientos de kilómetros? Se acabó, Lizzy, nuestra relación está muerta y enterrada. No voy a volver. Lo único de lo que me arrepiento es de haber perdido tanto tiempo. Creo que confundí deber con amor, y es culpa mía.

Su silencio es su forma de decirme que no me juzga, y se lo agradezco muchísimo.

Clint cree que volveré porque no puedo vivir sin él.

Se equivoca. Se equivoca pero bien.

Y la noche en que rompimos, la noche del rollo que avivó todos mis sentidos y los días que siguieron, en los que abordé los detalles del proyecto sin descanso, demuestran lo equivocado que está.

Además, poner fin a una relación de dos años debería entrañar tristeza y pesar, no alivio y arrepentimiento.

Eso lo dice todo.

—Estoy muy orgullosa de ti —murmura Lizzy, lo que hace que mi sonrisa despreocupada se agrande.

—Esto es cien por cien lo que necesito ahora mismo: pasar una temporada fuera, centrarme en mi nuevo empleo. Disfrutar de una nueva experiencia. Volver…

—Volver a pasarte por la piedra al trillizo.

—Eh… Pues…

—¿Te ha comido la lengua el gato? Tengo razón y lo sabes.

—Me ha comido la lengua el gato, pero porque a veces dices cosas muy fuertes.

—Tener que trabajar con el hombre que, probablemente, te dio por todos los lados, es fuerte. Tener que trabajar con un hombre que es clavadito al que te dijo guarradas a punta pala y no ser capaz de pensar en otra cosa mientras te habla del sueldo del personal y de las quejas de los huéspedes, es aún peor. Estás jodida tanto si es él como si no lo es. A lo mejor, la solución es que les propongas hacer un sándwich triple, y listos.

—Estás muuuuy mal. —Me río y una mujer me mira al pasar.

—Sabes que lo has pensado. ¿Qué clase de mujer en su sano juicio no lo habría considerado?

—Tal vez. —Sonrío despacio—. Pero no va a pasar nada. Ni me voy a acostar con mi jefe, ni vamos a hacer un sándwich triple, ni nada. —Solo de pensarlo aprieto los muslos.

Esto no es buena señal.

—Callahan. —Pronuncia el nombre como si no hubiera oído ni una palabra de lo que acabo de decir—. Se te llena la boca al decirlo. ¿Crees que dejará que lo llames Cal en la intimidad? «Oh, Cal, méteme tu superpolla».

—Madre mía, no pienso hablar de esto. Acostarme con mi jefe es una línea que no puedo cruzar. Me juego mucho.

Su risa sugerente hace que ponga los ojos en blanco.

—Entonces va a ser una charla unilateral, cielo, porque pienso hablar del tema.

Suspiro, pero la sonrisa que Lizzy no ve se amplía.

—Si no recuerdo mal, dijiste que fue el mejor polvo de tu vida —prosigue—. También dijiste que fue arrollador y que no creías que ningún otro pudiera compararse a él. No sé tú, pero vale la pena saltarse las reglas por un polvo así.

—En otras circunstancias, sí. Puede. —Miro a mi alrededor para asegurarme de que no me oye nadie.

«Puede».

¿Qué mosca me ha picado? No hay ninguna posibilidad de que me acueste con mi jefe.

—No puedo desaprovechar la oportunidad, Lizzy, hay mucho en juego. ¿Y para qué? ¿Para pasar un buen rato con un tío que es el paradigma de los rollos de una noche? Es que fijo que la sorpresa que me llevé al entrar en la sala de juntas fue diez veces mayor para él. Yo nunca había hecho nada por el estilo, pero es evidente que él sí.

—No es ninguna vergüenza lo mires por donde lo mires.

—No, pero si me hubiera pedido el teléfono para conocerme más o quisiera volver a quedar conmigo, me habría dejado una tarjeta o me habría despertado antes de irse. Pero no fue el caso, así que está claro lo que hay. Fue un lío y luego, si te he visto, no me acuerdo. Y me parece bien.

—¿Te parece bien trabajar codo con codo, día tras día con el hombre que te rompió los esquemas?

—Puede que no sea él.

—Cierto, pero si lo es…, ¿me estás diciendo que no sentirás esa conexión? ¿Esas mariposillas cada vez que le roces la mano o que te mire?

—Eso es irrelevante. Pongámonos en situación y supongamos que Callahan es Johnnie. Se ha tirado un montón de días con mi número y no me ha llamado, así que da igual si noto mariposillas o no; es obvio que pasa de mí y que ya no está interesado.

—Siempre puedes convencerlo de que tengáis sexo sin compromiso. Sexo por el puro placer del sexo, como método de relajación tras un día largo y frustrante. Sexo como…

—Lo pillo —digo, y me remuevo en el asiento mientras lo recuerdo plantado entre mis muslos, cascándosela—. Pero, como he dicho, quizá no sea Callahan.

—Pero ¿y si lo es…?

—Uno…

—Dios, ya está enumerando. —Se ríe—. Eso es que vas a soltarme una perorata.

Me río entre dientes y empiezo de nuevo.

—Uno: das por hecho que quiero volver a acostarme con él.

—Es que es así.

«Es así».

—Igual era un unicornio. A lo mejor solo se pueden montar una vez porque son criaturas mágicas y no se puede repetir.

—¿Un unicornio? Que Dios nos pille confesados.

—Dos: quizá Callahan no fuera Johnnie. Y entonces, ¿qué? ¿Se lo pregunto y, al hacerlo, confieso que me he acostado con uno de sus hermanos? No creo que eso me vaya a favorecer en lo que a conservar mi puesto se refiere.

—Sí, pero…

—Y tres: si Callahan es Johnnie y hubiera querido aclarar las cosas conmigo antes de venir, sabía dónde encontrarme. Solo tenía que llamarme y dejarme las cosas claras con un breve: «Esto es muy violento, pero no afectará a mi profesionalidad ni a la labor para la que te contratamos». O incluso: «Estuvo bien, pero no se va a repetir». O hasta: «Soy Johnnie. Lo de la otra noche fue una pasada, quiero que volvamos a quedar». Pero no me ha sonado el móvil, lo que me lleva a pensar que no quiere que sepa quién es de los tres. La pelota está en su tejado, no puedo obligarlo a lanzarla.

No sé a ciencia cierta cómo me siento al respecto. Rechazada, pero aliviada. Inquieta, pero decidida.

O, sencillamente, loca de atar.

Me decanto por la última opción.

—Bien visto.

—Y cuatro: es mi jefe. No puedo acostarme con él. Solo serviría para complicar las cosas ahora que me han ofrecido esta enorme oportunidad laboral.

—Te entiendo —murmura—, pero sigo rezando para que forniquéis como conejos.

—Me alegro de que alguien rece por ello.

Capítulo 9

Callahan

Me escuecen los ojos y tengo el cerebro frito tras pasarme las últimas cuarenta y ocho horas revisando cifras, críticas y no sé qué coño más para familiarizarme.

Hacía mucho que no tenía que concentrarme de verdad en este rollazo, y ahora recuerdo por qué lo evitaba: te consume el alma. Es la clase de papeleo que interpretas de siete maneras distintas según el día y tu estado de ánimo.

Pero las palabras de Ledger hicieron mella en mí cuando abandoné la sala de juntas. Anda que no.

Me emborraché —bueno, más bien me puse pedísimo— mientras reproducía todas y cada una de las palabras de esa dichosa discusión en mi cabeza.

En concreto, las que me decían que si de verdad quería honrar a papá, debía apostar por su última decisión. Coger un resort mediocre y transformarlo en un resort de lujo como las demás propiedades de S.I.N. Luego, bebí un poco más. Para ahogar la pena por haber perdido a mi padre, para alimentar la furia hacia mis hermanos por amenazarme y conjeturar sobre mí, para acabar con las ganas de llamar a Sutton y volver a tirármela.

Los tres motivos eran válidos e importantes.

Lo siguen siendo.

Y, sin embargo, cuando me he levantado con una resaca de mil demonios, he decidido hacer las cosas bien.

Iré al resort, solucionaré el marrón lo más rápido posible y desapareceré del mapa. Ah, y no le pondré un dedo encima a Sutton.

Esa parte es, con diferencia, la que menos me gusta.

Pero ¿no es eso lo que esperan Ledger y Ford de mí? ¿Que me pase el día persiguiéndola —o a algún otro bombón— en vez de trabajando?

Pues que se jodan, porque aquí estoy, hasta arriba de papeleo e informes de gerentes, encerrado en un despacho con el paraíso tentándome al otro lado de la ventana abierta, intentando espabilarme antes de reunirme con Sutton y Brady, el gerente del resort, en unos minutos.

Sutton.

«Mierda».

Eso sí que es un marronazo de proporciones épicas…

No puedo acostarme con ella, ¿no? ¿No es eso lo que me he jurado? Que si iba a hacer esto, lo haría bien aun a costa de mi propio placer.

Es una putada muy cruel para ella. Dejarla preguntándose si soy él, si soy Johnnie Walker. Pero ¿acaso no es lo mejor para ambos? Ojos que no ven, corazón que no siente. Así no heriré sus sentimientos. Debemos tener una relación platónica.

Así que… no. No habrá sexo. Ni magreo, ni nada, joder. Solo el recuerdo persistente de los momentos que estuve dentro de ella.

Pero ¿cómo se priva uno de la mejor amante de su vida?

Ya está, ya lo he dicho. Sutton ha sido la mejor amante de mi vida, y los polvos con ella han sido los mejores que he echado. No he dejado de pensar en ellos y en ella desde que salí de la *suite* aquella mañana.

Me digo que fue un lío de una noche y que los dos lo sabíamos al entrar en el apartamento aquella noche, por lo que callarme que aquel tío era yo no me parece para tanto. De no habernos reencontrado, no habría sabido quién era yo, así que ¿por qué iba a ser distinto ahora?

El problema soy yo.

Que quiero volver a cepillármela.

No dejo de pensar en ella, en su cuerpo y en el gemidito que se le escapaba cada vez que llegaba al orgasmo.

¿Qué hombre olvidaría eso?

—Mierda —mascullo mientras releo el informe desde el principio por enésima vez. Se me pone dura solo de pensar en ella.

Me veo matándome a pajas en el futuro.

Vuelvo a tener la misma idea al cabo de un rato, cuando atravieso el paisaje de Ocean's Edge en dirección a The Cove, el restaurante de lujo del resort en el que nos he citado. Tal vez debería haberme escabullido a la villa para hacer eso antes. Correrme pensando en ella para que cuando nos veamos cara a cara y huela el sutil aroma que desprende su piel no me empalme al instante.

Nunca he tenido este problema. La urgencia de repetir, de tener más. Ni siquiera las ganas.

Entro en el restaurante con el portátil y unas carpetas de anillas bajo el brazo y echo un vistazo a mi alrededor. Primera vez que lo veo en persona. Es muy colorido, los muebles son de madera oscura y las luces tenues dan ambiente y no eclipsan el verdadero encanto: las olas del mar que besan el patio.

Analizo a los huéspedes. A mi juicio, su indumentaria y sus joyas me indican que son de clase media. No de los que se gastarían un dineral, sino de los que se han rascado los bolsillos para reunir el dinero justo para ir a las Islas Vírgenes, pero que no se pueden permitir las actividades que hacen que el viaje valga la pena.

Por muy mal que suene, estos no son los huéspedes que busca la marca S.I.N. Queremos a gente de clase alta, a la élite. A esos huéspedes que no se lo piensan dos veces y sacan la American Express Black para comprar *souvenirs* o ropa en las múltiples tiendas que tenemos por aquí, o para adquirir todos los billetes disponibles para una excursión en grupo y así gozar de intimidad. A esos podemos inflarles los precios, pues no dudarán en pagarlos.

Una vez que he hecho una inspección rápida, cruzo el pasillo en dirección a la sala del fondo, el lugar de la reunión. Se me ha ocurrido que cenar con Sutton y el gerente del resort sería una buena manera de romper el hielo.

La presencia de una tercera persona evitará que rompa la promesa que me he hecho y le revele a Sutton quién soy.

—Disculpe —murmura una vocecilla a mi espalda cuando me detengo a tomar nota de algunos cambios que me gustaría implementar en el interior del restaurante.

—Perdona. —Me aparto y me giro para sonreírle a la mujer en señal de disculpa. Cuando me mira a los ojos, trastabilla. Es alta, tiene el cabello cobrizo y un cuerpazo, pero es su deliberada lentitud al sonreír y el repaso que me da lo que me indica que no me costaría nada llevármela a la cama.

—No pasa nada. Mi mesa está por allí. —Señala a su derecha y vuelve a mirarme antes de enfilar el pasillo que lleva a su mesa.

La miro un segundo y me pregunto si esa será la solución a mi problema. Buscarme a otra que me quite el sabor de Sutton y borre la huella que me dejó.

Follar para olvidar. Es un concepto nuevo para mí, pues, por lo general, me resulta fácil olvidar, pero es plausible y, a todas luces, factible.

Sin embargo, en cuanto la idea toma forma en mi cabeza, se desvanece cuando alzo la vista y la veo ahí sentada.

A Sutton Pierce.

«La madre que la parió».

Esta mujer es espectacular. No se me ocurre otra forma de describirla salvo diciendo que es absolutamente espectacular.

Me concedo un instante para observarla mientras habla con el *maître*. Se ha hecho un moño informal y despeinado a la altura de la nuca y le caen algunos mechones en la cara. Lleva un top de tirantes amarillo mate y brazaletes plateadas en una muñeca. Durante el transcurso de la conversación, su sonrisa es amable y su mirada, cordial.

¿Quién narices es esta mujer y por qué no puedo dejar de mirarla?

—Callahan, veo que ya has podido salir del aeropuerto. —Al girarme veo a Brady, el gerente del resort, sonriendo abiertamente y tendiéndome la mano.

—Pues sí. —Le estrecho la mano y me fijo en el hombre que tengo delante. Es alto, desgarbado, tiene el pelo canoso y sonríe con franqueza.

—Tienes suerte. Las nubes se han ido y han dado paso a un atardecer muy bonito en tu primera noche con nosotros.

—Qué suerte la mía —murmuro mientras entramos en la sala.

—Caballeros —dice Sutton—. Me alegro de que al fin tengamos tiempo de sentarnos a hablar de cómo podemos conseguir que este resort no solo sea más atrayente, sino más provechoso, que es más importante.

—Música para mis oídos —repone Brady.

Por primera vez, Sutton se vuelve hacia mí. Su sonrisa es amplia y su mirada, inquisitiva. Nos miramos a los ojos un breve instante durante el que me pregunto si ha descubierto el pastel.

—Sutton —digo mientras asiento para que no me mire muy de cerca.

—Me alegro de volver a verlo, señor Sharpe.

—Por favor, llámame Callahan.

—Desde luego, sí. —Nos invita a sentarnos con un gesto y añade—: Me muero de ganas de demostraros todo lo que sé hacer.

Casi gruño por el doble sentido, pues mi cuerpo ya conoce la respuesta a esa pregunta.

Esto de fingir va a ser mucho más duro de lo que preveía.

La reunión da comienzo. Durante los aperitivos, la conversación gira en torno a las primeras impresiones que nos ha causado el Ocean's Edge. Las expectativas de los huéspedes y el motivo por el que no estamos cumpliendo con ellas es de lo que hablamos mientras comemos la ensalada. Cuando degustamos el primer plato, nos centramos en las futuras inversiones y los problemas de personal.

Escuchar esta conversación es parecido a ver secarse la pintura: aburrido con ganas. Y debo recordarme continuamente que no me conviene mirar a Sutton.

Así no me duele tanto la parte inferior de los huevos.

—Debemos abordar muchos temas en la franja horaria que se nos ha asignado, así que ¿cómo lo hacemos? —inquiere Sutton.

«Volvemos a tu cuarto, nos tiramos a la superficie más cercana… o al suelo mismo, y follamos hasta que no podamos volver a andar».

Para cuando descarto la idea, Brady y Sutton me miran.

—Ah, sí, perdón. Estaba considerando los detalles. —Esbozo una sonrisa rápida y agrego—: ¿Qué os parece si nos tomamos una copa después de cenar para hablar de cómo haremos esto y lo otro? —Ambos se miran con cautela, pues, técnicamente, soy su jefe y les acabo de preguntar si les apetece tomar algo en horario laboral—. Os prometo que no es una prueba. Vamos a trabajar mucho juntos durante los próximos meses. Es una copita para celebrarlo. Si queréis, claro.

—Vale —contesta Brady—. Me parece bien.

—Vale, sí —accede Sutton mientras le hago un gesto al camarero más cercano. Este es plenamente consciente de quiénes somos y de que debe satisfacer nuestras necesidades.

—¿Señor? —pregunta el camarero.

—Nos gustaría tomar una copa.

—Para la señorita un…

—Tom Collins —contestamos los dos al unísono.

Sutton ahoga un grito.

«Mierda».

—Pensándolo mejor —empieza Sutton—, no quiero un Tom Collins. —Me taladra con la mirada mientras me mortifico por mi error. Mamón—. Te agradezco que pidas por mí,

77

Callahan, pero, si os soy sincera, creo que lo he acabado aborreciendo.

—Odio eso —interviene Brady, que no tiene ni idea del jardín en el que se está metiendo—. A menudo, cuando como mucho por las noches, suelo probar algo nuevo. —Ajeno a la mirada fiera de Sutton, se vuelve hacia el camarero y le dice—: Para mí un *old fashioned*.

Sutton frunce los labios y, sin quitarme el ojo de encima, dice:

—Ya ves. No hay nada peor que aborrecer el sabor de tu copa favorita. —¿Está cabreada conmigo? Se gira hacia el camarero y le dice—: Para mí un Negroni, por favor.

¡Joder si está cabreada! ¿Qué coño le pasa?

—¿Y para usted, señor?

Capítulo 10

Sutton

—Un Johnnie Walker Blue, por favor. Es lo que me pido siempre —contesta Callahan sin dejar de mirarme a los ojos ni un segundo. Qué. Me. Estás. Contando. ¿Callahan es Johnnie? Y lo ha sabido todo este tiempo. La sorpresa que traslucía su cara tras su desliz de hace poco ha sido sustituida por una sonrisilla de suficiencia que no acierto a comprender si es una burla o una provocación. Pero que no os engañe: las arrugas de su rostro denotaban sorpresa. Y a juzgar por cómo se toquetea de pronto el botón superior del cuello de la camisa, no tenía la menor intención de decírmelo. Y, sin embargo, su rostro no rezuma vergüenza, más bien chulería; una chulería tan exasperante como *sexy*—. No soy de los que cambian de costumbre en función de las circunstancias.

Frunzo los labios y resoplo con disimulo, pues, a raíz de la conversación de esta noche, me he percatado de que Brady es bastante observador.

—Está bien saberlo —murmuro mientras le doy vueltas a qué ha querido decir Callahan con ese comentario.

¿Que no lamenta lo sucedido y que lo repetiría con la siguiente despechada que se le pusiera a tiro?

¿O que le gustó lo que pasó y quiere que vuelva a pasar? Pero ¿quiere solo porque se ha delatado? ¿Porque se ha ido de la lengua?

Una lengua de la que no tengo ninguna queja, por cierto.

«Por Dios, Sutton». Ese es el rumbo que toman mis pensamientos mientras aprieto un poco más las piernas cruzadas.

79

Tanto decir que no me voy a acostar con él porque es mi jefe y, a la primera confirmación de que Callahan es él, se me va la cabeza a sus muchos…, eeh, talentos.

Cierro los puños de lo enfadada que estoy. Enfadada conmigo por tener estas ideas, y enfadada con él por creer que puede soltar esa bomba así como así —una bomba que, a todas luces, se estaba reservando hasta cumplir su objetivo y darse por satisfecho— y que yo me lo tomaré superbién.

«Pues no».

Y lo que más me cabrea es que no sé por qué. Esa noche sabía a lo que iba, así que ¿qué ha cambiado? Debería darme igual trabajar con él o no; total, no iba a volver a verlo nunca.

Entonces, ¿lo que me enfada es que haya soltado la bomba y me haya sonreído con altanería, como si fuera tan bueno en la cama que le pondría ojitos y se me caerían las bragas nada más saber que es Johnnie?

«Lo lleva claro».

Al menos, eso es lo que me repito mientras se reaviva el deseo en mi interior cuando veo que pasa la yema del dedo por el borde de su copa con aire distraído.

Qué dedos.

Qué manos.

Qué boca.

«Deja de pensar en eso. En él. No puedes. Punto».

No. Puedes.

Es tu jefe.

Es. Tu. Jefe.

Y no solo es tu jefe, sino que es lo que te está distrayendo cuando deberías centrada al cien por cien en transformar el resort.

Respiro hondo para recomponerme.

—¿Y bien? —dice Brady, que mira a uno y otro, sin duda intentando descubrir por qué hay tanta tensión de repente—. ¿Seguimos?

—Sí, claro. —Sonrío y enarco una ceja—. ¿Qué opinas tú de todo esto, Callahan? Has estado muy callado. A fin de cuentas, esto es propiedad de los Sharpe. Seguro que se te ha ocurrido alguna idea para mejorar la experiencia de nuestros huéspedes.

—¿Hablamos de fidelización o de la experiencia en general? —inquiere.

—Para mí las dos son bastante importantes —contesta Brady.

—Estoy de acuerdo —añado—. Centrémonos antes en la parte de la experiencia.

—¿Qué le pasa? —pregunta Callahan—. Para algunos de nuestros huéspedes, es una experiencia que no han vivido jamás. Para otros, ir a un resort tropical es algo que hacen a menudo.

—Entonces, ¿no tiene nada de especial para ellos? ¿Solo es un viaje más? —pregunto sin pensar.

—Lo ideal sería que la experiencia fuera especial para ambos tipos de personas, pero nunca se sabe —dice Callahan, que ladea la cabeza cuando me mira a los ojos.

—Ya —murmuro.

—Quitando lo obvio —señala Brady tras echar un vistazo a sus apuntes—, como mejores instalaciones y excursiones, nuevos platos en el menú y renovar la decoración para que no esté tan anticuada, ¿cómo sabremos que volverán?

—Por la fidelización —declaro.

—Porque «vendrán a por más» —parafrasea Callahan.

Juraría que lo hace para provocarme. Y, por si sus palabras no bastaran, su mirada me lo confirma.

«Yo también sé jugar a esto».

—¿Qué tal si los llamamos después de que se marchen? Comunicación. Una forma de informarles de que, aunque sus vacaciones hayan terminado, su experiencia ha sido muy valiosa para nosotros —sugiero.

—¿Y qué pasa con los que lo hayan dejado claro desde el principio, es decir, esos que no hayan marcado la casilla con la que aceptaban que se los incluyera en una lista de correos electrónicos o algún rollo por el estilo? No quieren que contactemos con ellos una vez que se han ido —dice Callahan mientras se encoge de hombros—. Quieren recordar la experiencia por lo que ha sido y no empañar el recuerdo.

—Me cuesta mucho creer que una llamada para preguntarles si han disfrutado la estancia sea empañarles el recuerdo —digo muy ofendida.

—Coincido contigo, Sutton —interviene Brady, que hace una mueca mientras nos mira alternativamente e intenta adivinar cómo reaccionará Callahan, que para eso es el jefe—. Pero lo que digo...

—La ventaja de llamar por teléfono es que se le puede preguntar al huésped si habríamos podido hacer algo para mejorar su experiencia —añado.

—¿Mejorar su experiencia? —repite Callahan con aire distraído.

Asiento a la vez que reprimo una sonrisilla. Eso ha llamado su atención.

—Sí. Hasta la mejor de las experiencias puede mejorarse. Es arrogante por parte del anfitrión pensar que es... perfecto.

—Me gusta esa idea —comenta Brady—. Estaría bien que el operador redactara una hoja con preguntas y casillas...

Sin embargo, no oigo lo que dice luego porque, cuando paso a mirar a Callahan, una sonrisa de suficiencia asoma a su bello rostro. El único de la mesa que sigue hablando de Ocean's Edge es Brady, porque está claro que Callahan y yo, no.

—No digo que no —claudica al fin Callahan, aunque sé que le duele. Ya solo por eso me apunto un tanto—. Pero soy de los que cree que hacemos de esta una experiencia tan memorable la primera vez que no hace falta llamar por teléfono para recordarlo.

—Pero aun así estaría bien —digo con una sonrisa almibarada—. Para que sepan que los apreciamos, tanto si vuelven como si no. Educación y eso.

—Conque educación y eso... —murmura Callahan, que acto seguido da un trago a su copa mientras me mira a los ojos.

—Es un buen comienzo —se regocija Brady mientras asiente con decisión—. Por lo menos tenemos una hoja de ruta que seguir. Luego ya entraremos en detalles más escabrosos.

—Me parece bien —digo, sumamente confusa por las indirectas que me ha estado lanzando Callahan.

Creo que di lo mejor de mí.

Al menos, eso espero.

—Callahan, ¿hay algo más en tu agenda que desees tratar esta noche?

Vuelve a sonreír con superioridad. Esta vez, a esa sonrisa le sigue una risa suave.

—Hoy, no. Nos quedan muchas noches para debatir cómo conseguiremos que nuestros huéspedes quieran repetir.

—Cierto. El objetivo final sería implantar este método en otras de tus propiedades —propone Brady en un claro intento por compensar que me da la razón a mí—. La pregunta que debemos hacernos es la siguiente: ¿cómo los convencemos de que se alojen solo en resorts de Sharpe International?

Asiento mirando a Brady y digo:

—Estoy bastante segura de que si se toparan con una propiedad hermana de esta, su primer contacto con ella los animaría a probar las demás. —Miro fijamente a Callahan y me encojo de hombros con el rostro impasible—. ¿Por qué limitarse a un resort Sharpe cuando hay tantos en los que alojarse? ¿Quién sabe? Lo mismo encajas mejor en otro. Aunque todos presenten el mismo aspecto, ofrecen cualidades distintas. A la gente le encanta tener donde elegir.

Callahan sujeta su copa con tanta fuerza que se le ponen los nudillos blancos.

Me alegro.

Le está bien empleado.

Capítulo 11

Callahan

Me ha provocado.

Se ha sentado ahí y me ha provocado con sus comentarios de mierda sobre que habría que experimentar otros Sharpe y ver cuál se adecúa más a ti. Luego se ha disculpado y ha abandonado la mesa con una sonrisilla para irse a revisar un par de cosas más antes de acostarse.

¿A qué ha venido ese numerito?

Pero soy yo el que ha metido la pata y ha enseñado sus cartas cuando no lo tenía previsto. Estaba tan obsesionado con que no me afectara su presencia o, mejor dicho, con que no viera que me afectaba su presencia, que no he pensado con claridad.

Luego me he pasado lo que quedaba de nuestra extraña lucha de poder defendiéndome como podía mientras intentaba quitármela de la cabeza. Cabrearla y jurarme a mí mismo que no quería tener nada más con ella después de la noche en la *suite* hacía que me resultara más fácil alejarla de mí y no ceder al deseo que me corría por las venas cada vez que cruzábamos la mirada.

Lo irónico es que yo no quería más que la noche que pasamos juntos. El sexo fue una pasada, pero, como siempre, cuando cierro la puerta y me marcho, no hay vuelta de hoja. Se acabó. Se acabó Sutton.

¿No era ese el objetivo? Aliviar un despecho. Sexo sin compromiso, sin arrepentimientos.

Pero era obvio que no la había olvidado.

No cuando hice que le llevaran el desayuno. Y menos cuando salió de la sala de juntas hecha un pincel y tuve que recoger la mandíbula del suelo y recolocarme el paquete. Y mucho menos ahora, obligados a trabajar codo con codo los próximos meses. Se me va a hacer muy largo y duro desear a una chica y no poder actuar en consecuencia.

«Prometiste que no lo harías, Callahan».

La tía tiene agallas, eso está claro.

¿Y cómo es que me pone tanto?

«A la mierda yo y mis promesas».

Contemplo la luna con los brazos en jarras. No veo las llamas de las antorchas tiki ni las fachadas blancas de los edificios. No oigo los tambores metálicos ni huelo el aroma del mar. Ni siquiera soy consciente de que estoy en el paraíso, porque ahora mismo estoy viviendo un infierno.

Solo pienso en el tira y afloja que hemos mantenido delante de Brady. Solo oigo su risa suave y veo su mirada desafiante.

Que tengo que mejorar, dice. ¡Y una mierda!

Esa mujer es de lo que no hay. Ha hecho algo que no mucha gente puede: sacarme de quicio.

Me suena el móvil. Ledger. Lo que me faltaba.

Aún tenemos pendiente hablar de lo del otro día, pero seremos fieles al estilo Sharpe y no lo haremos. Ignoraremos el problema y fingiremos que no ha pasado nada.

Lo que significa que solo llama por un motivo.

Giro los hombros. Esta vez agradezco haber bebido antes de hablar con él.

—Ledger. —Al grano. No se merece que sea educado.

—¿Estás de coña? —inquiere entre risas.

—¿Qué me he perdido? —Me alejo un poco del sendero para tener intimidad.

—¿Llevas ahí un día y ya has anulado tu primera reunión? Dios, Callahan, ¿tanto te costaba esforzarte?

Se me tensa todo el cuerpo —la mandíbula, los puños, los hombros— y, sin embargo, cuando hablo, mi voz destila la indiferencia que tanto lo cabrea.

—Anda, y yo que creía que no me espiabas.

—Gánate ese derecho y no lo haré.

¿Ha estado bebiendo? No es propio de él entre semana.

—¿Qué quieres, Ledge?

—Lo mismo de siempre. Que espabiles y cumplas con tu parte, joder. Pero, como de costumbre, no estás por la labor. —Se ríe con sarcasmo y agrega—: ¿Cómo es posible que tuviéramos el mismo padre?

Sus palabras me sientan como una patada. Tenemos nuestras diferencias, y papá siempre nos trató diferente a cada uno, pero sigue siendo mi hermano, mi mejor amigo. O... lo era. Todo mi ser se rebela contra las palabras que acaba de pronunciar.

—Voy a fingir que no he oído lo que has dicho, hermano —respondo con los dientes apretados—. Y vamos a reanudar la conversación si no quieres que me cabree y te bloquee para que no vuelvas a llamarme ni a tratarme como a un niño. —Respiro hondo y añado—: ¿Y bien? ¿Qué puedo hacer por ti?

—Déjate de rollos. Has ido ahí a trabajar, a dar ejemplo de lo que esperamos del personal, no a holgazanear como un vividor ricachón.

—Para el carro, Ledge —le advierto.

—¿Por? Si tú sigues en tus trece, yo también.

—Conque esas tenemos, ¿eh?

—Eso parece.

—En ese caso, quizá deberías revisar el diario de vuelo de Silas —digo. Silas es el comandante del *jet* privado de la empresa—. Así verás que me quedé atrapado en la pista a la misma hora de la reunión por un rayo de una tormenta que cayó de repente en la isla. Sesenta y seis minutos en la pista, para ser exactos. Y, aunque no te debo explicaciones, que sepas que pospuse la reunión, que ha durado unas dos horas, y que ha finalizado hace nada. —Me cago en todo. Me paseo de un lado a otro del claro—. Te quiero, Ledger, pero no es que me caigas muy bien ahora mismo.

—Ahora sabes los altibajos que he tenido desde que murió mamá hace quince años.

La pulla está ahí. Ni siquiera es sutil, ni nada. Está ahí, a la vista.

No tengo nada más que añadir, así que cuelgo sin mediar palabra.

El océano oscuro se extiende ante mí, sus olas lamen la orilla, pero aprieto la mandíbula tan fuerte que me duelen los dientes.

Estoy harto de esta mierda.

Se enciende una luz en la villa que hay cerca de mí y la silueta de una mujer pasa por delante de la ventana con cortinas. La observo con aire distraído y vuelvo a sentir ese deseo frustrado, a la altura de la furia que me inspira mi hermano.

Se me van los pies solos. Ahora mismo solo quiero una cosa, y solo una persona puede dármela.

He cumplido mi promesa durante veinticuatro horas. Eso es más de lo que suelo aguantar. Al menos, estoy progresando.

¡Qué cojones! Ya que me van a tachar de oveja negra, que lo hagan con motivo.

Capítulo 12

Sutton

—Tomar distancia es bueno —mascullo para mí mientras me pongo la camisola—. Tener tu espacio es bueno. —A continuación, me enfundo unos pantaloncitos finos—. No mirarlo, ni observar sus manos, ni oler su colonia es aún mejor.

Porque ya me ha costado lo mío esta noche.

Me miro en el espejo de pie que hay enfrente de mi cama. Me he hecho un moño desenfadado con mi melena castaña oscura en lo alto de la cabeza y me acabo de desmaquillar.

—Hablas como una loca, Sutt. Como una loca de remate, para ser exactos.

Pero ese hombre *sexy* y arrogante se me ha metido en la cabeza, y no tiene pinta de que vaya a sacármelo pronto.

¿La solución? Más vino —sin duda— y zambullirme en mil informes más hasta que se me fría tanto el cerebro que me quede dormida sin poder evitarlo y sin pensar en el maldito Callahan Sharpe. Con suerte.

Abro la puerta de mi cuarto y salgo para hacer justo eso mientras pienso en que debería reservar una cita en el *spa* del resort para hacerme la manicura y la pedicura cuando tenga tiempo libre, y así echar una ojeada a las instalaciones, cuando miro arriba y exclamo:

—Mierda.

A esa única palabra de sorpresa se le une una ceja arqueada del mismísimo Callahan Sharpe. Está sentado en un sillón de cara a mi dormitorio en la zona común de la villa, despatarrado con indiferencia, el codo apoyado en uno de los brazos del asiento, sosteniendo una copa de lo que intuyo que debe de ser *whisky*. Aún lleva los pantalones oscuros de antes y se ha desabrochado otro botón del cuello de la camisa.

Pero es su expresión lo que me llama la atención. Intensa, un poco peligrosa. Fija.

—¿Qué haces aquí? ¿Cómo has entrado? Callahan...

—Este *resort* es mío. —Me enseña la llave que tiene en la otra mano sin quitarme el ojo de encima—. Puedo ir a la habitación que me dé la gana.

Ese comentario debería haberme inquietado, pero... ¿está mal si digo que me ha excitado un pelín? O a lo mejor es él, en general, quien me excita. No obstante, está en mi villa, dominando el reducido espacio con su presencia, mientras yo intento por todos los medios que no me afecte.

—Y has decidido usar ese poder para venir a mi cuarto.

Se encoge de hombros de una forma que exuda arrogancia.

—Quería volver a verte.

—¿Por qué?

Se le van los ojos a mis pechos, ocultos bajo el top de tirantes, se fija en mis pezones, que se marcan bajo la tela blanca y fina, y vuelve a mirarme a los ojos.

—Porque soy masoquista.

—Eso es evidente —repongo tan pancha mientras voy a servirme un poco de vino. Una copa no me la quita nadie—. Pero ya la has pifiado con lo que has dicho y no has dicho esta noche.

Da un trago a su *whisky* y mira la copa que tiene en la mano.

—¿Y qué he dicho exactamente? —Sus ojos ambarinos me miran desafiantes.

—¿Sabes qué? Déjalo. —Retrocedo un paso y me río por lo bajo con la certeza de que esto es terreno minado. Por lo visto, todo lo que lo rodea lo es—. Olvidemos la reunión de esta noche. Lo que pasó entre nosotros la otra noche. Todo, vaya. Creo que nos irá mejor así.

—Es difícil olvidarte, Collins. —Se podría decir que me folla con la mirada.

—Me llamo Sutton.

—Lo que tú digas, Collins. —Una sonrisa torcida asoma a sus labios—. Pero contéstame a una pregunta: ¿cuántas veces has revivido esa noche en tu cabeza? ¿Te tocabas cuando lo hacías? ¿Te imaginabas que era yo? —Se remueve en el asiento para recolocarse el prominente bulto que tiene entre las piernas.

Me limito a echarle una mirada, aunque solo de pensar en lo que dice, mi cuerpo responde.

—No querías que me enterara de que eras Johnnie. De que eras él. Con eso me basta para saber el concepto que tenías de mí.

—¿Qué concepto tenía de ti? —Asiente de manera sutil—. Nos conocimos en una discoteca y echamos unos polvos de la hostia, polvos deseados por los dos. No sabía que nos habíamos prometido más entre susurros y no estaba cumpliendo con lo pactado.

Abro la boca para replicar, pero al instante vacilo, porque todo lo que dice es cierto. Pero eso no significa que no pudiera ser amable. Y, si os soy sincera, me muero de ganas de discutir, de algo, lo que sea, con tal de reducir la tensión sexual que hay entre los dos.

—Podrías haberme llamado para que nuestra relación laboral empezara con buen pie. Pero guardarte las cartas como si yo fuera un juego para ti fue una cagada.

—Que no te acuerdes de con quién te acuestas no es mi problema.

—¿Perdona? —tartamudeo, incrédula.

—Que conste que soy mejor que mis hermanos.

Caray, sí que le fastidia que no lo hubiera reconocido. Me alegro. Al menos, algo de todo este marrón lo atormenta.

—Llamarte habría sido un error —prosigue al ver que no hablo.

—¿Y eso por qué?

—Porque habrías acabado debajo de mí, o encima, no soy quisquilloso, y eso habría sido peor que no llamarte.

Juro por Dios que los pezones se me ponen duros solo de oír esas palabras. Palabras de las que no quiero ser esclava, pero a las que mi cuerpo se aferra de todos modos.

—No soy un juguete, Callahan. Y menos tuyo.

Callahan se ríe entre dientes y dice:

—Tranquila, lo sé.

—No ibas a contarme que eras Johnnie, ¿a que no? —Ladea la cabeza y me mira. Para mi sorpresa, niega con la cabeza ligeramente—. Eso me dice todo lo que necesito saber.

—Quizá intentara hacer lo correcto —murmura.

—Me da la sensación de que la mayoría de las veces no te detienes a pensar en lo que está bien y lo que está mal, así que ¿por qué empezarías ahora? —Mis palabras abandonan mis labios antes de ser consciente de que he verbalizado mis pensamientos. Son una provocación para él, un desafío.

Y acabo de abrirle la puerta para que la cruce, para que me demuestre si me equivoco o no. Si me desea, me perseguirá.

¿Acaso no está sentado en mi villa por eso mismo?

Me he jurado a mí misma que no haría nada. Que si Callahan era Johnnie, tendría que mantener mi libido y mis ganas a raya.

Pero ahora que me he metido en la boca del lobo, hasta el último hueso de mi cuerpo quiere lo que me he jurado que no tendría.

—Ya estás haciendo conjeturas otra vez —dice.

Avanzo un paso y digo:

—Sé que te gusta jugar con el poder. Eso no es una conjetura.

—Ah, ¿no?

—Como he dicho, has tenido tres días para coger el teléfono y llamarme. Para empezar una relación profesional con buen pie. Pero no lo has hecho, lo que me indica que me querías desconcertada e ignorante. Querías un juguete con el que desfogarte cuando te apeteciera jugar.

Por primera vez lo veo moverse. Deja la copa y se levanta del asiento.

—Iba a olvidarte. —Se desabrocha un gemelo y se arremanga—. Iba a dejarte viviendo en la inopia. —Y hace lo propio con el otro gemelo; sus dedos me tienen absorta—. Creía que podría resistirme a ti. —Me mira y da un paso hacia mí—. Pero, hostia puta, Sutton, me he dado cuenta de que eso sería imposible cuando te he visto sentada a la mesa esta noche.

Avanza otro paso y se planta a escasos centímetros de mí. Nos miramos a los ojos un segundo mientras se inclina, y, por un momento, creo que va a besarme.

Hasta el último ápice de mi ser bulle de una necesidad que no comprendo.

—No puedo, Callahan —musito.

A lo que él sonríe y contesta:

—Me gusta oírte decir mi nombre.

—Vale. Bien. —Pronuncio esas dos palabras, aparentemente sencillas, tartamudeando, y me obligo a centrarme en el asunto que nos ocupa y a mantenerme firme en vez de recordar el sabor de sus labios—. Porque me lo vas a oír decir mucho cuando trabajemos codo con codo.

Retrocedo y choco con la mesa que tengo detrás. Me aferro al borde para no tocar a Callahan, que avanza y alarga el brazo para retorcer un mechón que se me ha salido del moño. Me preparo para el roce, pero, aun así, me corta el aliento.

—No puedo dormir con mi jefe. Contigo.

—No dormiríamos precisamente, Sutton.

—Pues no puedo follarme a mi jefe. ¿Así mejor?

Callahan emite un gruñido que resuena por toda la estancia.

—¿Tienes idea de lo mucho que me pone que hables así?

Cuando acerca su rostro y me roza los labios con los suyos, no me resisto. No puedo. ¿Acaso no llevo desde esta mañana pensando en esto? ¿En volver a besarlo, a saborearlo?

Me mete la lengua. Sabe al *whisky* que se estaba tomando y al hombre al que tanto deseo.

Se me tensan las manos con las que aferro el borde de granito mientras Callahan cambia el ángulo del beso para obtener más de mí.

Es tan placentero que duele en todos los sentidos. Y, justo cuando estoy a punto de hundirme en el beso, de hundirme en él, veo la luz pese a mi cuerpo traidor.

—No puedo. —Le giro la cara y me siento en la mesa. Me echo hacia atrás para guardar las distancias—. Lo siento. Me he prometido que esto no pasaría. Que no dejaría que pasara.

Callahan se rasca la mandíbula. Sus ojos ambarinos refulgen con fervor.

—¿Por qué no? —Me acaricia el muslo con un dedo y baja la voz cuando agrega—: Cuesta resistirse a algo cuando te mueres por tenerlo. —Esta vez planta las dos manos en lo alto de mis muslos y me frota con los pulgares por debajo de los pantaloncitos. Los restriega arriba y abajo, por mi hendidura, y se me escapa un gemidito en respuesta. Callahan observa cómo reacciono a cada movimiento de las yemas de sus dedos. Me esfuerzo por mantener una expresión estoica, pero se me contrae el coño cuando me toca; el dolor que me provoca es un gustazo—. Y ambos sabemos que deseas esto. Que me deseas a mí.

—Que te den —mascullo mientras me preparo para que vuelva a rozarme con los pulgares.

—Sí, por favor. —Se ríe por lo bajo.

—Callahan, no puedo.

—Si es verdad que no quieres esto, ¿cómo es que me pegas el coño a la mano? —me provoca. Entonces se acerca y me muerde el labio inferior con la mayor delicadeza posible.

—Creo que esta es la definición exacta de acoso sexual —murmuro mientras hunde el pulgar en mi sexo húmedo, lo saca y traza círculos en mi clítoris con él.

Mi cuerpo me desobedece. Son sus caricias las que lo gobiernan, no mi juicio, que se nubla más y más a cada segundo.

—No. Cogerte y follarte contra la pared, como me muero de ganas de hacer, sería la definición de acoso sexual. Esto —dice, y añade gruñendo—: esto es perfección.

—Creía que solo era un rollo de una noche —murmuro. Su polla me roza la pierna y, al instante, recuerdo lo dura que se le pone y lo descomunal que es.

—Las cosas cambian.

Me falta el aire cuando tantea la entrada de mi sexo con el pulgar. Se me contraen los músculos a su alrededor, como si estuviera como loca por sentirlo. Callahan se ríe por lo bajo cuando se percata de mi acto reflejo.

—Fóllame, Collins. —Me introduce más el pulgar y yo lucho con todas mis fuerzas por no reaccionar y gemir de placer, pues no debería estar pasando esto. No debería ceder a esto. No, al menos, sin oponer más resistencia. Me mira a los ojos y agrega—: No te lo he pedido.

—Das por hecho que quiero volver a acostarme contigo.

—No doy por hecho nada, Collins. Sabes que el otro día entraste en la sala de juntas con el coño dolorido y que se te mojaron las bragas mientras, ahí sentada, te preguntabas cuál de nosotros te había dado lo tuyo, porque solo podías pensar en las ganas que tenías de que volviese a dártelo.

Gimo mientras Callahan cambia de postura para meterme dos dedos y bajarse la bragueta con la otra mano. Sigo agarrada al borde de la mesa. Nuestro único punto de unión es allí donde están sus dedos.

Me cuesta mantener la compostura y no sucumbir al placer. Y no derretirme al ver su preciosa polla lista, preparada para complacerme.

Pero su arrogancia me reta. Su presunción de que puede entrar en mi villa, que yo le daré lo que quiere sin dudar, me enfurece.

Debo bajar de las nubes.

Voy a jugar con fuego.

—Estaba segura de que era Ledger —digo con voz jadeante. Ahogo un grito cuando deja de mover los dedos.

—¿Qué has dicho?

—Se lo veía tan comedido, tan calculador y autoritario. Si hubiera tenido que apostar —miento—, habría jurado que era Ledger.

Callahan me mira de hito en hito; se le han tensado la mandíbula y los músculos del cuello. Emite un gruñido primitivo que ni finjo entender siquiera. Deja de meneársela, me coge del pelo y me besa con una vehemencia y una intensidad que me dejan sin aliento.

Me coge de la cabeza mientras me mira y vuelve a meterme los dedos y, con ello, me pone de los nervios de nuevo.

—Que te quede claro: la próxima vez que estés en una sala conmigo y mis hermanos, sabrás perfectamente quién fue (quién es) el tío con el que estuviste. No te quepa la menor duda.

—Ya veremos —digo para chincharlo.

—La madre que te parió —mascula Callahan mientras me masturba con fruición.

Me embargan las sensaciones.

Una tras otra.

Tras otra.

Persiguen su punto álgido hasta que explotan en mi interior con una fuerza brutal. Me hormiguean las puntas de los pies y resuello mientras los daños colaterales del placer causan estragos en mi cuerpo.

—Dime que puedo follarte —refunfuña.

¿De verdad quiero privarme de esto? ¿Privarme de él?

No puedo pensar con claridad cuando invade mi espacio personal y con la bruma posorgásmica todavía haciendo estragos en mi cuerpo, pero sé que tengo algo que él quiere.

Y sé que, por primera vez, soy yo la que tiene la sartén por el mango.

—¿Y qué sacaría yo?

—¿Que qué sacarías tú? —inquiere mientras me suelta el pelo, retrocede y me observa como si le confundiera mi pregunta.

Me muerdo el labio inferior y asiento.

—Ajá.

—Un buen revolcón —contesta mientras se encoge de hombros con indiferencia y se sacude la polla, como si eso fuera lo que quiero oír.

—No me vale —digo, y entorna los ojos. Es evidente que a las anteriores sí les bastaba—. Ya que me voy a jugar mi puesto de trabajo, que sea porque voy a sacar algo.

—Tendrás esto. —Se señala el pene y la macha de humedad en mis pantaloncitos del pijama—. Orgasmo tras orgasmo y sexo conmigo.

—Como he dicho, no me vale.

—¿Cómo que no te vale?

—Pues eso, que no me vale. Aunque te pillen liándote con una empleada, tú seguirás siendo un Sharpe con una cuenta corriente que no vaciarás en la vida. Si me pillan a mí, perdería mi empleo y mi posible ascenso, y, dado que los necesito a ambos para pagarme un sitio en el que vivir cuando regrese, me lo jugaría todo al acostarme con mi jefe. Tú, en cambio, no.

—Entonces ¿qué quieres? ¿Referencias, por si pasa? ¿Una garantía de que no te va a pasar nada? —Está tan perdido que resultaría adorable de no estar ahí plantado con la polla más dura que una piedra—. No estoy acostumbrado a dar para recibir.

—Se nota. —Emito una risa grave y gutural mientras me bajo de la mesa y me acerco a él. Cree que voy a besarlo e inhala con brusquedad. En cambio, me acerco a su oreja y, tal y como él ha hecho, le susurro—: Y que conste que me ofendería que creyeras que hago esto por dinero o por medrar en tu empresa. No quiero ni lo uno, ni lo otro. —Pero sí quiero mi dignidad. Y me niego a que me maneje a su antojo, a quedarme indefensa.

—Entonces, ¿qué...? —dice mientras me dirijo lentamente a mi cuarto—. ¿A dónde vas?

Me vuelvo con una sonrisa y le digo:

96

—A darte tiempo para pensar en la respuesta correcta, Callahan. —Sonrío con suficiencia y el cuerpo aún hormigueándome a causa del clímax y, tras mirarle al paquete y luego a los ojos, remato con un—: Buenas noches, jefe.

—Un momento. ¿Cómo? —Parece horrorizado.

—El agua de la ducha está bastante fría —digo.

Esta vez, cuando le doy la espalda, procuro exagerar el contoneo de mis caderas. Entro en mi dormitorio y echo el pestillo.

No creo que Callahan Sharpe haya tenido que currárselo alguna vez para ligar. Así me lo aseguró la noche en que nos conocimos.

Si tanto me desea, ya se las ingeniará.

Oír su voz rasposa al cagarse en todo ahí fuera es la confirmación que necesito. Jamás le habría plantado cara a Clint como he hecho con Callahan. Me gusta esta nueva yo más fuerte.

Me tumbo en la cama con una sonrisa triunfal y la sangre hirviéndome de la ilusión.

Capítulo 13

Sutton

«Café».

Eso es lo primero en lo que pienso al salir de la cama como puedo.

«Callahan».

Eso es lo segundo.

Lo de anoche fue... frustrante, sensual, inesperado..., vigorizante. Que sí, que voy a ser fiel a mi palabra y no me voy a bajar del burro, pero mis sueños me han informado con todo lujo de detalles de lo que me perdí por irme. Vaya si me han informado.

Por lo que ahora necesito tomarme un café antes de ir al despacho que me han asignado y empezar «oficialmente» mi estancia en Ocean's Edge.

La pregunta es: ¿cuál es la respuesta correcta?

¿Qué puede ofrecerme Callahan que me baste para jugármelo todo?

O, quizá, sea más un ejercicio para él, para que me considere algo más que un aquí te pillo, aquí te mato. Al fin y al cabo, trabajaremos codo con codo, por lo que necesito que me respete y me trate como a una igual. Y eso no es posible si nada más conoceros te bajas la falda sin pensártelo dos veces y vuelves a caer poco después.

No soy tan tonta como para creer que haremos algo más que fornicar como conejos, como dijo Lizzy, pero ya que tiene que ganárselo, tal vez sea más discreto a la hora de guardar el secreto.

Porque esto tiene que ser un secreto, o Roz me pondrá de patitas en la calle en menos que canta un gallo por poner en peligro la relación con Sharpe International.

«Roz».

Madre mía.

Como se entere, me mata. ¿Qué mosca me ha picado? ¿Por qué me la estoy jugando por un polvo?

Supongo que, al igual que Callahan, me tomaré mi tiempo para dar con la respuesta.

Además, quizá me lo pase bien en el proceso. Un poco de tonteo y mucho de quiero y no puedo. Joder, es que fue directo al tema. Puede que nos venga bien jugar al gato y al ratón un poquito.

¿Será duro querer y no poder? Ya te digo.

Pero también creo que valdrá la pena.

¿Cómo me tratará hoy Callahan después de desconcertarlo y dejarlo colgado (literalmente) anoche? Estoy segura de que no le ha pasado nunca.

Peor aún: ¿cómo de duro va a ser para mí concentrarme con él cerca?

Me froto los ojos para desperezarme y salgo del cuarto a toda prisa cuando freno en seco al oír a alguien girando una cuchara en una taza de cerámica.

Y ahí, en la cocina de mi villa, está Callahan. Vestido solo con unos pantalones cortos de deporte y deportivas. Tiene el pelo húmedo y ondulado y se le marcan los músculos de la espalda cuando toma la taza que tiene delante.

—Eeh…, ¿qué haces aquí todavía?

Sin dar señales de haberme oído, Callahan mira cómo se mezcla la leche en su taza.

—Preparar café. Ha sobrado, por si te «vale» con eso —dice con toda la calma de la que es capaz.

—No he preguntado eso.

Callahan se vuelve hacia mí y me mira por primera vez. Por Dios. ¿En serio? Después de no pegar ojo en toda la noche por pensar en él, ¿así me da los buenos días?

Deduzco que está colorado por haber corrido o realizado algún otro tipo de ejercicio. Mi afirmación se basa en el sudor en forma de uve que oscurece la parte delantera de sus pantalones. Unos pantalones por los que asoma, quién sabe si a propósito o no, la cima de su glande.

—Perdona, estaba en mi mundo. —Su sonrisa me indica que sabe perfectamente lo que me ha distraído, y que ha sido deliberado—. ¿Qué me has preguntado?

—Esta es mi habitación. Mi villa. Como quieras llamarla.

—Eso no es una pregunta.

—Obviamente.

—¿A dónde quieres llegar? —Se apoya en la encimera que tiene detrás y da un sorbo al café. Sisea porque está caliente, pero no deja de mirarme a los ojos mientras bebe.

—A que estás aquí. Preparando café como si…

—¿Como si fuera el dueño de este sitio? —La sonrisa que me dedica es pícara como ella sola—. Es que…

—Eso no mola.

—Pues para mí era bastante ingenioso —dice.

—No.

—Cuco, al menos.

Suspiro con exasperación. Primero estaba el Callahan *sexy* y dominante, luego el Callahan taciturno que iba a fingir que no era Johnnie Walker, y, ahora, el Callahan pillo y travieso. No quiero que adopte ninguna de esas facetas, porque todas son la mar de atractivas.

—Tanto si eres el dueño de este sitio como si no —vuelvo a probar—, eso no te da derecho a pasearte por aquí como Pedro por su casa.

Señala la segunda habitación de la villa y dice:

—Teniendo en cuenta que ese es mi cuarto, sí puedo pasearme como Pedro por su casa.

—Repite.

Una sonrisa asoma a sus labios cuando responde:

—Esa es la idea.

—Contesta a la pregunta —gruño entre dientes mientras procuro ignorar cualquier actitud o palabra encantadora, seductora y sensual que muestre o diga.

—Ese es mi cuarto. —Se encoge de hombros tan pancho—. Lo que significa que debemos compartir este espacio. En consecuencia, tengo todo el derecho del mundo a pasearme como Pedro por su casa, ¿no?

—No, de eso nada.

—Ya lo creo que sí. O eso, o alguien se va a cabrear mucho cuando aparezca mi ropa en su armario.

—No. Tus cosas no estaban ahí anoche.

—No veas lo que te gusta esa palabra.

—¿Qué palabra? —inquiero. Su cambio de tema me ha pillado desprevenida.

—«No».

—No, para nada.

Sonríe más abiertamente y dice:

—Deberías aprender a decir más que sí. En teoría, sucumbir a los placeres hace que vivas más y más feliz.

—Te crees muy mono, ¿no?

—Sé que lo soy. Aunque prefiero adjetivos como *sexy*, guapo o arrollador. Tienen más caché, ¿no crees?

Me quedo mirándolo. A él, a su sonrisa pícara y a sus abdominales de órdago, y sé que va a ganar este asalto, con sus estúpidos comentarios y su sonrisa inocente.

—Explícame por qué te hospedas en mi villa.

—Se ha averiado el aire acondicionado de la mía.

—Pues abre la ventana —repongo en tono seco.

—Estabas tan ocupada deseándome anoche que diste por hecho que había venido por placer. Como si fuera tu juguete sexual; pero ese término es denigrante por varias razones, así que propongo que no lo usemos. —Da un sorbo al café, a todas luces complacido con el espectáculo que está montando—. Ay, se me ha olvidado preguntarte.

—¿Preguntarme el qué?

—¿Qué tal sienta el arrepentimiento de buena mañana?

—¿El arrepentimiento? —digo entre risas—. ¿De qué hablas?

—Del arrepentimiento que sentiste cuando te marchaste anoche. El arrepentimiento que sentiste cuando te tumbaste en la cama sola en lugar de conmigo. —Se lame el labio inferior—. Y más sabiendo lo bueno que podría haber sido.

—¿El qué?

—El sexo. —Le refulgen los ojos, insinuantes. Deja la taza y se cruza de brazos. Cómo no, se me van los ojos a sus bíceps, que se le marcan con el gesto, pero entonces oigo que agrega—: Conmigo.

Se acerca a la cafetera, sirve un café en otra taza y me la tiende. Yo me quedo mirándola; una ofrenda de paz en la que no confío del todo.

—Solo es un café —me asegura.

—Un café ofrecido por ti.

Lo deja a mi lado, en la encimera, y retrocede mientras se rasca la mandíbula sin afeitar.

—¿Va a ser un problema? Que trabajemos juntos cuando me tienes tantas ganas, digo.

—Creo que deberías hacerte la misma pregunta. —Me acerco tanto a él que, cuando tomo aire, mis pezones arrugados y tensos le rozan el pecho—. Vamos a trabajar codo con codo, día tras día, y, encima, vamos a compartir vivienda.

—Retrocedo lo justo para bajarle un dedo por el esternón. Se le tensan los abdominales al inhalar con brusquedad—. Me parece a mí que te has buscado este problema tú solito, ¿no crees, Callahan?

—Me has formulado una pregunta imposible de contestar. —Se dispone a cogerme de la cadera, pero lo detengo sujetándolo por la muñeca.

—Quizá sea que no estás acostumbrado a esforzarte por lo que vale la pena —murmuro con los labios a escasos centímetros de los suyos; nuestros cuerpos bullen de deseo y apremio—. Contesta a la pregunta y soy tuya.

Gruñe a la vez que se sobrepone a mi agarre y me acerca a él por el culo, para que note lo larga y dura que la tiene.

—No quieres jugar con este fuego —susurra, y su cálido aliento baña mis labios.

—A lo mejor ardo en deseos de quemarme.

Me mira a los ojos y dice:

—Conque ese es tu plan, ¿eh? Calentarme y poner a prueba mis límites para dejarme con las ganas.

—Estoy aquí. Soy tuya, tómame. —Respiramos al unísono mientras procesa mis palabras. Se le oscurece la mirada y se tensa—. Pero la pregunta sigue en el aire: ¿qué saco yo de esto?

Callahan me toma la mano y se la lleva a donde estaba mirando: a su polla, que asoma por sus pantalones.

—El gesto habla por sí solo.

Se reaviva el dolor de mi entrepierna (como si alguna vez hubiera desaparecido), y su mirada insinuante me recuerda que debo respirar.

Doy un respingo y retrocedo: necesito separarme del hombre que nubla mi juicio y mis sentidos. Cojo el café y me voy a la encimera. Me paso con la leche. Luego le echo azúcar cuando ya le he echado. Lo que sea con tal de tener las manos ocupadas y no tocarlo.

—Estás jugando a un juego muy peligroso, Collins —dice Callahan chasqueando la lengua de un modo tan dominante y *sexy* que me lo imagino haciéndolo en el dormitorio.

—Tengo la impresión de que estás acostumbrado a jugar.

Noto el calor de su cuerpo a mi espalda, el olor de su piel y la calidez de su aliento en el hombro cuando me pega la boca a la oreja y dice:

—No suelo jugar, no me hace falta; tomo lo que quiero… Pero esta vez jugaré. Solo esta vez. Porque es posible que seas mi único aliciente en este sitio de mierda. Conozco el precio, pero vale la pena esperar. —Me abraza por detrás y añade—: Pero te lo advierto, no soy paciente, y menos cuando lo que quiero es que te cagas de *sexy* y está al alcance de mi mano.

Me pasa la lengua por el hueco del cuello, retrocede y abandona la villa.

Capítulo 14

Callahan

«La he cagado, ¿no?».

La pregunta se repite en mi cabeza una y otra vez mientras me paseo por la propiedad, y me la formulo como un mantra mientras salgo a correr por segunda vez en pocas horas.

Tenía que huir de la villa. Lejos de Sutton y de cosas que jamás me habían parecido *sexys* —el cabecero, marcas de almohada en las mejillas y voz ronca de recién levantada—, pero que, ahora, de repente, me lo parecían tras un solo día. Lejos de su camiseta de tirantes para dormir, tan fina que se le transparentaban los pezones rosados, y lejos de una pregunta que no sé cómo coño responder.

Rectifico. Sí sé responderla: sexo del bueno, de la hostia, sexo sin fin.

Esa respuesta bastaría para casi cualquier mujer que ha tenido el placer de retozar conmigo. Para todas, menos para ella.

Sé por qué me mortifica —cualquier hombre lo sabría—, pero lo que no acierto a entender es por qué también me parece *sexy* que flipas.

Que me rechace.

Que me rete.

Currarme algo que nunca he necesitado currarme.

Dios, que la noche en que la conocí entré en la *suite* sin más pretensiones que follar de lo lindo con la mujer que tanto me había intrigado y me había desafiado en la discoteca Coquette. Y, ahora, me lo he montado de tal forma que, básicamente,

105

estoy viviendo con ella, viéndola y cayendo en sus redes cada santo día.

Algo no me funciona bien, porque la respuesta a mi pregunta es: «Sí, la he cagado».

No tiene sentido, se mire por donde se mire. Es imposible sentirme menos loco, porque no tiene ni una pizca de lógica. Me la tiré, la deseé y me juré que no me la volvería a cepillar. Y, de pronto, estoy decidido a acostarme con ella de nuevo.

Ya está.

Ya lo he dicho (otra vez).

Ahora, ¿qué hago?

Contestar a la puta pregunta sería lo lógico, pero ¿cuál es la respuesta? No puedo garantizarle que Roz la ascenderá, porque no depende de mí. No puedo ofrecerle un puesto en S.I.N., porque llegaría a lo más alto por tirarse al jefe. Y no quiero darle dinero ni ella lo aceptaría.

Entonces, ¿qué narices quiere? ¿Qué pretende? Es evidente que me tiene tantas ganas como yo a ella, eso lo tengo claro. Lo que no tengo claro es el porqué y el cómo satisfacerla con mi respuesta. Es que ni puta idea.

En cualquier otra circunstancia, pensaría que me está utilizando; pero no es eso. La tía va muy en serio.

¿Cómo salgo de este embrollo?

Bebo más café y saludo a un miembro del personal que va por el camino que tengo enfrente.

Vale, sí, jugaré a su juego, pero yo también pondré mis condiciones. A fin de cuentas, toda negociación que se precie tiene dos oponentes. Sutton no es la única que sabe tocar, encandilar y apartarse al final.

Ya estoy jodido, así que voy a poner toda la carne en el asador. Si yo voy a sufrir, ella también.

—Buenos días —digo a nadie en concreto mientras entro en el despacho compartido de camino al mío. No despego los ojos del móvil y finjo que estoy leyendo un mensaje muy importante. Sé que Sutton está ahí, huelo su perfume y noto que me mira, pero ni levanto la vista ni la saludo, siquiera.

He descubierto que ignorar a alguien hace que esa persona te desee aún más.

¿Quiere jugar? Pues juguemos.

Me saludan por lo bajo mientras me siento a mi mesa. Al poco, se reanuda la cháchara y ese miedo prudente a que la persona al mando se enfade si oye a sus empleados hablar mengua con cada minuto.

—Entonces, ¿ese es el plan? —pregunta Brady fuera de mi despacho.

—Lo dices como si fuera un mal plan —contesta Sutton.

—No, malo no —recula él—. Es que me cuesta imaginarme cómo vas a llevar a cabo la lista de tareas que has colgado en la pared de detrás, y que tiene pinta de ser infinita, mientras sales y haces esas cosas.

—Esas cosas son las que van a hacer que Ocean's Edge destaque y sea más atrayente. Tengo que comprobar qué ofrece la competencia que nosotros no. Solo entonces podremos mejorar.

—¿Y tu idea es hacerlo en los dos meses que te han concedido para restaurar esta chabola? —Su voz destila duda. Ojalá pudiera verle la cara a Sutton; seguro que ya se ha puesto a la defensiva y está negando con la cabeza.

—Los ingresos no cambiarán en dos meses, Brady, ambos lo sabemos. Pero, para entonces, ya dispondrás de un plan para construir a partir de unos cimientos más sólidos. El personal estará más contento con los nuevos sueldos que les vamos a ofrecer, los alojamientos serán más competitivos, se planteará un cambio en la estética y ya estará en marcha un plan de *marketing* más sugerente y atrevido. —Hay una pausa, como si estuviera haciendo algo, y prosigue—: Casi todo se puede hacer desde mi asiento, salvo lo de los alojamientos. Eso tengo que verlo por mí misma para comparar con lo que tenemos.

—No te estaba cuestionando —murmura Brady.

—Lo sé —repone Sutton. Casi me parece verla sonriendo para tranquilizarlo—. Me parece bien que me desafíes y me cuestiones. Así la reforma será más exitosa. Nunca te preocupes por eso.

Se le da bien la gente. Es capaz de analizar el ambiente y ver que a Brady le preocupa haberla pisoteado. No todo el mundo sabe hacerlo.

Brady da la vuelta a su mesa, con lo que lo pierdo de vista, y se dirige a la de Sutton, supongo.

—¿Vas a mirar la web esa?

—No. Habré cotejado unas diez listas con lo mejor de cada resort y he seleccionado los puntos que más se repiten. Imagino que así sabré lo que busca la gente que viene a visitar la isla.

—Qué inteligente.

—Esto es lo que llevo por ahora.

Brady murmura en señal de aprobación y dice:

—Estos también los habría elegido yo. ¿Cómo es que ese está marcado?

—Porque ese, amigo mío, exige entrada, y tengo pensado pillarme una.

—¿Para «Aquí te pillo, aquí te mato»?

Y antes de que Brady pronuncie la última palabra, ya me he levantado de la silla y he entrado en su despacho como si nada, con las manos en los bolsillos para no apretar los puños.

—¿De qué habláis? —pregunto.

—Aquí donde la ves, Sutton va a hacer de conejillo de Indias y va a probar los mejores resorts de la isla para mejorar el nuestro. Incluida la noche de los solteros en Isla del Mar.

¿Pasar la noche sola?

—Ah, me había parecido oír otra cosa —murmuro.

—Así es —dice Sutton la mar de entusiasmada. Me vuelvo hacia ella. Me fijo en cómo le cae la melena por los hombros y en su blusa rosa chillón, pero son su sonrisa y su mirada lo que me llaman la atención. Burlonas, risueñas—. Brady lo ha llamado «Aquí te pillo, aquí te mato». Así lo describen en algunas reseñas.

Frunzo los labios y asiento.

—Creía que habíamos quedado en que queríamos atraer a una clientela selecta. «Aquí te pillo, aquí te mato» no evoca mucha clase, que digamos.

Sutton se endereza. Sí, nos he insultado a los dos con el único objetivo de captar su atención.

Y ha funcionado.

Le refulgen los ojos de la rabia.

—Soy muy consciente del público al que se dirigirá la propiedad una vez reformada. Pero ese público, los niños ricos y solteros que vienen con su *jet* privado para gastarse el dinerito de papá y compartir sus vacaciones en Instagram, suelen ir allí en tropel.

—¿A dónde quieres llegar? —inquiero.

—A que tenemos una discoteca en las instalaciones que no se ha llenado ni la mitad desde que la discoteca de Isla del Mar empezó con sus noches de los solteros el año pasado. Y esta mañana, hablando con el gerente, me he enterado de que esas celebridades dispuestas a gastarse el dinero de papá van ahí porque no tienen otro sitio donde alojarse en toda la isla. Deduzco que esos huéspedes quieren lujo. Quieren ir donde haya servicio de bebidas y zonas VIP con entrada restringida, como en casa. Que se los trate como si fueran de la realeza para pasárselo en grande sin tener que relacionarse con los mindundis.

—Estamos en el Caribe, no en Manhattan.

—Quieren lo que quieren, e irán allí donde se lo den. —Se recuesta en la silla y se cruza de brazos.

—¿Y? —pregunto.

—Y que tenemos una discoteca que puede dárselo. La adecentamos, limitamos la capacidad para clientes que no se alojen en nuestro resort, quizá con un sorteo al que haya que apuntarse o algo por el estilo, pues si algo no está a tu alcance, lo deseas más, ¿no crees? —inquiere, enarcando una ceja para apuntarse un tanto.

—Para algunos, sí. —Me apoyo en el marco de la puerta con la certeza de que la puñetera tiene toda la razón.

—A veces, el atractivo de algo es más poderoso que conseguir ese algo —arguye.

—Y, otras, no vale la pena el alboroto —digo, y me vuelvo despacio para mirarla a los ojos. Alza el mentón con actitud retadora y esboza una sonrisilla de superioridad con esa boca tan follable que tiene.

—Funcionará. Lo he visto en otro resort que he mirado.

—Así que ¿ese es tu plan? ¿Atraerlos con algo tentador?

—Sí. —Sonríe más abiertamente—. Y, en última instancia, preguntarme si basta con lo que ofrecemos en Ocean's Edge. ¿Qué sacan ellos de esto? ¿Van a beneficiarse de las diferentes actividades y excursiones que sellan el trato?

Me obligo a apartar la vista. Para no responder a esa mirada y esas palabras, y que Brady y todos los demás sepan exactamente lo que quiero hacer: follarme esa boca y esos labios que no dejan de provocarme con su chulería.

Pero me mantengo en mis trece y la miro a los ojos cuando digo:

—¿Qué sacan ellos de esto?

—Sí. —Lo dice con lentitud y deliberación mientras lucha por no sonreír.

—Un buen rato. Recuerdos, cambiar de aires, sentirse vivos. —Alzo una ceja—. Para mí, esas son cosas incluidas en el lote que satisfarían a casi todo el mundo.

—Hay quien quiere más que quedarse satisfecho.

Se hace un breve silencio. Quiero borrarle esa sonrisita a besos, pero, por suerte, Brady aprovecha la ocasión y rompe el hechizo.

—Ya sé que no soy una lumbrera, pero me he perdido. ¿Seguimos hablando de Isla del Mar y el Paraíso del Rollito, o hemos cambiado de tema y no me he enterado?

Giro sobre mis talones y me dirijo a la ventana con las manos en los bolsillos. Cuesta menos observar a la pareja que va a la playa que mirar a mis dos compañeros.

«Sutton de los cojones».

—Seguimos hablando de la discoteca, Brady, no te preocupes. Es que Sutton a veces habla con metáforas que los hombres no pillamos. —Me vuelvo hacia ellos y les sonrío con petulancia—. Y, dado que ya sabes que lo de reformar nuestra discoteca va a funcionar, no hará falta que vayas y aguantes que te entren con frases cursis y bebas hasta caer rendida. Estoy convencido de que aprovecharás mejor el tiempo haciendo cálculos con Brady para que el proyecto llegue a buen puerto.

La miro a ella y después a Brady, asiento con brusquedad y regreso a mi despacho.

Y una mierda va a ir al paraíso de los líos de una noche.

No pienso dejar que salga sola con otros que la van a mirar, la van a desear y la van a tocar cuando yo no puedo.

Tarda un rato en pasárseme la... ¿qué?, ¿rabia?, ¿frustración?, ¿incredulidad?, y es entonces cuando reparo en las cifras que aparecen en la pantalla de mi portátil.

Cifras. Eso era lo que le encantaba a mi padre y yo detestaba. Chocábamos. A él le gustaba trabajar de principio a fin. Yo prefería partir del resultado y tirar hacia atrás, lo que siempre provocaba discusiones que acababan conmigo saliendo en tromba y con Ledger y Ford ahí sentados, alabados por hacer las cosas a su manera.

Al cabo de unas horas me llamaría. Me echaría un breve sermón sobre que no hay que innovar tanto de golpe, y me pediría que no me enfrentara al sistema la próxima vez. Entonces, se disculparía de una forma que no parecería una disculpa, al más puro estilo Maxton Sharpe, y me propondría que quedáramos luego en el campo de golf.

Me recuesto y sonrío al recordarlo. Pese a los meses que han pasado, aún me duele saber que no volverá a llamarme, que la dinámica que solo compartíamos él y yo no va a volver. Pero, ahora, cuesta un poco menos sonreír y no resulta tan duro perderse en los recuerdos.

Sé que mis hermanos sienten su pérdida, pero también sienten un rencor que entiendo, pero que nunca he podido impedir. Lo que hizo nuestro padre estuvo mal —hasta yo lo sé—, pero era imposible cambiar el proceder de Maxton Sharpe, ya fuera bueno, malo o de otro tipo. Solo espero que, con el tiempo, comprendan que, quizá, fuera lo que necesitaba.

Y que mi único objetivo era hacerlo feliz.

Capítulo 15

Callahan

Hace diez años

—Un momento. ¿Estás diciendo que esto es culpa nuestra? —pregunta Ledger, exasperado y frustrado mientras los tres miramos a nuestro padre.

Nadie rechaza una reunión convocada por Maxton Sharpe.

Pero vaya si me apetecía.

Y más ahora.

—Digo que es tu hermano pequeño y el de Ford, y que es vuestra responsabilidad cuidar los unos de los otros —alega nuestro padre.

—Es el pequeño por cinco minutos —arguye Ledger.

—Eso. Los tres tenemos la misma edad —conviene Ford, que me mira y agrega—: Te quiero, tío, pero tus movidas son tus movidas, y estoy hasta los huevos. No voy a caer contigo.

Asiento. Es lo único que puedo hacer, porque mi atención está puesta en lo que ocurrirá después. En la ira que mi padre lanzará sobre mí —o usará para amenazarme— y que será mil veces peor que el disgusto de mis hermanos.

—Sois una familia. Algún día solo os tendréis los unos a los otros —dice mi padre—. Así que, sí, es responsabilidad vuestra animar a los otros y levantarlos cuando se caen.

—Tienes razón —concuerda Ford—, somos una familia. Y, a veces, cuando un pariente te falla porque se cree el ombligo del mundo y se pasa el día de fiesta y echando polvos, dejas

113

que fracase y que aprenda por las malas en vez de sacarle las castañas del fuego como si fuera un niño.

—Papá —interrumpo, aunque probablemente sea mejor que me calle—, en su defensa diré que no está bien culparlos por…

—¿Veis? —dice nuestro padre, señalándome—. Eso es lo que tendríais que hacer vosotros dos. Defenderlo como os está defendiendo él a vosotros. Eso es lo que hacen las familias.

—Con todo el respeto, señor —dice Ledger con un desdén apenas disimulado—, ¿dónde estaba este sermón cuando no di la talla? Si no recuerdo mal, lo que me dijiste fue: «No mancilles el apellido Sharpe». Y que, si no era capaz de arreglar mis asuntos, ya me podía ir buscando un nuevo apellido. —Su mirada se endurece—. No oigo nada de eso ahora.

—Os quiero y os trato a los tres por igual —dice, pero ninguno nos lo creemos. Ni siquiera él.

—No, no es cierto —dice Ledger, enfadado—. Si Ford o yo hubiéramos dejado Wharton, nos habrías puesto de patitas en la calle y habrías amenazado con desheredarnos. Habríamos oído el cuento de nunca acabar de «Nadie pone en evidencia a Maxton Sharpe». Pero no hemos sido nosotros, sino Callahan, que, para ti, es un santo.

Me quedo ahí, avergonzado a más no poder. Odio que, con cada segundo que pasa, el peso que me había quitado de encima al dejar Wharton vuelva con cada palabra de Ledger y Ford.

Nuestro padre suspira con pesadez y dice:

—Quiero ver vuestras notas actualizadas en mi mesa mañana por la mañana.

—Te refieres a las mías y a las de Ledger, ¿no? —inquiere Ford—. ¿Qué le vas a pedir a Callahan para conservar su puesto y el prestigio de la familia y la empresa?

—De mi hijo ya me encargaré yo —dice para dejar claro que la conversación ha terminado. Alza las cejas como retándolos, pero ni Ledger ni Ford aceptan el desafío. Son expertos en esto. Odio con toda mi alma estar en este marrón—. Podéis iros.

No nos cortamos y suspiramos aliviados.

—Callahan, siéntate.

«Mierda».

Supongo que me lo merezco, teniendo en cuenta que he sido yo el que ha abandonado una de las mejores escuelas de negocios del país. Una en la que mis hermanos —mis iguales— lo petan.

El peso de su mirada es impasible mientras espera a que se vacíe la estancia. Se cierra la puerta. Me entra el miedo.

—Explícate. —Una palabra; posibilidades infinitas.

—No sé aprender así. Como tenga que leerme otro libro de texto o crear otra hoja de cálculo, me saco los ojos.

—Qué exagerado eres.

—Soy un hombre de acción, papá. Siempre lo he sido. La escuela es una lección inútil que te enseña que, si les doras la píldora a los profes lo bastante como para llenarles la cabeza de halagos, aprobarás con matrícula. ¿Por qué tengo que vomitar hechos y cifras, cuando podría estar ahí fuera, creando mi propio mundo?

—Pero necesitas una base. Necesitas la estructura y…

—¡Que le den a la estructura! —exclamo, y al instante me estremezco y espero a que me eche la bronca. Pero, cuando lo miro, me sorprende ver que está sonriendo ligeramente y que me mira con cariño.

—Eres igualito a ella.

No le pregunto de quién habla porque ya lo sé: mamá.

—Era espontánea, no soportaba los convencionalismos y se rebelaba contra el sistema más veces de las que puedo contar. Era…

No es la primera vez que lo oigo, pero le dejo hablar de todas formas. Sé las palabras que va a decir y los adjetivos con los que la va a describir, al igual que sé que se le van a llenar los ojos de unas lágrimas que solo derrama por ella.

115

Puede que haya salido con muchas mujeres desde que murió, pero nuestra madre fue el amor de su vida. Sinceramente, creo que no ha superado su pérdida y que, a veces, me mira para recordarla.

Era su debilidad.

Y ahora, lo soy yo.

—Te diría que abandonar es inaceptable, pero sé que no te importa. Te da igual lo que yo opine, o que ahora en Wharton vean con otros ojos el legado de los Sharpe. Y no precisamente con buenos ojos. —Suspira con pesadez mientras se recuesta en el asiento y se pone a mi altura—. Me he sentado y me he preguntado cómo iba a ocuparme de esto, cómo iba a ocuparme de ti. Me he preguntado qué clase de lección te daría si permitiera que te salieras con la tuya. ¿Qué tienes que decir en tu defensa?

Miro a mi padre de hito en hito. Es duro de roer cuando se trata de esperar lo mejor de sus chicos. Su apellido y su legado lo son todo para él, por lo que no podíamos fallarle.

Pero Ledger tiene razón. Cuando él tuvo que lidiar con las expectativas diarias de lo que se esperaba de un Sharpe y las cargas universitarias, mi padre no tuvo piedad ni compasión con él. Se ensañó diciéndole que era una decepción, y lo amenazó con perder su lugar en la dinastía Sharpe.

Ford y yo nos preocupamos por él; por su salud mental, por su mente. Pero esa crueldad fue lo que hizo que le echara huevos y se situara entre los mejores alumnos de nuestra clase. El fracaso no era una opción.

¿Será que Ledger es calcado a nuestro padre y por eso papá no le da tregua?

¿Y se aplicará eso también a mí? ¿Como me parezco a nuestra madre, es más indulgente conmigo que con un niño?

¿Y qué hay de Ford? ¿Es una mezcla de ambos y por eso nuestro padre es duro en ocasiones y en otras no? ¿Acaso es el típico hijo mediano que vive en tierra de nadie y se pregunta cuándo fracasará?

Nos quiere a todos, de eso no tengo dudas. Pero nos quiere de una forma tan diferente que, a veces, es injusto.

Ahora mismo, sin ir más lejos. Estoy tan agradecido de que no me haya medido por el mismo rasero que cierro el pico y sonrío.

—¿Y bien? —pregunta.

Me froto los muslos y pienso en la cagada y en las tonterías que he hecho.

—No tengo nada más que añadir. No voy a disculparme por ser como soy, ni voy a lamerle el culo y suplicarte que me perdones por decepcionarte. Soy como soy. Un Sharpe que no está a la altura de tus expectativas. Vivo a la altura de las mías, y, para bien o para mal, así soy yo.

Tuerce los labios y gira la silla de un lado a otro.

—¿Y tus planes de futuro?

—No sé. —No tengo ningún problema en dar el callo, pero no me va lo de sentarme en un despacho con una corbata ceñida al cuello todos los días.

—No vas a dormirte en los laureles.

—Nadie ha dicho eso.

Una sonrisa asoma a sus labios.

—Eres tu madre, ¿recuerdas? Te conozco como la palma de mi mano.

Se levanta de su asiento y se dirige al rincón favorito de su despacho, se guarda las manos en los bolsillos y mira a la gente que hay abajo. Es su rincón de pensar. El lugar donde toma las decisiones.

Sé que es mejor no hablar ni empujarlo a decidir aunque quiera escapar de este ambiente asfixiante y esta prisión de hormigón.

—Pues hoy empiezas las prácticas en Sharpe International Network.

«Ay, madre».

Abandonar la escuela significaba que iba a respirar aire fresco y gozar de libertad. Que podría sentarme a decidir quién quería ser sin estar rodeado de gente que solo me consideraba un Sharpe y que solo quiere conocerme por mi apellido.

Cierro los ojos y gruño por lo bajo.

Este sería el sueño de mis hermanos. Subir al pedestal e iniciar su ascenso en la escalera corporativa. Una escalera que es superflua, puesto que estarán en la cima desde el primer día. Esto lo es todo para ellos.

Y me verán como el favorito (más aún). En plan, «Callahan es la niña de sus ojos».

Para mí, es como si me hubieran condenado a muerte.

Capítulo 16

Sutton

—Siento que te he recuperado y te he vuelto a perder —dice Lizzy al teléfono.

—Pero, esta vez, me has perdido por un buen motivo. —Me recuesto en la tumbona a que me dé el sol de la tarde.

—Cierto, cierto. Aun así, te echo de menos.

—Da gusto que echen de menos a una.

—Hablando de echar de menos… —dice con aire vacilante—. Anoche me llamó Clint.

—¿Clint?

—Ajá. Se ve que, como faltaste a la cena con su jefe y no le cogías el teléfono, me llamó a mí.

—Lo siento. —Arrugo la nariz y pienso en el montón de mensajes en mayúsculas que me envió anoche. Las amenazas, los desprecios y, acto seguido, las disculpas, como si no me hubiera mandado los primeros mensajes. Pero lo que más me asombra es cómo reaccioné. Es evidente que Clint es un maltratador psicológico, y me da pena haberlo aguantado tanto tiempo. Dejarlo ha sido lo mejor que he podido hacer. El tiempo y la distancia así me lo han hecho ver, así me lo han demostrado—. No quería cogérselo. No debería haberte llamado.

—Cualquier día contesto y aprovecho para cantarle las cuarenta, por imbécil. Tú no se lo cojas y diviértete.

—Gracias. De verdad que no creí…

—Ya está, Sutt. No te disculpes. Bueno, hablemos de tu hombre. Cuéntamelo todo.

—No hay mucho que contar.

—Vives con él, claro que hay mucho que contar.

—Puede que hayamos tonteado y me haya magreado por encima de la ropa...

—Sigue.

—Pero tenía que ponerle límites. Él es él, y yo soy yo.

—Lo que significa que tú tienes todas las de perder.

—Exacto. —Pienso en la reunión de antes con Roz para ponerla al corriente y recuerdo lo ilusionada que estaba con el proyecto—. Así que le di un ultimátum que en su momento parecía la hostia y ahora se me antoja una reacción de niñata.

—Estabas (y estás) protegiéndote. ¿Qué le dijiste?

—Que qué saco yo de esto. —Incluso ahora me siento tonta al decirlo.

—Un pollón como una catedral, obviamente.

—Lizzy —digo suspirando.

—¿Qué? Es la verdad. —Se ríe y añade—: ¿Qué más va a decir? ¿Dinero? ¿Un aumento?

—Le dije que esas no eran las respuestas.

—Te gusta, ¿eh? Porque esas son las únicas respuestas que puede darte. —Resopla y agrega—: Es una chorrada, pero tiene su gracia.

—¿Por?

—Porque vas a obligarlo a que le dé al coco. Y si un tío como ese, que podría estar con cualquiera, de verdad se esfuerza por dar con la respuesta, al menos sabrás que le interesas.

—Supongo.

Voy a decir algo más, pero me callo.

—Escúpelo, Sutt.

—¿Sabes lo difícil que es trabajar con un hombre, ver lo distante y mandón que es, y ser consciente de que es el mismo tío que te ordenó que te abrieras de piernas? —Seguro que me he puesto roja como un tomate.

—Tía, dime que en las reuniones te imaginas que te tumba en la mesa y empieza a darte lo tuyo.

¿No es eso lo que he hecho esta misma tarde? ¿Montarme una película con todo lujo de detalles mientras revisábamos el número de empleados y los salarios?

—Puede —acabo contestando.

Su risa es lo único que necesito oír. Sabe que tiene razón.

Capítulo 17

Callahan

Beber de buena mañana tiene algo que lo mejora todo.

Tomarse una birra o dos en horario laboral también: es como mandar a la mierda a mis hermanos en silencio por el ultimátum que me dieron antes de marcharme. Ese que me reconcome cuando tengo un instante para pensar en algo que no sea la avalancha de información que trato de asimilar.

Esto sí que es estar hasta arriba de trabajo y los demás son tonterías.

Además, ya llevo dos semanas deslomándome, por lo que ya va siendo hora de hacerme amigo del jefe de barra del resort. Siempre he pensado que los bármanes tienen un sexto sentido con los clientes y sus superiores.

La información secreta que me proporcionó Keone acerca de los otros resorts que, poco a poco, nos están dejando sin personal, no me decepcionó. Como tampoco las quejas que oye de los clientes. Ni lo que ve y escucha desde su posición como observador.

Además, me parecía mucho más fácil relajarme hablando con un amable gigante samoano de trescientos kilos que discutiendo de lo lindo con Sutton. Estoy cansado, me duele la cabeza, estoy cachondo y muy frustrado sexualmente.

Si os soy sincero, «¿Qué saco yo de esto?» es lo que viene siendo nada.

—Te tiene ganas.

—¿Qué dices? —le pregunto a Keone.

—La señorita del fondo. Te mira como si te quisiera de postre —dice con un ligero acento. Mantiene la cabeza gacha y le pasa un trapo al mostrador, pese a que no está sucio.

Sé de quién habla: la he pillado mirándome un par de veces desde que he llegado. Es guapa para ser madre. Fijo que tiene dos críos en la recámara que se pasan el día peleando, está harta de cuidar de todo el mundo y quiere su media hora de diversión.

No es mi rollo para nada, pero entiendo que necesite un descanso.

—Sí, ya me he dado cuenta —murmuro, y doy otro trago a la cerveza.

—No sería un buen colega si no te lo dijera. —Su risa resuena por todo el patio. Reto a cualquiera a no sonreír al oírla.

Atiende a un par de clientes mientras miro a la gente yendo de acá para allá con parsimonia. La mayoría se dirigen a la playa; algunos, a la piscina. Y otros parece que hayan olvidado ponerse crema solar y deban alejarse del fuerte sol caribeño.

Pienso en Sutton y en la estratagema que nos comentó esta semana sobre el «Aquí te pillo, aquí te mato».

¿Acaso quería ponerme celoso? ¿Que me lo currara más y le tuviera más ganas?

Que le tengo ganas es indudable.

¿Acaso fue una pista para contestar a su maldita pregunta? Una pregunta vana a la que, cuantas más vueltas le doy, menos sentido le veo.

«Mierda».

—¿Qué te pasa, que estás tan serio? —me pregunta Keone cuando pasa por mi lado.

—Dime una cosa. Cuando una mujer te pregunta «¿Qué saco yo de esto?», ¿a qué coño se refiere?

Vuelve a troncharse de risa y dice:

—¿Que tú tienes problemas de faldas? Pues estoy apañado entonces, porque con lo cuadrado que estás tú y lo gordo que estoy yo… —Se frota la barriga y saca bíceps.

—Problemas de faldas no. Es que…

¿Qué coño haces, Cal? Estás pidiéndole consejo al barman sobre una mujer a la que acabas de conocer porque necesitas contestar una pregunta imposible para tirártela.

Y encima te pones a divagar como tonto.

—Es que, ¿qué? —me pregunta Keone, que apoya un codo en la barra.

—Nada.

—Ya, nada. Bueno, no es asunto mío, así que respeto que no quieras contármelo. —Bebe agua y se limpia el sudor de la cabeza con un pañuelo que saca del bolsillo de atrás—. Pero te diré algo, jefe. A las mujeres les gustan tres cosas: que las hagan reír, sentirse deseadas y que tengan detallitos con ellas.

—¿Detallitos?

—Sí, hombre. Así saben que le importan a la otra persona y…

—No es eso —digo—. Es… Ella…

—Aaaah —dice, alargando la palabra—. Vale, ya veo por dónde vas. Te entiendo. Que no es como si os fuerais a casar. —Me da un puñetazo y agrega—: No pasa nada, ¿no?

Me río por lo bajo y apuro la cerveza en vez de responder.

—Estáis jugando. ¿Cazas tú o caza ella? —inquiere, y me planta otra cerveza delante, sin preguntar.

—Esa es la pregunta del millón, ¿no?

Capítulo 18

Callahan

Cuando, al cabo de una hora, abandono el bar, no sin antes hacer que lo que se tome la señorita del fondo corra de mi cuenta, estoy algo más relajado.

Aún quedan unas cuantas horas de sol, pues aquí se pone más tarde de lo que estoy acostumbrado, y los hecho y las cifras que se han asentado en mi cabeza navegan a través de la bruma de la cerveza que me corre por las venas.

Me detengo delante de la villa y miro la puerta. La primera noche que pasé aquí estaba convencido de que me había tocado la lotería tras asegurarme de que Sutton y yo compartiéramos apartamento. En cambio, ahora siento que me tiene cogido por los huevos y se me está yendo la chaveta.

Tenerla tan cerca y desearla tanto, pero no poder cepillármela por una pregunta de mierda imposible de responder…

«A tomar por culo».

Soy Callahan Sharpe: cualquier mujer mataría por estar conmigo. Es hora de que se entere.

Me dirijo a la puerta con paso firme, la abro, decidido, y voy a por lo que quiero. Voy a por ella.

—Sutton. —Es una orden. Pura y dura.

—¿Callahan? ¿Pasa algo? —Sutton sale de su habitación mientras se pone un pendiente—. ¿Estás bien?

Frena en seco al verme. Seguro que su cara de preocupación se debe a que la mandíbula debe de llegarme hasta el suelo.

125

Sutton, plantada en mitad de la villa, lleva un bikini rojo chillón que resalta y destaca hasta el último centímetro de su glorioso cuerpo. Sus piernas, sus abdominales, sus tetas y... Dios.

Mientras la miro, me da la sensación de que soy un hombre que se ahoga y que ella es el agua con la que se ahoga.

Carraspeo y digo:

—Sí, perfectamente.

—¿Querías algo?

—No..., creo que...

—Uy —dice cuando se le cae el pendiente al suelo. Suspiro entre dientes cuando se agacha a recogerlo y me enseña las diminutas bragas que lleva, propias de una adolescente, y que se le meten en la raja de ese culo redondo y perfecto.

—¿Vas a algún sitio? —Doy un paso al frente sin disimular lo mucho que estoy disfrutando las vistas.

—Sí. Fuera, a la playa.

—¿Vestida así?

Sutton se mira el cuerpo, el culo y luego a mí con cara de póquer.

—Es un traje de baño. Te lo pones para ir a la playa. Así que sí, voy a salir así vestida.

—No puedes ir así. —Sutil. Muy sutil, Sharpe.

—¿Cómo dices? —inquiere entre risas.

—Es muy pequeño y no deja nada a la imaginación. —Voy a la nevera a por otra cerveza. Me estoy portando como un imbécil, pero me da igual; pienso en un motivo que no sea que nadie más merece ver esto, verla de esta guisa, salvo yo—. No es un atuendo apropiado. El personal podría verte.

—Qué bien, entonces, que vaya a ir a la playa de una propiedad que no es de Sharpe. —Sonríe con sarcasmo y añade—: ¿En serio te vas a tomar otra? Ya vas un poco perjudicado.

—Vamos que si me la voy a tomar.

Joder que si me la voy a tomar como salga así vestida.

—Vaaaale —dice alargando la palabra, y se acerca a mí.

Error.

Ahora huelo su crema solar. Veo las pecas que salpican su pecho, y lo fácil que sería deshacer los lazos de la parte de abajo de su bikini y dejarla desnuda en un momento.

—¿Te molesta algo, Callahan?

—Tú.

—¿Yo? —Se ríe entre dientes, ladea la cabeza y me mira fijamente—. ¿Qué he hecho yo?

—Me estás volviendo majara —digo, y doy un paso hacia ella. No sé por qué, esperaba que se dejase de jueguecitos y retrocediese, pero no. Se queda ahí parada.

—Bien.

—No, bien no. —Avanzo otro paso—. Las mujeres no me rechazan, ¿lo sabías? —Le toco la mejilla y se le corta el aliento. Me tiene ganas. Eso está claro. Y verlo me pone a cien—. Las mujeres me desean, me persiguen. —Me acerco hasta rozarle los labios con los míos—. Yo nunca persigo, Collins.

—Y yo nunca he tenido un lío de una noche. —Temblorosa, toma aire—. Estamos empatados.

La risa que me sale es grave, estable y desesperada.

—Distamos mucho de estar empatados. Te deseo. —Me dispongo a besarla en los labios, pero gira la cara, y aprovecho para dejarle un reguero de besos húmedos por la mandíbula. Hostia puta. Qué sabor, qué gemidito. De repente, se le pone la piel de gallina y se pega a mí.

Vaya que si me tiene ganas.

El alcohol no tiene nada que ver con lo que siento por Sutton Pierce.

—Pero sigues siendo mi jefe —dice con voz queda.

—Collins, por favor. —Le doy un lengüetazo en el hombro; sabe a sal y a sexo. Aprieto los puños, me muero de ganas de tocarla y metérsela, y sé que, como empiece, no pararé hasta que me la haya follado por todos los lados.

—No puedo. No podemos. No te obligo a que me persigas —murmura—, te lo juro. Solo pretendo que valores el premio.

—Fóllame, Sutton. Aquí y ahora, hazme lo que quieras.

Sutton emite una risa grave y gutural cuando me araña la camisa por delante. Se me empina del gusto que me da la sensación.

—Parece que alguien está siguiendo su consejo sobre suplicar.

Llaman a la puerta con fuerza, pero tardo un poco en ser consciente y reaccionar. Sin embargo, para cuando lo hago, Sutton ya se ha apartado y me dice, a la vez que sonríe con suficiencia:

—Salvados por la campana.

Me acerco a ella y la atraigo hacia mí tras ponerle una mano en la parte baja de la espalda.

—Te garantizo que nada va a salvarte de mí. —Se me corta la risa cuando no dejo que responda o se aparte y le pego un morreo. El beso es rabioso, ávido y fruto de un apremio que no he sentido jamás por nadie.

Es porque no puedo tirármela. Lo sé yo y lo sabe ella. O quizá sea porque sé que puedo tirármela, pero estoy tan obsesionado con ella que no doy con la respuesta.

—¿Sutton? ¿Estás? —Llaman a la puerta de nuevo.

—Callahan. —Me pone las manos en el pecho, pero le robo otro beso—. Tengo que ir a abrir.

Se dispone a marcharse, pero la tomo de la mano y la detengo.

—Me has besado. Podrás decirme que no quieres seguir, pero tu cuerpo dice otra cosa.

—Yo no he dicho que no quiera. —Echa un vistazo rápido a mi paquete abultado—. El beso ha sido un desliz sin importancia. —Sonríe con superioridad y agrega—: Mi empresa me espera.

Se zafa de mi agarre y se dirige a la puerta, lo que me permite ver con claridad meridiana lo minúsculo que es el bikini que lleva.

«La madre que la parió».

Iba en serio lo de que saldría así vestida.

—Un momento, ¿a dónde vas? —le digo en voz alta.

—Pero ¡bueno! ¡Qué guapa estás!

Brady. Me cago en todo. Éramos pocos y parió la abuela. Estupendo. Gruño y me apoyo en la encimera mientras me acabo la cerveza para que se me baje mi pequeña erección.

Un momento. ¿Va a salir con Brady así vestida? Por encima de mi cadáver.

—Señor Sharpe. —Veo a Brady ahí plantado. El tío no es tonto, seguro que sabe lo que se cuece y sabe leer entre líneas.

—Brady, cuánto tiempo —digo en broma mientras me observa con atención. Lo primero que se me ocurre es contestar a la pregunta que me plantea su mirada, pero, si lo hago, lo confirmaré todo. Además, es un subordinado, por lo que no le debo explicaciones de nada. En estos casos, es mejor guardar silencio—. ¿Has quedado con Sutton?

—Sí, así es. —Echa un vistazo a la villa, que seguro que se parece mucho a la que le han concedido a él—. Eres consciente de que disponemos de mejores alojamientos que los cuartos del personal para ti, ¿no? El aire acondicionado está de camino a la villa que tienes asignada, pero puedes hospedarte en alguna *suite*, o…

—Gracias, pero no hace falta. Esa era la idea, pero ya estoy instalado aquí. Además, es muy importante ponerse en el lugar del personal para entender mejor cómo mejorar sus alojamientos, de ser necesario.

Sutton, detrás de él, pone los ojos en blanco, pero gracias a Dios interviene y sacia la curiosidad que tiene Brady.

—No pasa nada —dice mientras se encoge de hombros con indiferencia—. No es que me entusiasme la idea a mí tampoco.

—Caray —dice Brady entre toses y con los ojos como platos por hablar así de su jefe, conmigo delante.

Sutton me mira con una sonrisa traviesa, arruga la nariz con todo el descaro del mundo y vuelve a mirar a Brady.

—Detesto ser yo quien te lo diga, Sharpe, pero a nadie le cae bien su jefe.

Me devano los sesos para soltarle un zasca, porque no puedo decir lo que me gustaría delante de Brady sin demostrarle a Sutton que tiene razón acerca de que no puedo ser discreto. Abro la boca —las palabras me dan vueltas en la cabeza—, cuando Sutton da un paso al frente y toma las riendas de la conversación.

—Lo bueno es que apenas coincidimos, y, de hacerlo, Callahan es madrugador y yo soy trasnochadora, por lo que nos va de perlas. Además, menos mal que no se aloja en la *suite* de lujo, un hombre la reservó anoche para quedarse aquí cinco semanas.

—Eso he oído —dice Brady. La incomodidad ha desaparecido con el repentino cambio de tema—. No hay mal que por bien no venga. Tengo que presentártelo cuando llegue, es un huésped habitual que tiene negocios en la isla. Un rico de Wall Street que nos trata de maravilla cuando se queda con nosotros.

—Vale, sí, estaría bien —dice Sutton—. Espérame fuera, que voy a por mis cosas.

—Vale. —Brady desplaza el peso de un pie a otro, incómodo. Es obvio que lo intimido. Bien. Que así sea—. Pues salgo.

—Vale. —Asiento y espero a que cierre la puerta para presentarme en el cuarto de Sutton sin avisar.

Da un respingo y dice:

—¿Querías algo?

—No vas a ir así vestida. —Señalo su bikini.

—Gracias por darme tu opinión, pero voy a ir así. —Se mira al espejo y añade—: Me hace buen culo, ¿a que sí?

Ahora me está provocando.

Y funciona.

Se toma su tiempo para atarse un pareo transparente a la cintura que a duras penas le tapa nada.

—¿Mejor?

—No mucho —gruño, fuera de mí—. ¿Adónde vas?

—Al punto número nueve de mi lista. A cenar en Crystal Beach. Por lo visto, está muy de moda. Quiero echar una ojeada para ver si podemos adaptar algo que tengamos y ser rivales para ellos.

Me importan un pito la cena, la playa y yo qué sé qué más. Lo que me importa es que otros hombres la vean así vestida y la deseen tanto como yo. Me importa que Brady lo malinterprete y se lance, porque me lo cargo. Lo cual solo empeoraría las cosas, pues su prematura muerte me dejaría sin un gerente de primera.

—¿Y tú crees que es apropiado que tu gerente te vea de esta guisa?

—Tapa lo que tiene que tapar. Además, te garantizo que ni Brady ni su marido se van a molestar en mirarme el culo o las tetas, pero eso no es de tu incumbencia —contesta mientras pasa por mi lado para llegar a la puerta.

—¿El marido de Brady?

—Sí. Marido. —Me mira por encima del hombro y agrega—: A lo mejor, si dejaras a un lado tu frialdad cuando entras en el despacho y hablaras de verdad con tu personal, conocerías más a tus compañeros de trabajo.

—No confraternizo con mis empleados, hace que te vean con otros ojos y dejen de respetarte. Regla número uno del empresario.

—Qué pena, porque te estás perdiendo a un montón de gente estupenda. —Frunce los labios un instante y añade—: En ese caso, supongo que tampoco deberías confraternizar conmigo.

Y, tras decir eso, sale de la villa contoneándose y moviendo las caderas. Juro que la veo sonriendo con esos labios que tiene. Sabe que ha ganado este asalto.

Capítulo 19

Sutton

Dejo que el agua templada de la ducha me espabile.

Anoche nos lo pasamos bien en la playa. Desde una perspectiva empresarial, no fue nada del otro mundo. Pero las hogueras, los lugareños tocando los clásicos que le gustan a todo el mundo con la guitarra, la variedad de platos y los chiringuitos le conferían un ambiente divertido y distendido. Informal, pero con un aura de formalidad.

Y, luego, Brady se puso a tantearme; presentía que había algo entre Callahan y yo, pero no me quiso preguntar directamente. Creía que estaba disimulando bien, pero voy a tener que ausentarme de la villa lo máximo posible para no levantar sospechas. He sido una tonta por no considerarlo. Estaba tan preocupada por las consecuencias de acostarnos que no se me ha ocurrido que la gente lo daría por sentado al ver que compartimos villa.

Eso demuestra lo mucho que Callahan me nubla la mente y el juicio. ¿Y si Roz se entera de que compartimos villa y da por hecho que me acuesto con Callahan? Tengo el presentimiento de que sería muy difícil sacarla de su error.

¿Por qué siento que estoy teniendo un *déjà vu?* Un hombre que dirige la película —mi película— otra vez, cuando me juré que no volvería a permitirlo nunca más.

De ahí mi pregunta: ¿qué saco yo de esto? Esas cinco palabras me han devuelto el control necesario para manejar la situación sin echar por tierra esta oportunidad. Y, de paso, le he dejado claro a Callahan que la mujer desinhibida que conoció la otra noche no es más que una ínfima parte de la mujer con la que tiene que trabajar codo con codo.

Dado que no puedo cambiar de villa, pues, tal y como me han dicho, de momento no hay ninguna libre, la única solución que se me ha ocurrido es estar aquí lo menos posible si está Callahan. Así, quizá, dejen de circular rumores (si es que los hay).

Cierro el grifo con un gruñido y me obligo a pensar en opciones para Oceans's Edge, y no en Callahan. ¿Y si propongo que establezcamos un programa que se repita cada dos semanas? Tiempo más que de sobra para que los huéspedes no vivan una noche igual a otra.

Sin duda, es una opción.

Más estructura para el personal, para que sepan qué esperar. Más opciones para los huéspedes, para mejorar su estancia.

Callahan dirá que eso es lo que hacen los resorts de clase media. Tendré que aportar hechos y cifras para demostrar que se equivoca.

«Callahan».

Cojo la toalla mientras pienso en él. Lo mono que estaba anoche con unas cervezas de más. El miedo que le daba que llevara el bikini. El tartamudeo, las órdenes, los ojos como platos.

Antes de que llegara, no estaba cien por cien segura de que fuera a llevarlo. Al fin y al cabo, he venido a trabajar, e iba a salir con Brady y su marido, por lo que supuse que, quizá, no fuera apropiado. Pero en cuanto Callahan me vio y se opuso a que lo llevara, decidí que me lo dejaría sí o sí.

Lo que Callahan no sabe es que, nada más salir por la puerta, saqué un vestidito del bolso y me lo puse por encima. Pero estuvo bien provocarlo. Verlo perder el control, con lo dominante que es.

Lo que sí sabe es dejar huella en una mujer con sus besos.

Es duro mantenerte firme en tus convicciones cuando le tienes tantas ganas a alguien. Y más duro aún es no ceder cuando te acorrala contra la encimera y te besa hasta que te flaquean las piernas.

Miro la hora para ver cuánto queda para la reunión y empiezo a sacar la ropa que me voy a poner. Pero cuando abro el cajón de la ropa interior, me lo encuentro vacío.

—¿Qué cojones? —mascullo. Echo un vistazo a mi cuarto, como si a mis bragas les hubieran crecido piernas como por arte de magia y hubieran salido solas del cajón. Al segundo, rebusco en el resto del armario solo para encontrar que las bragas de mis bikinis tampoco están.

Lo primero que se me ocurre es que algún pervertido nos ha robado. Sé que suena raro, pero me he alojado en muchos hoteles por motivos laborales y he oído cantidad de anécdotas.

Envuelta en la toalla, abro mi puerta a lo bruto y me tropiezo con la enorme caja atada con un lazo rojo que hay a mis pies.

«¿Qué pasa aquí?».

¿Primero mis bragas y ahora esto?

La recojo y la dejo en mi cama. El nombre de la tarjeta me confunde y me intriga.

Así no tendrás problema.

Johnnie

¿Cómo?

Cuando saco el contenido envuelto en papel y lo abro, solo puedo reírme. En mi cama están las bragas de abuela más grandes y feas del mundo en los colores más sosos posibles. Hablamos de fajas que cubren desde debajo de las nalgas hasta el ombligo. Y, abajo del todo, hay varias bragas de bikini negras de toda la vida que son más de lo mismo.

Sonrío abiertamente mientras niego con la cabeza, pasmada.

«¡Tendrá morro el tío!».

Me ciño más la toalla y cojo el móvil, en la mesita de noche. Me contesta enseguida.

—Sharpe —dice tan pancho, cuando sabe perfectamente quién lo llama.

—Es coña, ¿no?

—¿El qué? —Noto por su tono que está sonriendo.

—¿Bragas de abuela? ¿En serio?

Oigo que se cierra una puerta y deduzco que se ha metido en su despacho para que no lo oigan los demás empleados.

—Bueno, como me he llevado tus otras bragas y bikinis de rehenes, he pensado que te alegraría tener un abanico de opciones entre las que elegir.

—¿Tú estás loco, o qué?

—Seguramente. —Se ríe. Me encanta el ruidito de incredulidad que emite, como si no se creyera lo que ha hecho, porque así es justo como me siento yo con lo nuestro.

—¿Has hurgado en mis cajones? —Sé que debería estar flipando, pero no es así.

—Te dejaste la puerta y el cajón abiertos cuando te fuiste a jugar con el personal. Me pudo la curiosidad. Entiéndeme..., estaba desesperado. ¿Cómo no iba a estarlo con las braguitas tan *sexys* que tienes? Más de un hombre en mi situación necesitaría ver o imaginar. —Se ríe de tal forma que parece una tos.

—Pero ¿de verdad me imaginas con esto?

—Es mucho más fácil para ciertas partes de mi anatomía, sí. Así que he actuado por mi cuenta.

—Y que lo digas. —Me río. ¿Cómo no iba a reírme?—. ¿Y tienes mis bragas de rehenes?

—Pensé que alguien querría pagar un rescate para recuperarlas.

Es inteligente, lo reconozco. Muy inteligente.

—A ver, que yo me aclare: estamos en una isla dejada de la mano de Dios —digo.

—Sí, algo he notado.

—¿Y me has podido comprar todo esto en un abrir y cerrar de ojos?

Callahan se ríe entre dientes y dice:

—No te imaginas lo que se puede conseguir con dinero.

—Serás chulo.

—Lo sé. Te encanta.

Cojo unas bragas de color carne y las sostengo en alto. Son gigantescas. Se parecen a las que se ponía mi abuela encima del pañal cuando yo era niña.

—Cobertura total —dice Callahan, lo que me distrae.

—¿Cómo?

—Eso es lo que sacas tú de esto. Tener el culo cubierto si alguien se entera de lo nuestro.

Se me desencaja la mandíbula y me río. Eso ha sido inteligente, ingenioso y oportuno.

Odio que, en cierto modo, me encante.

—Tomo nota.

—Pero esa no es la respuesta, ¿no? —inquiere.

—No, pero ha sido un intento buenísimo.

—Me he ganado un *brownie*, ¿no crees?

—Puede.

—¿Puede? —pregunta—. En cuanto al rescate…

—No hace falta, estoy bien así.

—¿A qué te refieres con que estás bien así?

—A lo que he dicho. —Me río—. A que estoy bien así.

—¿Y qué ha pasado con las buenas negociaciones a la antigua usanza?

—A veces tienes que actuar por tu cuenta. Y tú, con las largas duchas de agua fría que debes de pegarte, seguro que lo sabes. Adiós, Callahan.

Y cuelgo sin mediar palabra, necesito dejarlo pendiente mientras me derrito por dentro.

Me muerdo el carrillo. Estoy sonriendo tanto que me duelen las mejillas. El Callahan creativo y coqueto es *sexy* a más no poder.

Pero supongo que ya lo ha demostrado a su manera.

Te vas a enterar, Sharpe.

Capítulo 20

Sutton

—No somos un crucero, Sutton —dice Callahan recostado en su asiento, con los codos apoyados y las manos en ojiva.

—Lo sé perfectamente, pero, en mi opinión profesional, muchos de estos servicios y experiencias aportan un valor adicional a Ocean's Edge en su totalidad. Puede que no sean sofisticados, pero les dan a vuestros huéspedes lo que buscan y seguirán buscando, pese a sus ingresos.

—Continúa. —Levanta las manos como si esperara más de mí.

—Brady y yo estamos trazando un plan exhaustivo en el que se desgranará cada idea que nos gustaría llevar a cabo con todo lujo de detalles. Estoy convencida de que te satisfará en todos los sentidos.

—Ah, ¿sí? —Una sonrisa de suficiencia asoma a sus labios. Seguro que esa mirada sugerente se debe a que se está imaginando otras actividades con las que satisfaría todos sus sentidos.

—Sí. —Carraspeo. No me dejo intimidar por su mirada, y procuro aparentar profesionalidad en esta sala mientras la gente se pasea de un lado a otro de la oficina y desaprovecha los últimos minutos de su jornada laboral—. Informes de comparación con otros resorts análogos de la isla. Si miramos los muestrarios, el coste de aplicar las nuevas opciones e ideas, ese coste en contraposición con lo que ganaríamos y...

—Sí, lo que tú digas. Me aburro. —Suspira con pesadez y añade—: Ponme un ejemplo de cada idea.

137

—Ecoturismo.

—¿Ecoturismo? —Su tono ya me dice que lo descarta.

—Sí, está en boga. Dado que a la flor y nata le encanta defender sus causas (o, al menos, aparentar que es así mientras cuelgan fotos en las redes sociales y tuitean como si no hubiera un mañana), debemos incorporar esta práctica enseguida para que nuestra propiedad esté a la altura de una de las modas más extendidas.

—Te garantizo que nunca he tuiteado como si no hubiera un mañana para mantener las apariencias.

Miro a Callahan de hito en hito. Lo creo: no es de los que fingen algo que no son. Sin embargo, eso no me resta razón.

—Preservar el medio ambiente es tendencia, Sharpe, así que, ¿qué hay de malo en colocar carteles por la propiedad con guiños a lo que hace el resort Ocean's Edge para contribuir a la causa?

—Tenemos que darle rentabilidad, no quitársela.

—El resort ya es sostenible por muchos motivos, así que informemos de ello a nuestros huéspedes y agreguémoslo a nuestra campaña de *marketing*. Además, Brady y yo hemos contactado con agencias de turismo locales para dar con una que personalice un *tour* exclusivo para nuestros huéspedes y que los lleve a los rincones de la isla que más se ajusten a sus gustos.

—¿Por ejemplo?

—Por ejemplo, el santuario de tortugas en el que las crían y las devuelven a su hábitat natural —contesto sin dudar, pues sé que un hombre como Callahan necesita ver una confianza absoluta—. La reserva natural de la otra punta de la isla. La…

—No hace falta que sigas. —Tuerce los labios y se hace el silencio—. No veo que eso vaya a ser de provecho, no veo que…

—Poner carteles es barato. Los *tours* personalizados nos darán exclusividad, y nos llevaremos el quince por ciento de lo que gane la agencia.

—Sigo sin verle la gracia.

—Discrepo.

—Tú siempre discrepas. Para mí que lo que te gusta es discutir conmigo.

Va a descartar la idea, es que lo veo. Ya noto que da por finalizada la conversación. Y tanto una cosa como la otra me exasperan con creces.

—No, me gusta discutir argumentos, Callahan. Hechos. Y mi experiencia y mis años de trabajo me dicen que el ecoturismo está muy de moda y es esencial. Te gustará más o menos, pero es la verdad.

—No lo creo. Tenemos muchos resorts y…

—Y todas las propiedades de Sharpe International han incorporado el ecoturismo de una forma u otra en los últimos meses. ¿No lo sabías? —Su mirada recelosa debería haber sido advertencia suficiente, pero no le hago caso y sigo insistiendo. ¿No quería cuestionarme? Pues yo también voy a cuestionarlo a él—. ¿Cuándo fue la última vez que te hospedaste en una de tus propiedades, como estás haciendo ahora? ¿Cuándo fue la última vez que abandonaste tu torre de Manhattan y te ensuciaste las manos, por así decirlo?

Callahan me observa con una intensidad que no le había visto nunca. Tiene la mandíbula apretada y el cuello tenso.

Por lo visto, he metido el dedo en la llaga.

—¿A dónde quiere llegar, señorita Pierce?

—¿«Señorita Pierce»? —Me río con sarcasmo. No me ha llamado así jamás—. ¿Esta es tu manera de ponerme en mi sitio y decirme que estás cabreado conmigo?

Sus ojos ambarinos no vacilan cuando dice:

—Si estuviera poniéndote en tu sitio, lo sabrías.

Abandono mi rincón junto a la ventana y camino hasta la otra punta del despacho. Veo mi mesa al otro lado de la puerta, en un espacio mayor, y a unos pocos rezagados recogiendo sus cosas. Ponen las mesas rectas, apagan las luces y se despiden entre murmullos.

No tardaremos en quedarnos solos.

Tengo que salir de aquí si no quiero que empiecen a circular rumores acerca de nosotros, pero... Callahan lleva todo el día poniéndome a prueba. Peleón, con ganas de discutir. No debería resultarme *sexy*, debería cortarme el rollo y no ponerme nada.

Y, sin embargo, tiene el efecto contrario.

Hasta siendo un cascarrabias está de toma pan y moja. Y estoy cachonda. Huelga decir que el asunto de las bragas —o, más bien, la ausencia de ellas— ha contribuido.

No puedo impedir que me atraiga, las cosas son así. Pero voy a aprovechar que esta mañana ha abierto la veda de las tretas para chincharlo a base de bien. ¿No es lo que propuso Lizzy, en resumidas cuentas?

Me vuelvo para observar a Callahan. Hoy lleva el pelo alborotado, y se nota que está tenso.

—¿Qué te reconcome, Callahan?

—Nada.

—Entonces, ¿te estás comportando como un cascarrabias sin motivo?

—Es que anoche no pegué ojo —dice.

—No me extraña. Estabas muy ocupado birlándome las bragas y peinando la isla para buscarles sustitutas.

—Lo que sea por mi chica. —Ufano, sonríe con suficiencia. De pronto, el ambiente se ha relajado y está más juguetón—. ¿Te van bien?

—No lo sé. —Arqueo una ceja y le devuelvo la sonrisa cuando echa un vistazo rápido a mis muslos y vuelve a mirarme a los ojos—. ¿Sabías que hay un centro para personas sin hogar al este de la isla? El caso es que Rhonda, de recepción, trabaja allí de voluntaria en sus días libres, así que se las he dado a ella para sumarlas a las demás donaciones que ha hecho el personal.

—Qué generosa.

—Ya sabes cómo soy, siempre dispuesta a dar a los más necesitados.

—¿Y qué pasa conmigo, entonces? —Juguetea con un boli, pero no deja de mirarme a los ojos.

—Estoy convencido de que puedes satisfacer tus necesidades tú solito. —Le vendo la moto pese a la quemazón que empiezo a notar en mi interior.

—Mmm... —Se fija en mi escote y en mis muslos, y vuelve arriba—. Entonces, ¿qué llevas bajo la falda?

Me inclino hasta apoyar las manos en su mesa y susurro:

—Nada de nada.

Al instante, se le oscurecen los ojos. Me sorprende que la sala no estalle en llamas solo con esa mirada.

—Quítate la falda —me ordena en un tono grave y estable.

Por Dios. Si no lo considerara ya *sexy*, esas palabras y ese ceño me habrían hecho cambiar de opinión.

Me muerdo el labio inferior y digo:

—No.

—Sabes que no me gusta que me desobedezcan.

—No estamos en el dormitorio, Callahan. —Retrocedo y me dirijo al sofá de cuero marrón que hay en la otra punta de la estancia—. Tú no me mandas.

Se levanta con ímpetu de la silla y se encamina a la puerta del despacho. Echa una ojeada a la oficina, ya desierta, baja las luces del techo, cierra la puerta en silencio y echa el pestillo.

Cuando vuelve a mirarme, recuerdo lo cachonda que me puso que fuera tan autoritario la noche en que nos conocimos.

—Que te quites la falda, Collins.

Le sonrío y me siento en el sofá.

—¿Qué ha pasado con las buenas negociaciones a la antigua usanza? —Se me van los ojos a su paquete, tan duro que le va a agujerear los pantalones.

—A veces tienes que actuar por tu cuenta. —Y ahora me ataca con mis propias palabras.

—Exacto —murmuro mientras me levanto la falda vaporosa, subo una pierna al cojín que tengo al lado, separo los muslos y le enseño las vistas más espectaculares del mundo.

—La madre que me parió —gruñe, y mueve los dedos, deseosos de tocarme. Me mira el coño, luego a los ojos y de nuevo el coño.

—Sácatela —ordeno.

Al momento, me mira. Su cara es de sorpresa cuando dice:

—¿Perdona?

—Ya me has oído. Que te la saques. Demuéstrame lo mucho que te pongo.

—¿Qué cojones haces?

—Darte el *brownie* que te mereces por responder con tanto ingenio. Fue un buen intento.

—Pero ¿fallé? —Con la mirada, sigue mi mano mientras me acaricio el muslo desnudo de arriba abajo.

—Sí, fallaste. —Esta vez me toco la entrepierna y me froto el clítoris con la yema del dedo. La respiración agitada de Callahan inunda la sala—. Pero no te preocupes, creo fervientemente en mantener a aquellos con los que trabajas, a aquellos de los que quieres algo, motivados para que se esfuercen más.

—Ah, ¿sí? —Empieza a acercarse a mí y, al fin, se saca la polla de los pantalones.

—No, no, no.

—¿Eh?

—He dicho motivados, no recompensados. Quédate ahí. —Soy consciente de que estoy jugando con fuego. De que puedo quemarme—. Se mira, pero no se toca.

—Sutton. —Mi nombre es la advertencia tensa de un hombre desesperado.

—¿Ajá? —Alzo una ceja y suelto un gemidito desde el fondo de la garganta al bajar más los dedos.

—Esto es cruel. —Se ríe entre dientes, pero se pasa las manos desde el glande hasta abajo sin perder de vista mis dedos.

—Pero no estoy infringiendo ninguna norma, ¿a que no? Si no nos tocamos, no hay coito que valga.

Callahan gruñe y dice:

142

—Pero matar a tu jefe también es un crimen.

Se me entrecorta la respiración cuando me meto los dedos en la hendidura húmeda y me mojo el clítoris con mis fluidos.

—Acaríciate, Callahan. Acaríciate para que te vea mientras tú me ves a mí.

Callahan echa la cabeza hacia atrás y se la acaricia un par de veces.

—¿De verdad crees que así vas a recuperar tus bragas?

—Me da igual recuperarlas. —Gimo y echo la cabeza hacia atrás a la vez que me froto más—. Así sabrás que no llevo nada cada vez que pase por delante de tu mesa. Sabrás lo que hay al alcance de tu mano cuando, despacio, me agache a recoger una carpeta que se me haya caído de la mesa.

—Joder.

—Una tortura de dimensiones descomunales —digo con una sonrisilla—. Venga, acaríciatela.

Enarca una ceja, pero me hace caso. Mueve su manaza desde la base de su miembro hasta la punta, y vuelve a empezar. Lo miro embobada. Es *sexy*, sensual y embriagador en el sentido más carnal de la palabra.

Muevo los dedos más rápido. Me obligo a no cerrar los ojos, para disfrutar del espectáculo. Le brilla el glande a causa del líquido preseminal que extienden sus dedos.

—Madre mía, cómo me pones —murmuro mientras me masturbo—. ¿Estás pensando en mí? ¿Te imaginas metiéndomela? ¿Sacándomela mientras, desesperada, me aferro a ti con el coño para que no te vayas?

—Sí, joder, sí.

—Shh, silencio —gimo, y ladeo la cabeza para ver a Callahan y apoyarme en los cojines.

—Me la suda que me oigan —dice.

—Exacto. —Separados por poco, nos miramos a los ojos. Ya ha quedado demostrado que yo tenía razón, pero el objetivo que persigo sigue ahí delante.

143

—No me refería a... ¡Su puta madre! —gruñe cuando vuelvo a introducirme los dedos y lo imito.

—Qué gusto, Callahan. Qué gusto, por favor.

—Me está costando Dios y ayuda no cogerte de los tobillos, tirarte al suelo y follarte hasta dejarte exhausta.

«Sí».

«Por favor».

Pero no digo ni mu. No puedo. En este momento, estoy tan excitada por su culpa que no distingo el bien del mal; mi actitud desafiante de mi afán complaciente; mis necesidades de mis deseos.

Me froto más rápido.

Y él se masturba con más vehemencia.

Adelante y atrás.

Arriba y abajo.

Me tenso y me mojo todavía más. Estoy a punto de suplicarle que cumpla su amenaza: que me tire al suelo y me folle hasta dejarme exhausta. Pero justo cuando voy a decirlo, su gemido inunda la estancia.

Lo veo correrse. En una mano se le estremece la polla, y en la otra se vacía. Y, por si eso no fuera lo bastante *sexy*, los ojos oscuros, autoritarios y anhelantes con los que mira los míos me llevan al límite.

El orgasmo arrasa conmigo sin importar ni dónde estoy ni que debo guardar silencio. Muerdo la esquina del cojín a medida que me embargan las oleadas. Me cuesta respirar y siento que floto cuando cierro los ojos y me empapo de su bendita ira.

Grito cuando Callahan me agarra de los muslos con brusquedad, me los separa más y me lame la entrepierna. Me contorsiono cuando me toca y me hunde la lengua.

Su gemido lo es todo. Mitad tortura, mitad satisfacción.

—Callahan —lo regaño mientras lo levanto por el pelo.

Sonríe con los labios manchados de mis fluidos.

—No puedes culpar a un hombre por querer degustar su *brownie*.

144

—Eres incorregible. —Lo aparto de una patada suave en el pecho mientras me río.

—¿Sabes cuál es la regla número dos? —dice sentado en el suelo con la polla ya relajada aún asomando por los pantalones—. Aprender el buen arte de la negociación.

Capítulo 21

Sutton

—Pues ya hemos probado cinco de las diez mejores actividades —dice Brady, que tacha «Aventuras montando en *jeep*» de mi lista—. ¿Opiniones?

—Creo que es factible incorporar las cinco a Ocean's Edge. La cuestión es cómo lo hacemos para que se distingan de las demás. Y lo mismo pasa con los contratos de los empleados.

—He hablado antes con Teresa —dice Brady. Teresa es la abogada especializada en contratos de trabajo de Sharpe International.

—¿Y?

—Hemos revisado las peticiones de los empleados una por una. Le he explicado las diferencias que hay respecto a las de los otros resorts de por aquí y le he dado mi opinión sobre las que considero innegociables. Teresa reformulará el contrato para tener un punto de partida con Solomon —explica. Solomon es el portavoz de los empleados de Ocean's Edge.

—Vale, estupendo —digo—. Antes he hablado con dos diseñadores de interiores, y después hablaré por teléfono con otro para poner en marcha el plan de restauración.

—¿Te han convencido los dos con los que has hablado?

—La primera, no mucho. Sus modelos priorizaban la modernidad contemporánea a la elegancia clásica y me lo ha rebatido, así que no. El segundo tenía unas ideas buenísimas. A ver qué ofrece el tercero y, a finales de semana, decidimos con cuál nos quedamos. Hay que ponerse manos a la obra para enviar los planos y encargar los materiales. Seguramente la restauración empiece cuando ya me haya ido, pero lo tendrás todo listo, así que irá como la seda.

Brady resopla y dice:

—«Como la seda» y «restauración» no pueden ir en la misma frase.

—Ya, pero hay que tener fe —murmuro distraída por el correo que me acaba de llegar de Roz en respuesta a la conversación que hemos mantenido antes—. Ah, y vamos a apostar por el ecoturismo.

—¿En serio? —exclama Brady, sorprendido. Despega los ojos del ordenador y señala con el mentón el despacho de Callahan—. ¿Te ha dado el visto bueno?

Sonrío con seguridad y digo:

—Negociamos y gané.

Brady me mira con incredulidad y me da un puñetazo amistoso.

—Le das caña y no le pasas ni una. Me gusta.

Hace un bailecito con el que me parto la caja y, de pronto, se queda quieto.

Callahan está ahí plantado con el hombro apoyado en el marco de la puerta, las manos en los bolsillos y una ceja enarcada.

Brady se ha quedado paralizado. La imagen que crean sus cejas alzadas, su boca en forma de *o* por la sorpresa y la imponente figura de Callahan por encima de su hombro es muy divertida.

—¿Qué es tan gracioso? —pregunta Callahan.

Me ha oído. Sé que me ha oído; lo lleva escrito en ese rostro tan bonito que tiene.

—Estábamos de celebración. Le he contado a Brady que, tras unas negociaciones la mar de arduas, me has dado permiso para llevar a cabo mi idea y poner carteles de ecoturismo y ofrecer *tours* personalizados a nuestros huéspedes.

—Unas negociaciones la mar de arduas, cierto.

¿Cómo puede observarme con esa frialdad y esa circunspección cuando yo no puedo ni mirarlo a los ojos sin recordar cómo me contemplaba desde su posición entre mis muslos la otra noche? En el despacho de aquí al lado, nada menos.

—Sí, mucho.

—Bueno, las actividades y los servicios son la parte fácil. Ese asalto lo has ganado tú. Ahora viene lo difícil: las prestaciones para los empleados, las previsiones de presupuesto respecto a los salarios y el coste de la modernización de la decoración.

—Sí, señor —digo—. De eso precisamente estábamos hablando Brady y yo antes de que llegaras.

—Es verdad —repone Brady, que asiente.

—Me alegro de que trabajéis tan bien juntos —murmura Callahan—. Estaba pensando que sería un bonito detalle que dejáramos *brownies* caseros en las habitaciones de los huéspedes a su llegada, como regalo de bienvenida.

Casi me atraganto con el café.

—¿*Brownies*?

Sonríe con suficiencia cuando me mira a los ojos, y dice:

—Sí, *brownies.* —Mira a Brady, después a mí y otra vez a Brady, y agrega—: Si queréis, consideradlo… ¿Cómo los llaman? Puntos *brownie*. Por elegir hospedarse aquí.

—¿Puntos *brownie*? —repite Brady.

—Exacto. —Callahan asiente con gesto estoico—. Seguid trabajando así de bien. Ánimo.

Como cada tarde, abandona la oficina para hacer ejercicio. Después, asiste a alguna reunión o se queda dormido en el sillón de la villa con el portátil en las rodillas y hojas de cálculo desperdigadas por la mesa.

Al mirar la puerta por la que acaba de salir, no puedo evitar llegar a la conclusión de que va a ser más difícil resistirse a él de lo que creía en un principio.

Solo debo recordarme que él no me importa. Que no me importa que se deslome y sea entregado; que, de cuando en cuando, se refleje la nostalgia en sus ojos cada vez que alguien menciona a su padre; que cierre la puerta y hable a gritos cuando alguno de sus hermanos lo llama.

Pero, sobre todo, no me importa que siga intentando responder a una pregunta que no tiene respuesta.

Capítulo 22

Callahan

Hace diez meses

—¿Nos permitís un momento? —Miro a Gil Diamante y a su hija, Gia, sentados a la mesa con nosotros.

—¿Para? —pregunta Gil.

—Necesito hablar con mi padre —digo.

—¿Pasa algo? —inquiere Gia con una mirada seductora.

—No, es que tenemos que hablar de algunos asuntos a solas —aclaro.

—Buscaremos un sitio en la barra. Venga allí cuando esté. —Gil se levanta y coloca bien la silla—. Pero no nos haga esperar mucho: no soy un hombre paciente, señor Sharpe.

Asiento y veo cómo cruzan el restaurante. Se oye a la gente dejar los cubiertos en los platos y conversar en voz baja.

Mi padre mira por la ventana del restaurante las centelleantes luces de la ciudad que hay debajo.

Esto no me da buena espina. Ni los Diamante, ni la reunión, ni el contrato.

Ni mi padre.

—Soy consciente de que han traído el contrato para seguir adelante con el acuerdo, pero hace tiempo que tomamos una decisión —digo en referencia a la reunión que hemos celebrado antes con mis hermanos—. No vamos a firmar.

150

—Que yo sepa, el accionista mayoritario de la empresa soy yo. —Me sonríe, pero no está contento en absoluto. Eso no me facilita las cosas.

—Las previsiones para el resort Ocean's Edge no son positivas. Ford, Ledger y los contables las han mirado con lupa, y llevan días intentando que nos sean favorables, pero entre el precio que se exige y el coste que supondría reformar el resort, vamos a tardar mucho tiempo en recuperar la inversión.

—Soy muy consciente de las cifras.

—Además, dista mucho del estilo Sharpe. No encaja con nuestro porfolio, es...

—¿Insinúas que si algo no cumple con las expectativas de Sharpe no deberíamos considerarlo? —Enarca una ceja. Lo dice por mí y mis persistentes meteduras de pata más que evidentes.

—El plan de la cena de esta noche era rechazar el trato. Desentendernos de él, ¿recuerdas?

Asiente y me mira, pero sus ojos están huecos y parece que no me vea. Desde hace unos meses, es cada vez más frecuente.

Se lleva su copa a los labios y le da un sorbo. Entonces, la aparta y dice:

—Esto no es lo que he pedido. Ni siquiera me gusta el *whisky.*

Echo un vistazo a su bebida y me vengo abajo.

Está empeorando. Lo que empezó como algún que otro olvido de vez en cuando se está volviendo una costumbre. Tiene lagunas sobre ciertos momentos de su vida; hay días en que los recuerda y otros en que no.

Me suplicó que no les dijera nada a mis hermanos. Me pidió que le dejara conservar su dignidad mientras esperaba a que la medicación surtiera efecto, pero cuesta horrores ser testigo de cómo lo que sea que le ocurre se lo lleva por partes.

Cómo se lleva hasta su gusto por su *whisky* favorito.

—¿Papá? —digo, y espero a que me mire—. ¿Qué te gustaría beber?

—Un *whisky* —contesta—. Ya sabes lo que me gusta.

—Pues ten —repongo con una sonrisa, y le acerco la copa que acaba de rechazar.

Se la lleva a los labios y le da un sorbo.

—Sublime. —Se deleita y cierra los ojos para apreciar bien el sabor—. Esto sí que es dar en el clavo.

Cuando vuelve a observarme, su mirada es clara y lúcida. Suspiro aliviado al ver que el episodio ha acabado y ha sido más breve que la mayoría de los últimos.

—Qué bien, me alegro. —Esbozo una sonrisa forzada que seguro que no borra la preocupación que destilan mis ojos. Pero mi padre no se percata porque está demasiado absorto mirando el contrato que tiene delante y que, poco a poco, estoy apartando de él.

—¿Qué haces? —inquiere mientras pone una mano en el fajo de papeles para que no me lo lleve.

—Hemos quedado en que no aceptaríamos la oferta, ¿no? Tú querías hacer la pantomima de traer los papeles y devolvérselos sin firmar para que entendieran que rechazabas la oferta. Decías que era mejor así —aclaro. No sé por qué no podríamos haber zanjado este asunto enviando un correo electrónico, pero este hombre es anticuado como él solo. Si por él fuera, cerraría todos los tratos con un apretón de manos.

—¿Por qué haríamos eso? Quiero firmar la oferta. Quiero comprar la propiedad.

—¡Papá! —gruño, frustrado y cabreado por tener que hacer de canguro esta noche. En teoría, él es quien tiene la última palabra porque es el accionista mayoritario, así que ¿qué pinto yo aquí? «Tienes que proteger a papá, Callahan. Evitar que llegue a acuerdos que no van a ningún lado. Contamos contigo». Ford no podría haber sido más claro.

—¿Sabías que tu madre y yo fuimos ahí de luna de miel?

—No, no fue ahí. Fuisteis a...

—¡Sabré yo si he ido! —me espeta en un tono que no le he oído jamás—. Sé que estoy perdiendo la cabeza, Callahan,

152

pero ni se te ocurra decirme que no sé o no recuerdo esto. Fue decisión de tu madre, lo eligió ella, y le juré que algún día compraría un terreno allí y lo convertiría en lo que ella quisiera. Le fallé. No lo hice cuando estaba viva, pero eso no significa que no pueda enmendarlo ahora, que ya no pueda hacerlo. Hoy es el día. —Se le dulcifica la mirada teñida de nostalgia y me sonríe—. ¿Sabías que todavía la veo de pie en la playa con una flor en el pelo, sonriéndome y posando para la cámara?

Lo observo sin saber qué decir y sin estar seguro de si recuerdo bien lo que alguna vez me han contado.

¿Qué demonios le contesto?

¿Cómo lo convenzo de lo contrario cuando tiene tan claro que está en lo cierto?

—Papá, tenemos que comentarles tu cambio de opinión…

Me agarra del antebrazo y dice:

—Concédeme esto, por favor. La empresa y el negocio es lo que me despejan la mente. Y, mientras sea capaz de recordar, necesito saber que cumplí la promesa que le hice a tu madre. —Me da un apretón y añade—: Solo tú me entenderás. A la porra las cifras, las previsiones y las hojas de cálculo; a veces, tienes que seguir tu instinto y ser fiel a tu palabra.

Sus palabras hacen mella en mí. Son palabras que mis hermanos ni comprenderían, ni respetarían. Solo les darían un motivo más para tratarme como a un trapo.

Pero se lo explicaré.

Haré que entiendan lo que ha pasado. El argumento de papá.

—Estoy a favor de que sigas tu instinto, pero seguro que podemos negociar para que bajen el precio y así compensar los gastos que supondrá convertir el resort en una propiedad digna de Sharpe.

—Me queda poco, Callahan; no quiero esperar, quiero que me garantices mi último deseo. De mis tres hijos, tú eres el único que entenderá que, aunque los números no salgan, no lo son todo. —Se le vela la mirada y agrega—: Por favor, dame tu aprobación y garantízame mi última voluntad.

Mierda. Esa es la verdad que no quiero afrontar. Daría lo que fuera con tal de fingir que no lo he oído. Lo que fuera con tal de que viviera para siempre.

Lo que fuera con tal de hacerle ver que hizo lo correcto por el amor de su vida.

—Vale —susurro, y detesto el temor que me asalta.

Somos una empresa tan estable económicamente que, si el trato sale rana, vendemos y a otra cosa, mariposa. No sería la primera vez ni la última. Es lo que tienen los negocios.

—¿Vale? —Hacía siglos que no esbozaba una sonrisa tan radiante y se le iluminaba tanto la cara.

—Que sí, que vale. —Pero en realidad es un no. Un no como una casa.

—Gracias. Me has hecho el mejor regalo de mi vida, sin contar con el que me hizo tu madre al daros a luz a vosotros tres. —Me sonríe con ternura y añade—: Estoy deseando decírselo cuando la vea.

Me escuecen los ojos por las lágrimas. No soporto que no solo me esté dando las gracias, sino que, en cierto modo, también esté despidiéndose. Descarto la idea y culpo al conflicto interno que me reconcome.

Ese que me consume cuando me dirijo a la barra para decirles a los Diamante que ya podemos continuar con la reunión. No es la decisión económica más sensata; es una decisión tomada con el corazón y no con la razón, pero ¿cómo le digo que no al hombre que lleva treinta años siendo el pilar de la familia? Al hombre que me ha levantado cuando no lo merecía, que lo ha sacrificado todo para que esté sentado en el Eleven Madison Park, uno de los restaurantes más caros de Manhattan, y no vacile a la hora de pagar la comida.

Me va a caer una buena por esto, por permitir que suceda, pero... «Estoy deseando decírselo cuando la vea».

«Me cago en todo».

—Señor Diamante —digo cuando lo veo de pie junto a la barra, copa en mano—, perdone el retraso, ya podemos proseguir.

—¿De veras? —inquiere—. Porque siento que te has aprovechado de mí. Soy un hombre muy ocupado, y no me gusta que me hagan esperar. No quise vender Ocean's Edge hasta que tu padre me persiguió como un perrito. No me urge venderlo, Callahan. Es más, dista de ser una de mis prioridades. Pero tu padre me cae bien; no lo entiendo, pero me cae bien. Así que no me hagas coger un vuelo para venir aquí, hablar y después hacerme esperar: he anulado tratos por menos.

Y, sin más, Gil Diamante pasa por mi lado y se dirige a la mesa.

—¿Le sirvo algo, señor Sharpe? —me pregunta Sam, el barman de siempre.

Necesito algo fuerte para quitarme el mal sabor de boca.

—Sí, por favor. Ponme un chupito de lo que quieras. —Echo un vistazo a mi alrededor y agrego—: Voy al servicio, ahora vuelvo.

—Sí, señor.

El baño está vacío cuando entro, pero, justo cuando me bajo la bragueta, se abre la puerta a mi espalda.

Y oigo el repiqueteo de unos tacones.

Cuando me giro para ver quién es, Gia Diamante sonríe con suficiencia y me mira con deseo.

Vuelvo a guardarme la polla en los pantalones y la miro mientras me subo la bragueta, aunque, a juzgar por su cara, creo que preferiría que me dejara el miembro fuera.

—Supongo que sabes que te has equivocado de baño —digo, y voy a la pila a lavarme las manos.

—Y yo supongo que sabes dónde me alojo esta noche. —Se acerca a mí y murmura—: Una vez sellado el trato, me gustaría demostrarte… lo agradecida que estoy de que hayas convencido a tu padre para aceptar la oferta.

—Conque agradecida, ¿eh?

Su sonrisa de sirena es seductora. La uña con la que me araña el paquete, todavía más.

—Muy agradecida —susurra.

—¿Así es como los Diamante cierran tratos? —Porque, de ser así, a lo mejor debería involucrarme más en el proceso.

Emite una risa gutural y me tira del lóbulo de la oreja con los dientes, lo que hace que se me suban las pelotas.

—Te lo diré cuando esté cerrado —dice, y gira sobre sus talones y sale del baño.

Espero un poco a que se me baje la erección, y entonces también salgo del baño. Fuera, Sam me pasa el chupito con una sonrisilla.

Capítulo 23

Callahan

—La gente no está contenta —me dice Keone con su peculiar acento isleño mientras me sirve una birra.

—¿Y eso? —pregunto.

—He oído rumores.

—¿Sobre? —inquiero. Me temo lo peor, y eso que ni siquiera ha empezado a hablar todavía.

—En otros resorts dan aumentos.

—Pero nuestro seguro médico es mejor.

—Eso solo importa si estás enfermo. No ayuda a pagar el alquiler. —Alza un dedo y se va a la otra punta de la barra a atender a otro cliente.

Cierro los ojos y respiro hondo.

Lo que nos faltaba, joder. Quiero creer que, poco a poco, la cosa mejorará. Poco a poco. Brady está un pelín chiflado, pero al tío se le da de cine discutir las actividades que pretende incorporar Sutton y, a su vez, dirigir al personal.

Así, yo puedo centrarme en las puñeteras cifras para solucionar este marrón de una vez por todas, pirarme y mandar a tomar por culo el resort y el negocio familiar.

En algún sitio, una chabola me espera junto al mar. Un lugar en el que la cobertura es pésima, las olas, bravas, y los días, eternos.

Doy otro trago a la cerveza y me pregunto qué haría mi padre en mi situación. Si sus hermanos lo hubieran obligado a venir y hubieran insistido en trabajar de manera presencial en vez de a distancia, como hacen ellos.

«No te ensucies las manos, Callahan, para eso contratas a otros. Tienen que notarte, pero no verte; oírte sin necesidad de gritar; considerarte fuerte, pero no un cabrón».

Bueno, está claro que con lo último me ha salido el tiro por la culata, ¿no?

Y no se me escapa lo irónico que es que Sutton me acusara de no ensuciarme las manos y que mi padre me insistiera en que no lo hiciera.

Pero quizá Sutton tenga razón. Quizá la cara de tonto que se me quedó cuando me enteré de que el ecoturismo figuraba en la carta de presentación de nuestros resorts sea lo que mejor explique por qué no encajo aquí.

Y, sin embargo, aquí estoy. Intentando infundirle vida a algo que nuestro padre quería con locura. Lo curioso es que creía que me dolería más estar aquí. Que estar en un sitio que mi padre insistía en adquirir me entristecería.

Nada más lejos de la realidad.

Por supuesto, quiero largarme en cuanto se acabe mi tiempo aquí y cumpla mi penitencia, pero, en conjunto, no se está tan mal.

¿Y no será gracias a Sutton?

«Joder».

¿Cuándo he dejado que una mujer me tenga cogido por los huevos sin echar un polvo de vez en cuando?

Nunca.

En la vida.

Y, no obstante, cuando abandono el bar, sigo pensando en ella. Resulta mucho más fácil centrarme en ella que en los constantes mensajes que me mandan Ledger y Ford para que los mantenga al corriente de la situación.

Si tantas ganas tienen de saber cómo va la cosa, que vengan aquí y lo vean por sí mismos. Seguro que echarían por tierra todo lo que hemos hecho con tal de decir que la he pifiado.

El rencor es un sentimiento venenoso y horrible, y ellos lo tienen a espuertas.

Camino un rato y cruzo los senderos que he recorrido hasta la saciedad, pero, esta vez, sin mirar el móvil.

Ocean's Edge es precioso. Es la ubicación perfecta, el rincón ideal. Esperemos que baste con lo que estamos haciendo Sutton y yo.

Pero ¿que baste para qué? ¿Para complacer a mis hermanos, para darle un giro a esto? ¿Para sentir que he cumplido la promesa que le hice a mi padre? ¿Para qué…? Ahora que estoy aquí, a la fuerza, ¿qué más quiero, aparte de que este sea mi último paraíso?

Unos tortolitos se persiguen por la playa y chillan. Observo sus siluetas recortadas contra el cielo iluminado por la luna y sonrío. ¿De verdad mi padre y mi madre hundieron los dedos de los pies en esta arena? ¿Jugaron en el agua y se enamoraron aún más con este paisaje como telón de fondo?

No tengo ni idea, pero voy a fingir que sí. Voy a fingir que mi padre tuvo un momento de lucidez, recordó este sitio y yo hice bien al permitir que lo comprara. Y que, aunque la demencia le hizo olvidarnos, no le arrebató ese último instante tan real para mí.

Las luces de la villa están encendidas cuando vuelvo a casa. ¿A casa? ¿Así la considero ahora? A lo mejor es lo que siento cuando vuelvo con ella con la certeza de que, por una vez, está en casa. Tal vez esperándome.

Tal vez deseándome.

Sé que se marcha a propósito cuando estoy yo. Hasta bromea en la oficina sobre su ausencia para que no se rumoree que se acuesta con su jefe.

Ojalá esos rumores fueran ciertos.

Me dirijo a su dormitorio. La puerta está abierta y la luz, encendida. Está sentada en la cama con las piernas cruzadas, un top de tirantes y pantalones cortos, el pelo húmedo y la piel rosada tras darse una ducha caliente. Sujeta un lápiz entre los dientes y teclea en su portátil.

La madre que la parió. ¿Cuándo no está guapa?

—Cariño, he vuelto —digo.

Me mira al instante. La sonrisilla que esboza dulcifica su mirada.

—Hola, cielo. ¿Qué tal el día? —me pregunta cuando se quita el lápiz de la boca y lo deja en la mesita de noche.

—Como siempre. ¿Nunca dejas de trabajar, o qué? —inquiero mientras entro en su cuarto y me desplomo de bruces en su cama.

—Tenemos mucho que hacer y muy poco tiempo —contesta mientras giro la cara y la miro. Cómo no, justo delante tengo su muslo desnudo, una tentación que no puedo tocar—. No hay tiempo que perder, y no me pagas para que me duerma en los laureles.

Me tumbo de lado y apoyo la cabeza en el codo.

—No, pero tampoco para que trabajes hasta la extenuación. —Empujo su portátil con un dedo—. Llevamos aquí un mes y no sé nada de ti, aparte de a lo que te dedicas.

—Mentira —dice en tono seco, pero cierra el portátil y lo deja en la mesita—. Sabes qué clase de bragas llevo. —Arquea una ceja como si hubiera dicho una ocurrencia, pero cuando ve que no aparto la vista, suspira—. Vale. ¿Qué quieres saber?

—De dónde eres, a dónde vas… Esas cosas —contesto.

—Para un hombre que no se relaciona con sus empleados, eso es un montón de información personal —dice con un deje juguetón que me indica que no le importa. Mientras venía, no creía que le fuera a formular estas preguntas, pero mentiría si dijera que no me intriga. ¿Cómo es que se ha vuelto tan… talentosa? Tan perspicaz.

Y no se equivoca. Raramente me intereso en mis empleados… o en mujeres a las que me quiero cepillar.

—Estoy cambiando gracias a ti. —Sonrío y añado—: Lo que sacas tú de esto es un Callahan Sharpe mucho más majo.

—Tarde. Esa faceta ya la conozco —susurra mientras me pasa los dedos por el pelo y la cabeza. Cierro los ojos y me deleito con sus caricias.

—Me voy a quedar frito.

—Si no te duermes con mi masaje, te dormirás con lo que pueda contarte, porque no es que sea muy interesante que digamos.

Resoplo y digo:

—Lo dudo.

—En serio.

—De todas formas, quiero saberlo.

—Vale —murmura mientras sigue haciendo magia con sus dedos—. Nací en un pueblecito del norte del Estado de Nueva York. Lo más destacable de mi infancia es que me moría de ganas de cumplir dieciocho para escapar de las peleas diarias que había en mi casa. Mis padres eran unos alcohólicos a quienes les importaba más la próxima botella que se pimplarían que asegurarse de que su hija estuviera preparada para la vida.

—Lo siento.

—No lo sientas. —Esboza una sonrisa tierna con la que me pide que no me compadezca de ella—. Heredé dinero cuando murió mi abuela, que era la que mantenía unida a la familia. Sabía que, cuando ella no estuviera, la cosa no haría más que empeorar, así que cogí el dinero y me fui. Llegué a Brooklyn y compartí piso con otras tres estudiantes. Fui a la universidad y me saqué el título mientras trabajaba en Resort Transition Consultants y, poco a poco, me hice un hueco en recepción; después, como adjunta; luego, como gestora auxiliar, y así hasta… ahora.

—Estoy impresionado —digo sinceramente, pues, en mi mundo, la gente no se gana su puesto; lo tienen desde que nacen. Se lo dan. Pero el caso de Sutton es muy diferente—. En serio, eso explica que conozcas tan bien las ventajas y las desventajas de cada etapa. ¿Y tu familia?

Se encoge de hombros y dice:

—¿Está feo si digo que, aunque me preocupo por ellos porque son mis padres, no tenerlos en mi vida es el mejor favor que me he hecho a mí misma?

Asiento, pero no lo comparto en absoluto. Vale, mis hermanos no dejan de hacerme la puñeta últimamente, pero, mientras crecíamos, estábamos tan unidos como una familia. Aunque costara estar a la altura del apellido Sharpe, nos teníamos los unos a los otros.

Quizá por eso me duele tanto cómo se están portando conmigo. Papá no está, así que ¿no deberíamos estrechar lazos en vez de distanciarnos?

¿Por eso estoy aquí en vez de en mi chabola? ¿Para honrar a nuestro padre, pero también para volver a estar como antes? ¿Para recuperar a mis mejores amigos?

Suspiro ligeramente y me centro en el masaje que me está dando en el cuero cabelludo. Es más fácil no pensar en ello, querer y desear que preocuparse y cuestionarse.

—¿Qué más me habías preguntado? —inquiere mientras la miro. Tuerce los labios y me estudia—. ¿Que a dónde voy? En algún momento, cuando tenga experiencia suficiente, me gustaría abrir mi propia firma. Me atrae mucho el riesgo y la recompensa que entraña encontrar clientes y encargarme de sus proyectos por mi cuenta.

—Te entiendo. —Dibujo una línea de abajo arriba con el dedo en su muslo con aire indolente—. Háblame de tu ex.

—¿De mi ex?

—Sí. Al fin y al cabo, nos conocimos por él, ¿no? —Sonrío y me coloco una almohada bajo la cabeza. Huele a su champú—. ¿No crees que merezco saber cómo es el idiota que te dejó escapar?

Se le dulcifica la mirada y se muerde el carrillo.

—¿Te vale si te digo que estaba sola, era inocente, actué mal y ya está?

—Lo dudo.

—Cuando nadie te ha enseñado a querer, te agarras a la primera muestra de afecto que recibes y te aferras a ella aunque no sea sano. —Se le humedecen los ojos y me fijo en cómo me acaricia el pelo. Se le nota en la cara que está avergonzada, y me duele verlo—. No me enorgullezco de haber estado tanto tiempo con una persona que prefería que fracasara a que prosperara para que su ego no saliera malparado, pero sí que estoy orgullosa de haber huido de aquello. No se me escapa que esta oportunidad llegó en el momento idóneo para hacer justo eso.

Detesto que se me revuelva el estómago de pensar que otro la ha tocado. Que otro la ha hecho sufrir.

—A veces, las cosas pasan cuando más lo necesitamos.

«¿A qué narices ha venido eso, Cal? No estarás hablando de ella, ¿no?».

«Ni de coña hablas de ella».

—Y, en cuanto a «esas cosas», voy improvisando sobre la marcha. —Asiente con rotundidad, como si estuviera satisfecha con su respuesta, y añade—: ¿Y tú, qué? Háblame de ti.

Mierda. Pero he sido yo el que ha abierto la veda, ¿no?

Capítulo 24

Sutton

—¿Qué quieres saber?

—Voy a ir a lo más sencillo, dado que, a juzgar por tu cara, preferirías morir antes que hablar de ti. —Me río. Por cómo se estremece, juraría que no le entusiasma que se hayan vuelto las tornas. Qué pena, porque quiero saber más del hombre en el que pienso día y noche y que, de repente y sin avisar, se echa en mi cama. Le formulo una pregunta fácil para que se relaje—. ¿Debería asumir que no tienes novia, dado que vas a las discotecas a ligar y estás confraternizando con una mujer ahora mismo? Una mujer de buen ver, debo añadir, pero una mujer...

—Una mujer de muy buen ver.

—Eso no responde a mi pregunta.

Callahan se ríe por lo bajo y dice:

—No, no tengo novia.

—¿Es por algún motivo en especial o porque aún no has encontrado a la definitiva?

—Porque es lo que hay. —Alza las cejas y agrega—: ¿Está bien? ¿Está mal? No lo sé. No me gusta complicarme la vida.

—Dice el hombre que se metió en la situación más complicada del mundo cuando entré en aquella sala de juntas.

Se ríe y yo sonrío.

—Es complicada, sí, pero me alegró volver a verte, así que no me quejo.

Noto mariposillas en el estómago al oír esas palabras y trato de ignorar la estúpida reacción femenina que han despertado. El cambio, los retortijones.

Al saber que no le aterrorizó verme, sino que, más bien, le agradó.

Por primera vez desde que nos alojamos aquí, me pone nerviosa estar cerca de él. Como no sé qué contestar, cambio de tema, azorada, y digo:

—¿Es verdad lo que dicen de los trillizos? Que son mejores amigos y saben en qué piensan los otros.

—Te confieso que me alegró volver a verte y vas tú y me preguntas por mis hermanos. Eso duele.

Me río entre dientes y digo:

—Es que…

Vuelve a tumbarse de espaldas y suspira de un modo casi funesto mientras clava los ojos en el techo.

—Es una respuesta complicada —acaba contestando.

—La familia siempre lo es, ¿no?

Me quedo callada para que gestione las emociones que se reflejan en sus ojos y, al instante, me arrepiento de haberle preguntado algo que creía sencillo.

—La respuesta fácil es que sí: podemos terminar las frases de los otros. —Guarda silencio y la tristeza demuda sus rasgos de una forma que me parte el alma—. Sigo considerándolos mis mejores amigos.

—¿Y la complicada? —inquiero en tono suave mientras le aparto las ondas de la frente con gesto tranquilizador. Me sorprende lo relajada que estoy con él. Creo que nunca he hecho esto con Clint: charlar con él y tocarlo con este nivel de intimidad.

Callahan Sharpe me importa.

Más de lo que estaría dispuesta a reconocer siquiera.

—La respuesta complicada es que ser el favorito de mi padre ha deteriorado mi relación con mis hermanos al crecer. —Se rasca la mandíbula—. Resumiendo mucho, nuestra madre murió cuando éramos adolescentes. No fue un proceso largo y trágico; sencillamente, sufrió un infarto mientras dormía y no despertó a la mañana siguiente.

—Lo siento mucho. —Me sabe mal por él y por el dolor que trasluce su voz.

Se encoge de hombros pese a que es obvio que le duele, y dice:

—Era el amor de su vida. —La sonrisa que asoma a sus labios y el destello que ilumina sus ojos cuando me mira es muy agridulce. Carraspea y añade—: Soy el que más se parece a ella. En gestos, en carácter, en todo.

—Y tu padre se aferró a ti para sentir que estaba con ella.

—Creo que un psicólogo estaría de acuerdo con esa afirmación. —Vuelve a encogerse de hombros; es más que evidente que está incómodo—. Y, aunque en cualquier otra circunstancia a mis hermanos no les habría hecho gracia su favoritismo, lo que empeoró la situación fue que yo era la oveja negra. El que no cumplía con las expectativas que nos habían impuesto. A Ford y Ledger los castigaban cada vez que se pasaban de la raya, mientras que yo lo hacía con total tranquilidad y descaro. La diferencia era que mis transgresiones y mis cagadas solían pasarse por alto.

—Animadversión, rencor, celos —murmuro al imaginarme la dinámica y recordar la tensión que palpé el día que los conocí.

Callahan se ríe por lo bajo y admite:

—Créeme, casi todo el tiempo su enfado está justificado. No soy un angelito y, seguramente, abusé de la indulgencia de mi padre más de lo que merecía, pero sí, me guardan mucho rencor.

Callahan procede a narrarme momentos en los que él quedó impune y a sus hermanos les cayó una buena. Él se la pegó con el coche, pero fue Ledger el que recibió por dejarlo conducir. Abandonó Wharton, pero, lo que sus hermanos consideraron un trato de favor acabó siendo su peor pesadilla. Mandó al traste un negocio importante por un descuido.

166

Entiendo que sus hermanos le tengan manía, pero también había ocasiones en las que Callahan obligaba a su padre a ver las claras diferencias de cariño (si se les puede llamar así). Valoro que haya reconocido que a veces se aprovechó de ser el favorito para librarse de los castigos.

Aunque, para mí, sí que lo castigaban, solo que de otra forma.

—Cada uno queríamos a nuestro padre a nuestra manera, al igual que él nos quería de diferentes formas a los tres. Y no era ni bueno ni malo, era así y punto. Y creo que su fallecimiento nos habría unido y habría hecho que mis hermanos hicieran borrón y cuenta nueva de no ser porque contribuí a cerrar el trato para comprar Ocean's Edge.

—¿Y qué tiene eso de malo?

—Es una larga historia, pero digamos que convertir este sitio en un resort de clase alta digno de la marca Sharpe requiere mucho esfuerzo. Mis hermanos analizaron previsiones, presupuestos y yo qué sé qué más, pero el desembolso exponencial no era rentable.

—¿Y me lo dices ahora? ¿No debería ser la primera en saberlo para ofrecer a mis clientes lo que quieren? —Río sin ganas—. Yo creo que vais a recuperar el dinero que habéis invertido, pero que tardaréis.

—Y, mientras tanto, reducimos el valor del porfolio de Sharpe, que es el crédito con el que financiamos otras muchas propiedades en obras.

—Entonces ¿qué haces aquí? ¿Por qué no lo vendes?

Me cuenta cómo fue la reunión con los dueños, me habla de los deseos de su padre, me dice que solo le pidió una cosa y que aceptó porque no podía decirle que no. Y que luego hubo movida con sus hermanos.

—Estabas en una tesitura horrible. ¿En serio te culparon a ti?

Asiente y dice:

—Tampoco ayudó que desapareciera cuando murió. Me pasaba el día viajando de acá para allá, a cualquier sitio que no me recordara a él.

—Y van y te obligan a venir aquí, un sitio en el que no habrás dejado de pensar en él.

—He estado así asá, pero, sinceramente, creo que tenían razón. Creo que me dejé llevar por la emoción del momento y por la certeza de que mi padre se me escurría entre los dedos y me tragué lo que me dijo un demente, porque esto no se parece en nada a lo que se ve en las fotos que he ojeado de él y mi madre. Aunque, bueno, eso es lo de menos, porque el daño ya está hecho…

Me cuenta que sus hermanos le han dado un ultimátum y que es posible que lo echen del negocio familiar. Me habla de la discusión que mantuvieron cuando salí de la sala de juntas.

—Entonces, ¿esto no es a lo que quieres dedicarte? —pregunto medio en broma, medio en serio.

Gruñe con frustración y dice:

—Nunca me han dejado elegir otro camino. —Me mira y la emoción que destila su mirada me hace verlo con otros ojos. No solo es el chulito arrogante que conocí en la discoteca Coquette: es más que eso, mucho más—. Mi plan era finiquitar este proyecto y marcharme.

—Tu último resort.

—Sí, mi último resort.

—Un momento. ¿En serio? —pregunto, pues su indiferencia me ha dejado a cuadros—. ¿En serio te vas a marchar, marchar?

Asiente, pero afirma con más seguridad de la que refleja su rostro.

—Sí. Si algo me ha enseñado la muerte de mi padre es que hay que vivir al máximo. Quiero viajar. Puede que haya huido de las normas y la rigidez de Wharton, pero eso no significa que quiera dejar de aprender. Lo que pasa es que quiero hacerlo teniendo experiencias fuera del entorno en el que he crecido.

Miro a Callahan, que está despeinado y sonríe ligeramente, y no puedo evitar que su respuesta me sorprenda. Creía que un hombre de su estatus se hospedaría en el Four Seasons y daría breves paseos en su *jet* privado.

—Me sorprende que digas eso.

Callahan se encoge de hombros y dice:

—¿Para bien o para mal?

—Es que no me cuadra con la imagen que tengo de ti.

—Soy un hombre de múltiples talentos —me dice en broma.

Hay muchas cosas que quiero preguntarle. ¿A dónde quiere ir? ¿Cuánto tiempo estaría fuera? ¿De verdad viajar satisfará esa vena decidida e innata que veo en él cuando trabaja?

Quizá no le guste, pero uno no cambia de personalidad como quien se cambia de ropa.

Sin embargo, no le planteo ninguna de esas preguntas, porque sí, está hablando conmigo, pero que se haya abierto no significa que pueda leer todas sus páginas.

Así que le pregunto lo más obvio.

—Pero, si haces eso y te vas, ¿no estarías demostrándoles a tus hermanos que tienen razón? ¿Que no te preocupas por el negocio familiar? ¿Que lo que vuestro padre construyó fue en vano, que…?

—Me ahogo en las oficinas.

—En la de aquí, no.

Ladea la cabeza y esboza la sonrisa más tímida del mundo.

—Sorprendentemente, no. —Se mira la mano con la que me toca el muslo y, al segundo, vuelve a mirarme a los ojos—. Esto es diferente.

—Más práctico.

—Sí.

—Es diferente cuando ves los cambios que haces que cuando solo los analizas en una hoja de cálculo.

—Y que lo digas.

Observo las suaves líneas de su rostro, su piel bronceada, su mandíbula afilada, su cabello ondulado. Este hombre no ha nacido para trabajar encerrado en un despacho.

—Tengo la sensación de que ya has alcanzado tu cupo de compartir información personal por esta noche. —Sonrío y añado—: Así que, ¿qué hace tumbado en mi cama, señor Sharpe? Así no hay quien trabaje.

—Es que en la mía me siento solo. —Hace pucheros como si fuera un niño pequeño. Mentiría si dijera que no me estoy aguantando las ganas de inclinarme y besarlo.

—Y crees que si invades la mía no estarás tan solo, ¿eh, don «Dejemos *brownies* en todas las habitaciones»?

Sonríe de una forma que da a entender que no se arrepiente lo más mínimo y dice:

—No puedes culparme por intentarlo.

—Impresionante. Has tardado todo un mes en lanzarte —le digo para chincharlo.

—Es que no coincidimos nunca.

—Porque tú no quieres. —Me encojo de hombros y añado—: Te pasas todas las noches negociando o haciendo vete a saber qué.

—Haciendo contactos. Negociando precios y subiendo nuestros descuentos porque vivir en esta isla es muy caro.

Procuro que no se me note la sorpresa. No tenía ni idea. La empresaria que llevo dentro se muere por preguntarle todos los detalles, pero la mujer que soy y que se siente sumamente atraída por el hombre que tengo al lado se controla y dice:

—Y yo creyendo que tenías tórridas aventuras con todas las isleñas.

—Lo he pensado.

—¡Oye! —Le pego en la cabeza con la almohada que tengo al lado. Al momento me está haciendo cosquillas y nos enzarzamos en una pelea; nuestras risotadas resuenan por todo el dormitorio mientras forcejeo con él, que afloja a propósito hasta que acabo a horcajadas encima de su cadera.

Me duelen las costillas de tanto reírme. Llevo sus manos a ambos lados de su cabeza y finjo que he ganado.

Todo son risas hasta que Callahan deja de resistirse. Lo miro y veo que él también me mira. Poco a poco, se le borra la sonrisa y se queda muy serio.

El aleteo de las mariposas de mi estómago provoca un huracán.

—Callahan —murmuro.

—Sutton —susurra. Y es entonces cuando reparo en la posición tan vulnerable en la que se ha puesto por mí. Quizá yo también le deba una verdad. Sinceridad.

—Que conste que a mí también me alegró volver a verte.

Se le ensombrece la mirada y sonríe sutilmente. Cuando me pone la mano en la nuca, se me disparan las alarmas.

—Solo… —Suspira y me mira a los labios cuando agrega—: No cruzaré la línea… —Su expresión es de tortura y su tono es dubitativo. Intenta acercarme a él y yo me resisto.

—No…

—Solo un beso. Ha sido un día de perros, ¿no me merezco eso, al menos?

Nos miramos a los ojos y, esta vez, cuando me acerca a él, pego mis labios a los suyos.

El beso fluye con suavidad y naturalidad, cuando siempre hemos sido ávidos y fogosos. Es una danza de labios y lenguas, lenta y sensual, acompañada de suspiros de palabras tácitas.

Callahan es fiel a su palabra y no trata de ir a más, pese a que sé que ambos nos morimos de ganas.

Nos limitamos a entrelazar los dedos por encima del colchón. A mover la boca con ternura y parsimonia. Solo dos personas disfrutando del mero —pero sobrevalorado— hecho de besarse.

—Sutton —gruñe, y me aprieta las manos.

Pego mi frente a la suya; nuestros jadeos inundan el espacio que nos separa.

—Ya. Ya.

—Será mejor que vuelva a mi cama fría y solitaria. —Se ríe con pesar.

—Sí. —Pero cuando me bajo de él, sigo con la pierna enredada en su muslo y abrazada a su cintura.

—Tienes una voluntad de hierro, Collins, porque, sinceramente, me estás matando poco a poco.

Sonrío aunque no me vea mientras estamos enredados, hasta que su respiración se estabiliza y solo se oyen sus leves ronquidos.

¿Una voluntad de hierro?

Lo dudo.

Pero creo que Callahan Sharpe me ha conquistado haciendo justo lo contrario de lo que esperaba.

Respetándome a mí y mis deseos.

¿Cuál era la respuesta que buscaba?

No lo sé, pero siento que está muy cerca.

Puedo repetirme todo lo que quiera que me mantendré en mis trece, pero me ha conquistado. Creía que era todo tosquedad y una fachada dura y *sexy*, pero, sin duda, esconde mucho más.

Capítulo 25

Sutton

Se le da muy bien.

A lo mejor él no se ve así, pero tiene un don para hacer sentir cómoda a la gente (cuando quiere) y hacerse oír.

No lo culpo por creer que su día a día es aburrido o asfixiante, o como lo llamara la otra noche, pero me resulta extraño que lo considere así. Al verlo hablar con el portavoz de los empleados de Ocean's Edge, parece que sea su pan de cada día.

Rememoro la otra noche. Me quedé dormida en sus brazos. Desperté y lo vi dormir; las líneas relajadas de su rostro, los espesos abanicos de sus pestañas sobre las mejillas, la barba oscura tras una noche sin afeitarse. Me costó horrores no tocarlo ni besarlo, no dar el brazo a torcer.

Había olvidado lo distendido que es conocer a alguien. Las mariposas que notas en el estómago cuando te mira un hombre y te acaricia con los dedos. Lo rápido que te va el corazón cuando su risa estruendosa hace eco en tu interior.

Eso es lo que sentí la otra noche: que nos estábamos conociendo.

Fuimos directos a la cama, pero ahora que conozco más a Callahan, me gusta mucho; me gusta más allá del tonteo y la tensión sexual que hay dondequiera que estemos.

La cuestión es qué hago al respecto, pues, al final, mi dilema sigue siendo el mismo. Él es mi jefe y yo, su empleada. Y como alguien se entere de que somos más que eso, mi empleo, mi credibilidad y mi honor peligran. He trabajado como una mula durante muchísimo tiempo como para permitir que algo mancille mi carrera profesional. Tengo veintiséis años y la mira puesta en abrir mi propia empresa.

¿Pero acaso eso importa cuando me da la impresión de que Callahan lleva evitándome desde entonces?

Solo han pasado unos días.

El hombre está ocupado.

«No te comas tanto el coco».

Pero siento que es más que eso. Que ha cambiado algo.

—Eso creía Sutton también —dice Callahan, lo que hace que vuelva a centrarme en la conversación que mantiene—. Tras revisar los contratos de los empleados de algunos resorts, hemos vuelto a añadir esa cláusula.

—¿Esto ha sido cosa suya? —me pregunta Solomon con su acento caribeño mientras me mira con los ojos entornados—. Discúlpeme, pero, para mí, la mayoría de los asesores no son más que delegadores que cobran por no hacer nada. Sin ánimo de ofender, claro.

Asiento y digo:

—No se preocupe. Aunque todavía falta mucho para que tomemos decisiones definitivas sobre las condiciones de los empleados, actualmente estamos trabajando en esto. Le agradeceríamos que echara un vistazo al contrato y nos señalara los aspectos que cree que deberíamos corregir.

Callahan casi hace una mueca al oír la última frase. Anoche estuvimos erre que erre con Brady y otros gerentes hablando de cuánto peso debíamos dejar cargar a Solomon. Pero si habla en nombre de la mayoría de los empleados, deberíamos tener en cuenta su opinión.

O, al menos, hacerle creer que la consideramos.

—Tenemos una lista de exigencias. —Su sonrisa es provocadora, si no chulesca. Seguro que Callahan está apretando el puño debajo de la mesa.

—Cómo no —dice Callahan, ladino—. Pero, como ya he dicho, Sharpe International es una entidad no sindical. Por lo tanto, tendremos en cuenta las peticiones, pero no necesariamente estaremos de acuerdo con las exigencias.

—Sería usted tonto si no lo hiciera, hay cientos de resorts en la isla que ofrecen empleo ahora mismo —repone Solomon, que se recuesta y pone la mano en la carpeta que tiene delante.

—Como ha ocurrido siempre —replica Callahan, más bien frío—. Como le he dicho, señor Freeman, eche un vistazo a nuestro documento provisional y la semana que viene volvemos a reunirnos para que nos diga qué opina.

Se aguantan la mirada y se desafían sin hablar. Me pregunto si debería intervenir y rebajar la súbita tensión con alguna formalidad, pero me abstengo.

—En ese caso —Callahan echa la silla hacia atrás y se pone en pie tras asegurarse de que sigue dominando la situación—, hasta la próxima.

—Hasta la próxima. —Solomon se levanta con deliberada lentitud y se despide con un movimiento de cabeza—. Gia le manda saludos.

Callahan se queda inmóvil. Es un cambio tan sutil que nadie repararía en él, pero ahí está.

—Me ha dicho que desea volver a verlo mientras esté en la isla. —Solomon pone cara de arpía, como si supiera algo que Callahan ignora. Pero, antes de que este responda, Solomon ya se ha ido.

—Capullo —mascula Callahan por lo bajo.

—Conque Gia, ¿eh? —Me cruzo de brazos y enarco una ceja en broma—. ¿Ves? Tenía razón. Tienes tórridas aventuras con mujeres misteriosas por toda la isla.

—Tengo reuniones, Sutton. Para cenar, con clientes. Reuniones de todo tipo en las que me aburro tanto que me dan ganas de pegarme un tiro. —Me hace un gesto con la mano para que me vaya. Pasmada, me quedo en mi sitio. ¿Qué le pasa a este? ¿Y por qué el mero hecho de que mencione a otra me pone frenética?—. En algunas hay mujeres, y en otras, no. No tengo por qué darte explicaciones.

—Nadie te las ha pedido —digo, sorprendida por su actitud. Solo eso ya hace que mi mente vuele y me imagine a la tal Gia y a Callahan viviendo felices y comiendo perdices—. Es que...

—Ya, ya lo sé. —Ordena los papeles y se los mete bajo el brazo—. Tengo reuniones —dice sin mirarme a los ojos. Y, sin mediar palabra, se marcha.

Miro la puerta por la que ha salido y suspiro.

Vaaaale. Igual no han sido imaginaciones mías y sí que ha estado distante últimamente. A lo mejor se arrepiente de haberse sincerado la otra noche. ¿Qué esperaba? ¿Que... avanzaríamos?

¿Acaso tenemos alguna meta?

Capítulo 26

Sutton

—No, es que es en plan: nos damos el lote una noche, luego se pone hecho un basilisco tras la reunión esa tan rara, y ahora…, ahora es como que estamos en el mismo sitio y al mismo tiempo, pero no nos vemos.

—¿Cómo es eso posible? Se supone que trabajáis juntos —arguye Lizzy.

—Sí, pero… no hablamos de otra cosa que no sea el resort. Se pasa todo el día encerrado a cal y canto en su despacho hablando con gente de Nueva York sobre los aspectos económicos, consultando presupuestos y yo qué sé qué más. Cosas de las que solo necesito saber el resultado. En fin, es que ya solo nos quedan unas semanas aquí y… no sé. A lo mejor, después de esto, cuelga las botas.

—Lo dudo. De ser así, estaría en la playa con un ponche de ron en la mano, que es lo que deberías hacer tú más a menudo.

—Me estoy tomando uno ahora mismo. ¿Contenta? —le pregunto, y le doy un sorbo.

—A ver si lo entiendo. Trabajáis codo con codo, pero casi no os dirigís la palabra y de noche no os veis.

—Exacto. Normalmente, de noche se va por ahí a cenar con no sé quién.

—Ah, ahí es donde entra Gia.

—Madre mía —gimo—. Parezco celosa cuando no tengo derecho a estarlo. ¿A lo mejor me he hecho tanto la dura que se ha cansado? ¿Y si…?

—¿Y si dejas de comportarte como una novia con dependencia emocional un momento y analizamos esto con calma? —dice Lizzy sin rodeos.

Por eso la adoro.

—Es verdad, tienes razón. Analiza mientras yo doy otro trago a mi copa.

—Eso, tú bebe. —Se ríe entre dientes y agrega—: Está claro que Callahan es un hombre ocupado.

—Correcto.

—Y tú sientes que desde lo de la otra noche, un beso y ya, se ha distanciado de ti.

—O eso, o le estoy dando demasiadas vueltas y buscándole tres pies al gato.

—Que es muy probable porque, hola, somos tías.

—Cierto. Sí, no sé —gimoteo—. Es como que pasamos una noche estupenda conociéndonos en profundidad y disfrutando de la compañía del otro sin sentir esa tensión que te hace estar alerta constantemente. Creía que habíamos avanzado un paso en nuestra relación y que… No sé, pero…

—Pero es lo que sientes, y es válido, porque así lo sientes tú —dice Lizzy, a lo que yo asiento, aunque no me vea—. Y él se abrió contigo, y tú con él, y os pusisteis los dos en una posición vulnerable.

—Supongo.

—Es normal que un tío recule y se sienta imbécil tras algo así. Al menos por mi experiencia.

—Entonces, no pasa nada…, pero…

—¿Qué no me estás contando, Sutt?

—Nos besamos y paramos.

—Que es lo que querías: un tío que respetara tus deseos —dice, como si fuera una barbaridad—. ¿Por qué lo dices como si fuera algo malo?

Me cuesta contestar, pues, en mi cabeza, mi respuesta tiene todo el sentido del mundo, pero, de repente, al verbalizarla, me siento tonta.

—Pero ¿por qué? Si tantas ganas me tiene, ¿por qué paró ahí? Ni siquiera intentó convencerme de seguir, como hacía antes. ¿Lo hizo para no herir mis sentimientos porque ya se ha cansado y se está cepillando a otra?

«Me ha dicho que desea volver a verlo mientras esté en la isla». Gia.

Su nombre se cuela en mis pensamientos, y no me hace ninguna gracia. El otro día, Callahan se puso muy a la defensiva al oírlo. ¿Se la habrá tirado ya? Eso explicaría por qué dejó de besarme: ha conseguido lo que buscaba en otro lado, sin compromiso. ¿Por qué no puedo evitar aferrarme a esa sospecha y no soy capaz de soltarla?

—A ver, recapitulemos. —Lizzy ríe, lo cual es la respuesta lógica a mi conclusión: que estoy loca.

—Perdona, es que me lo he estado guardando y eso no ha hecho más que empeorar las cosas, y por eso…

—Por eso me has llamado.

—Sí.

—Para mí que sigue interesado en ti. Creo que ha dado con una tía que no caerá a la primera de cambio… bueno, salvo por la primera noche que pasasteis juntos, claro, pero eso no cuenta. Teniendo en cuenta que lo has calentado que flipas, me impresiona que haya aguantado tanto.

—No lo he calentado —digo por si acaso. Siento que estar cerca de él todos los santos días es una provocación.

—Estás fatal. Normal, con el numerito este del «¿Qué saco yo de esto?»…

—No es un numerito. Es…

—Válido. Sí, lo sé. —Suspira—. Estoy de acuerdo con eso. Estoy de acuerdo hasta con lo que dices de que Callahan tiene que entender que, al estar con él, lo arriesgas todo…, pero a lo mejor eso es lo que ha pasado. A lo mejor hasta ahora te veía como a la Sutton *sexy* y seductora que se postra a sus pies y ahora, después de la charla de la otra noche, después de conocerte de verdad, te ve como a la Sutton dulce y sensible con problemas y movidas reales y, oh, sorpresa, sentimientos.

—Él fue el que se las ingenió para vivir en la misma villa que yo. Ya debería haberse imaginado que hablaríamos durante nuestra estancia aquí. Y hablar de cosas que no fueran qué postura quiero probar ahora.

—Estoy de acuerdo —murmura Lizzy—. Pero es un tío, y, por lo que deducimos, mujeriego, así que no creo que tus necesidades copen su lista de prioridades. A no ser que sean tus necesidades sexuales.

Abro la boca para salir en su defensa y la cierro de golpe. ¿Por qué siento que quizá sí sean su prioridad, que me ve como algo más que un cacho de carne, cuando hace tres semanas habría estado completamente de acuerdo con Lizzy y me habría reído?

—Puede —acabo murmurando.

—Intento entender al tío este. Que le interesas está claro, y no será solo porque le supongas un reto, porque, seamos sinceras, podría tener a cualquiera con solo chasquear los dedos.

—¿Te crees que no lo sé? —Me río mientras me impulso contra el suelo para mecerme en la hamaca.

—Eso no significa que te desvíes de tu objetivo, Sutt, sino que te mantengas en tus trece.

—Cómo se nota que no te has acostado con él. Es muy difícil resistirse a la droga que es ese señor.

—No me cabe la menor duda, pero la otra noche te resististe, ¿no? Que os besarais y os dierais el lote lo dice todo. La intimidad, la vulnerabilidad. Tómatelo como un pequeño triunfo y haz que se curre esos momentos; hazle creer que tú también eres una droga muy adictiva. Aunque, a decir verdad, creo que ya te ve así.

—Discrepo.

—Todavía va detrás de ti cuando otros se habrían rendido hace mucho. Si te soy sincera, para el poco tiempo que lleváis juntos, confía en ti de una manera que no he visto en años. Eso hay que valorarlo. Así que no te desanimes porque haya reculado para aclararse las ideas. Tienes que confiar en ti, tontear, flirtear y creer que, por muy bueno que sea ese tío, tú mereces más.

—Lizzy… —Tiene razón. Sé que tiene razón y, sin embargo, detesto esta nube de incertidumbre que sobrevuela mi cabeza.

—La frustración sexual es el mejor preliminar que existe. Haz que piense en ti, que sueñe despierto contigo, que esté loco por ti.

—Si el resultado está cantado, ¿no sería como jugar con él?

—Ya estáis jugando, así que, ¿qué diferencia hay? Yo lo veo más bien como demostrarle lo que vales.

—¿Qué ha pasado con doña «podrías tener sexo sin compromiso»?

—Sigue aquí, aún es una buena opción. Pero eso no significa que Callahan no tenga que valorar la experiencia. —Y, tras una pausa, añade—: Además, no hay nada de malo en calentarlo que flipas mientras compruebas cómo es con los demás. Así verás de primera mano si guardaría en secreto vuestros escarceos amorosos.

Cierro los ojos y dejo que la brisa me haga cosquillas en las mejillas mientras pienso en Lizzy, en sus consejos y en mis ganas de volver a acostarme con Callahan. El silencio se prolonga conforme reflexiono sobre lo que me ha dicho. Sobre la verdad de sus palabras y la verdad que necesito atesorar.

—Te gusta, ¿a que sí? —me dice en voz baja.

Me río sin mucho afán y contesto:

—Sí. Más de lo que esperaba. No sé si es porque tengo muy reciente lo de Clint o porque es muy diferente a él, pero… me gusta y… —Y temo que Callahan Sharpe sea más capaz de herirme emocionalmente que Clint.

¿Cómo es eso posible siquiera?

A lo mejor por eso dudo tanto.

—Ya lo sé, te lo noto en los mensajes y en la voz. Pero escúchame bien: no hay nada de malo en ello. Nada. A veces, la persona indicada se cruza en tu camino cuando más lo necesitas. Tal vez Callahan sea esa persona.

—Eres consciente de que me siento tonta, ¿no? De que me gusta el tío con el que me lie por despecho.

—Podría ser peor. Como que te hubieras pillado primero y luego hubieras descubierto que es una patata en la cama. —Se ríe—. Eso sí que es una putada.

—Ya ves. Qué gran verdad. —Suspiro largamente—. ¿Y ahora qué? ¿Dejo lo de «¿Qué saco yo de esto?» de lado? —inquiero. De pronto, me siento una cría estúpida por habérselo preguntado siquiera. Soy consciente de que me entró el miedo y quería conservar mi dignidad.

—¡De eso nada! Tiene que contestar a la pregunta, es esencial que piense en cosas por el estilo. Aunque, francamente, da igual si resuelve el acertijo o no. Lo que importa es que lo resuelvas tú, Sutton, porque es lo que deberías preguntarte en todas las situaciones de tu vida, en tus relaciones, en lo que sea que estés metida. Aunque la respuesta sea, sencillamente, «estar bien».

—Pero…

—¡Ni peros ni peras! —me regaña—. Seguramente la respuesta también varíe, y es normal. Lo que buscas un día puede diferir de lo que quieres obtener en dos semanas. Tú eres la que sabe la respuesta y la que fija sus estándares, así que a nadie le incumbe si cambian, ¿vale?

Me abruman la verdad de sus palabras y las ganas de recuperar la confianza con la que vine a la isla. Ya he permitido que un hombre me la arrebate, y no voy a permitir que otro se la lleve porque quizá le haya hablado de más sobre mi pasado. ¿Es eso lo que pasa? ¿Es la voz de Clint la que me habla para convencerme de que ningún otro hombre me querrá por mis orígenes? ¿Por quién soy? No. Lizzy tiene razón. Aunque Callahan se haya cansado, no voy a creer que es porque no soy interesante. Él se lo pierde. Y si sigue interesado, pues tontearé con él, porque ¿por qué no?

—Gracias por la motivación, los ánimos y los consejos.

—Cuando quieras, ya lo sabes. —El cariño con el que me habla hace que me sienta querida—. ¿Me haces un favor?

—Claro, dime.

—No te levantes del asiento en el que te estás meciendo hasta dar con la respuesta y con tus estándares. Y recuerda que pueden variar en cualquier momento y que es completamente normal.

—Vale.

—Entonces, llegado el momento, cuando decidas que Callahan cumple con tus estándares y te lo hayas follado como si no hubiera un mañana, me llamas y me cuentas lo guay que ha sido. Necesito saber cuándo puedo jactarme de que tenía razón.

—Eso son dos favores.

La oigo reírse antes de colgar. Sigo sonriendo mientras pienso en lo que hemos hablado y en los consejos que me ha dado.

Hace más o menos un mes estaba en una relación tormentosa y conformista que no me dejaba vivir. Ahora estoy en el paraíso, labrándome un ascenso, y me atrae un hombre por el que es imposible no sentirse atraída.

Y a él le atraigo yo.

Quédate con eso, Sutton. Créetelo. Deja que se aleje, si es lo que necesita, y no pienses lo peor.

Vuelvo a impulsarme, cierro los ojos y, mientras la brisa me acuna, lo proceso todo.

Primero: ¿cómo ha cambiado tanto mi vida?

Segundo: ¿cómo ha pasado esto?

«Hazte un favor».

Lo hice y mira cómo he acabado. Pero va a subir el listón, porque voy a hacerme muchos más.

La brisa se lleva mis carcajadas y me impulso un poco más para que la hamaca se meza y oscile.

Está más que bien seguir haciéndome esos favores, aunque eso signifique que Callahan va a tener que currárselo un pelín más para conquistarme.

Todavía me tiene ganas, ¿no? ¿O le he dado tantas largas que ha perdido el interés?

Repaso mentalmente las últimas semanas: las risas y la tensión sexual sobrepasan, con creces, los silencios incómodos.

Quizá Lizzy tenga razón. Quizá Callahan solo necesite espacio para asimilar lo mucho que se abrió la otra noche.

Tiene que ser eso.

Me incorporo y me columpio mientras disfruto del sol en la cara y la brisa del mar a mi alrededor. Para cuando me decido a entrar en la villa, ya sé la respuesta a mi pregunta.

No sé si Callahan dará con ella algún día, pero pienso pasármelo teta si lo intenta.

Capítulo 27

Callahan

Me calo la capucha de la sudadera y me dirijo a mi rincón del gimnasio del resort. Los entrenadores merodean por aquí con la esperanza de que venga algún huésped a hacer ejercicio, pero lo último que necesito o quiero es que me entrenen.

O que me laman el culo en cuanto se den cuenta de quién soy.

Así que me quedo en mi rincón limpiando la banqueta y devolviendo a su sitio las pesas después de utilizarlas. Me duelen los hombros y me queman los pectorales tras darles caña. Estoy satisfecho.

Hoy me he esforzado más de lo habitual. Estaba frustrado con Ford, que me ha llamado para cuestionar todas y cada una de mis decisiones; cabreado con Solomon por mencionar a Gia el otro día. Sus palabras me sentaron como una patada en el estómago y me recordaron el hombre que soy en realidad. El que anteponía las mujeres a su familia, los polvos con desconocidas a la integridad, la devoción a la obligación. Fue un recordatorio claro de que a Sutton no le conviene un tío como yo. Tenía todo el derecho a exigir más que otra noche de sexo desenfrenado.

Y luego está la propia Sutton. La otra noche bajé la guardia cuando es algo que no hago nunca. Jamás. Pero ahí estaba yo, tumbado a su lado en la cama, revelándole todos los secretos que llevaba años guardando bajo llave.

Secretos que no le incumben a nadie, y menos a una tía a la que quiero tirarme.

185

Y, sin embargo, se los conté casi todos, joder.

Uno pensaría que, al menos, echaría un casquete a modo de recompensa. A ver, un hombre tiene que tener sus prioridades, ¿no?

Pues no me comí ni un rosco.

Ni ella ni yo, en realidad.

Y, no obstante, aunque estoy requetefrustrado sexualmente, me debe de faltar un tornillo para decir que la tía besa que te cagas. Tanto que hace que hasta el último centímetro de tu cuerpo la desee pero se conforme con eso.

Se está volviendo un problema.

Un problema gordo de cojones.

Y no porque me tenga a dos velas, sino porque no quiero estar con ninguna otra. Joder, que se me insinuó una tía anoche después de reunirme con un proveedor y no me apeteció nada.

Nada de nada.

Miré a la guapísima mujer y a su expresión de desesperación, y le dije que no mezclaba negocios y placer.

Qué ironía.

Porque solo quería regresar a la villa y hacer justo eso. Pero cuando entré en la casa, Sutton dormía como un tronco en el sofá, despatarrada, con la boca abierta, el pijama ladeado y despeinada, y me quedé ahí mirándola. La miré, la deseé y le di vueltas al coco.

No me arrepentía de haber rechazado la oferta de una mujer cuyo nombre ni recordaba por volver a casa y ver esa imagen.

Sutton se ha cargado mi libido.

Se la ha cargado de tal forma que solo la deseo a ella.

¿Hay algo más injusto que eso?

¿Más injusto que desear a una mujer a la que no merezco pero por la que, de todos modos, suspiro?

Vaya semanitas más largas me esperan. Qué tortura, joder.

Cojo una pesa más pesada. Lo que sea con tal de sacármela de la cabeza, aunque sea un instante.

—¿Has visto a la nueva?

Miro arriba y veo a dos miembros del personal que vienen del fondo. Llevan una pila de toallas en las manos; estarán reponiéndolas.

—¿Cuál? —le pregunta el rubio.

—Morena, buenos melones, piernas kilométricas —dice el moreno.

—Vas a tener que concretar más —responde el rubio, que se echa a reír.

—Es ejecutiva, creo. Ha venido un par de meses a reformar esto y echar a gente —dice el moreno, lo que hace que me detenga a medio ejercicio de bíceps. Sutton.

Está en todas partes, maldita sea.

—Pues anda que no le vendría bien que le dieran una manita a esto, y ya si encima echan a algunos pesados que hay por aquí, yo encantado —dice el rubio, que se ríe.

—Yo dejo que me eche todo lo que quiera si a la salida me da un regalo de despedida.

—Seguro que es una fiera en la cama —dice el rubio—. Las mosquitas muertas siempre lo son.

El moreno le da un empujón amistoso al rubio y le dice:

—Ya te lo diré cuando me la pase por la piedra.

Suelto la pesa, que hace un ruido sordo al chocar con la esterilla. Los dos empleados miran en mi dirección, pero siguen hablando de las cosas que querrían hacerle a Sutton.

Me hierve la sangre.

Me bajo la capucha y me dirijo hacia ellos. El moreno es el primero en verme, y cuando lo miro a los ojos, la vulgaridad que estaba a punto de soltar muere en sus labios. Esbozo la sonrisa más arrogante que soy capaz pese a lo furioso que estoy.

—¿Puedo ayudarle? —inquiere mientras el rubio se gira e inhala con brusquedad del susto.

Así que él sí prestó atención en la reunión que congregó a toda la empresa el otro día.

—Caballeros. —Los miro a los dos a los ojos; no se me escapa que el rubio le da un codazo al moreno.

—Señor Sharpe. Hola, estábamos… Solo estábamos…

—Diciendo cosas que no deberíais decir delante de vuestro jefe, ya no digamos delante de los huéspedes que están disfrutando de sus vacaciones. No es profesional, ¿no creéis? —Me cruzo de brazos para no retorcerles el pescuezo a los dos.

—No estábamos… Ha oído mal…

—No, de eso nada, sé muy bien lo que he oído.

—Lo sentimos, pero ya sabe cómo hablamos los tíos —alega el moreno, como si por el hecho de que yo también sea un hombre fuera a parecerme bien que vayan pregonando que quieren tirarse a Sutton.

Pues va listo.

—Cómo hablamos los tíos, ¿eh? —digo, y ladeo la cabeza, lo que lo paraliza y le hace desear no haber dicho eso—. ¿De eso se trataba? ¿De dos tíos hablando de cómo les gustaría cepillarse a su superior? —Arqueo una ceja y añado—: Me da a mí que dos tíos van a acabar de patitas en la calle hoy.

—Mierda —gruñe el moreno como el capullo inmaduro que sé que es.

—¿En serio? —pregunta el rubio.

Los miro a uno y a otro mientras rememoro la cantidad de veces que Ford, Ledge y yo hemos hablado así —y hablamos así—, pero, no sé por qué, esta vez es diferente.

—No es que sea de vuestra incumbencia, pero ya se la relaciona con un hombre mucho mejor pagado que vosotros. En consecuencia, si habláis en detalle de cómo os gustaría llevárosla al huerto… a ella o a cualquier otra, ya puestos, y encima en horario laboral, seréis despedidos. ¿Me he explicado bien?

Salgo por las puertas dando grandes zancadas y sin mirar atrás. Estoy orgulloso de mí mismo por no haberme contenido, pues no creo que esos dos cabroncetes se lo merecieran.

Mira que hablar así de Sutton. Me cago en la leche.

Es como si, después de la otra noche, tuviera la sensación de que debo protegerla. No sé por qué ni cómo, o qué mosca me ha picado, pero así es.

Y lo detesto, joder.

Ya no sé ni quién soy.

«Solo te estás entreteniendo, Callahan».

Has sido un ser humano respetable al salir en defensa de otro ser humano porque, quizá, después de la que se ha liado, te urge serlo.

Te estás doblegando, Cal, no estás suplicando.

No me gusta eso. No me gusta un pelo.

«No es que sea de vuestra incumbencia, pero ya se la relaciona con un hombre mucho mejor pagado que vosotros».

Por Dios.

Deambulo por un sendero que conduce a la playa y vuelvo a las villas y luego a la oficina, de pronto inseguro de todo, cuando ni soy inseguro ni lo he sido nunca.

Todos mis instintos me dicen que recoja mis cosas y me vaya. Que me pire y vuelva a ser el nómada que llevaba seis meses siendo desde que falleció papá. Entonces era libre y la vida era sencilla.

En cambio, ahora todo es complicado.

—Joder —le grito a nadie en concreto.

No puedo marcharme.

Tengo que quedarme y acabar lo que juré que haría en honor a mi padre. ¿Qué clase de persona sería si no puedo ni hacer eso por el hombre que me lo dio todo?

Sentimientos de mierda.

Los que hacen que esté hecho un lío tras la muerte de mi padre y los mismos que me despierta estar cerca de Sutton.

Debería ir a mi despacho y trabajar. Repasar los últimos presupuestos que he recibido esta tarde y, así, comprobar si las incesantes reuniones a la hora de cenar valen la pena.

Sin resuello, me dirijo hacia allí, pero cuando llego y veo que todas las luces están apagadas, la idea de estar solo no se me antoja tan atractiva como de costumbre.

«Estás jodido, Sharpe. ¿Desde cuándo no te gusta estar solo?».

Sé la respuesta, pero no quiero admitirlo.

«Desde que comparto espacio con Sutton». El leve zumbido que hacen sus auriculares cuando escucha música en su cuarto, el ruido que hace al fregar los platos bien entrada la noche, el tenue sonido de su risa en las escasas ocasiones en que ve la tele.

Qué tontería. ¿Cómo puedes acostumbrarte a algo en lo que no participas activamente? ¿Eh, Cal?

«Keone».

Él es la respuesta. Le haré una visita y me dejaré enredar por sus agudezas. Me servirá copa tras copa hasta que las voces de mi cabeza se vayan a tomar viento y vuelva a pensar con claridad.

Suspirando, doblo la esquina del camino que conduce al bar y me choco con Sutton. Los dos gritamos, presas de la confusión. Pero cuando retrocede me fijo en que su falda es demasiado corta y su blusa, demasiado ceñida. Qué guapa está, joder.

Demasiado como para alejarme de ella.

—¿A dónde vas? —le pregunto.

—Al punto número ocho de mi lista. —Su sonrisa fugaz me desarma.

—¿Cuál es el número ocho?

Sonríe con lentitud y dice:

—La noche de los solteros en Isla del Mar.

¿Que qué? Por encima de mi cadáver.

—Creí haberte dicho que no irías.

—Y yo a ti que nadie me manda. —Sutton se encoge de hombros con todo el descaro del mundo mientras oigo en mi cabeza a los entrenadores hablando en el gimnasio esta mañana—. Además, por lo que sea, has estado pasando de mí. Gia te manda saludos —dice imitando a Solomon de una forma que me pilla totalmente desprevenido—. ¿Qué más te da si me lo paso bien un rato bailando?

190

—¿Estás celosa?

—Para nada. Te estás portando como un imbécil.

—No vas a ir.

Sutton da un paso al frente echando chispas por los ojos mientras la oscuridad dibuja sombras en su rostro. Baja el tono y dice:

—¿Te vas a poner en plan dominante? Eso solo me va en la cama. —Me clava el dedo en el pecho y yo me río entre dientes; esa determinación y ese genio son de lo más *sexys*—. Y, dado que es evidente que no estamos ahí ni lo estaremos en breve, no puedes decirme qué puedo hacer y qué no.

Me encanta cuando saca las uñas. Joder, cómo me pone.

—Soy tu jefe.

—Corrijo: soy tu asesora. Trabajamos para el otro, con el otro y...

—Tú y tus chorradas.

—¿Perdona?

—Tu teoría de que no podemos acostarnos porque somos jefe y empleada. Tú misma lo has dicho, trabajamos con el otro, no tú para mí. Así que, si eso no se sostiene, a lo mejor lo de «¿Qué saco yo de esto?», tampoco. —Me cruzo de brazos y sonrío poco a poco—. Para mí que te gusta hacerte la dura.

—Y para mí que todavía no has dado con la respuesta.

Quiero besarla. Quiero acercarla por la nuca y saborear esos labios que tiene, pero los huéspedes y el personal que pasea por la periferia me lo impiden.

Por cómo Sutton me mira a los ojos, sabe perfectamente en qué estoy pensando.

—No vas a ir. ¿Qué te parece esa respuesta?

—¿Por qué no? ¿Porque sabes en qué piensas cuando entras en una discoteca? ¿Las cosas que quieres hacerle a la mujer en la que pones la mira y el objetivo que persigues? —Alza las cejas y se ríe por lo bajo—. Ya ha acabado mi jornada laboral, Sharpe. Y cuando acaba mi jornada, no tienes ni voz ni voto en lo que hago o dejo de hacer.

«¡Será zorra!».

Va a ir de todos modos. Va a ir y todos los hombres del local van a desear lo que yo no puedo tener.

Rezo para que se haya quedado con unas bragas de abuela, al menos, y se las haya puesto esta noche. Concédeme eso al menos, Señor.

Pero, tras echarle otro vistazo a su minúscula falda ajustada, sé que no las lleva ni por asomo.

Joder. Ya solo ruego para que haya entrado en razón y se haya puesto algo debajo.

—Dudas, ¿a que sí? —me pregunta con una sonrisilla tras seguir mi mirada, que se hace eco de mis pensamientos sin disimular.

—Te las he devuelto.

—Sí, ahí tienes razón. Pero también te dije que no me las pondría porque quería ver cómo se te iba la olla.

—Sutton —gruño, y aprieto la mandíbula de la frustración.

—¿Llevaré o no? He ahí la pregunta del millón.

—No tiene gracia. —Hago ademán de tocarla, pero ella retrocede arqueando una ceja y mirando a todas partes por si nos ve alguien.

—¿Sabes cómo se llama lo que sientes? Frustración sexual. Se manifiesta en forma de arrebatos repentinos o reclamos hacia una persona cuando no se tiene ningún derecho a hacerlos. —Se acerca a mí y me susurra—: Y me pone que te cagas. Hasta luego.

Levanta la mano y mueve los dedos para despedirse mientras procede a irse.

—Una cita.

¿Cómo no se me habrá ocurrido antes?

—¿Cómo? —Me mira por encima del hombro.

—Una cita. Esa es la respuesta, ¿no? ¿Quieres que te corteje antes de hacer el sesenta y nueve?

—Nunca está de más. Hacer que tu amada se sienta como algo más que un trozo de carne siempre es una buena opción, pero lo siento, no es la respuesta. Quizá deberías ocuparte de eso en casa. —Señala la erección a media asta que me va a reventar los pantalones y dice—: No me esperes despierto.

Y, entonces, gira sobre sus talones y se adentra en la oscuridad.

¡Vamos si está jugando con fuego!

Capítulo 28

Sutton

Las discotecas nunca han sido mi rollo.

Sí, fui con Lizzy aquella aciaga noche porque necesitaba sentirme viva, y vaya si me hizo sentir viva. Y ahora, si soy sincera conmigo misma, estoy aquí porque lo último que voy a hacer es permitir que Callahan me diga qué puedo hacer y qué no. Y menos después de haber estado evitándome. Es que ¿de qué va, por qué pasa de mí? ¿Porque hablamos en serio? ¿Porque el beso que nos dimos fue más íntimo que cualquier otra cosa que hayamos hecho antes?

Y, menos aún, después de ponerse como un neandertal hace un rato.

Por eso y porque tengo la sensación de que se presentará aquí.

A un hombre tan posesivo y mandón como él no le haría gracia que estuviera aquí sola. Y menos cuando la última vez que me encontré en la misma tesitura lo conocí a él.

Seguro que está dando vueltas por la villa.

O incluso oculto entre las sombras, mirándome.

Apuesto por la segunda opción.

Supongo que será mejor que baile hasta reventar para demostrarle que no voy a esperar a que entre en razón.

La verdad sea dicha, preferiría estar relajándome en la villa. Ha sido una semana muy larga en la que no he parado de comerme el coco y, francamente, estoy agotada.

Sin embargo, me irá bien ver lo que ofrece la competencia para que nuestro resort sea incluso mejor.

De hecho, es lo que acabo de hacer. He tomado notas mentales y he hecho mil fotos con el móvil de los toques únicos que me gustaría que viera un diseñador para que los modernizara y los incorporara a la discoteca de Ocean's Edge.

Nuestro local es mucho más bonito en conjunto, por lo que las mejoras y las modificaciones no deberían ser muy complejas o caras.

Doy un trago a mi segunda copa y, nerviosa, miro a mi alrededor. Se me hace raro estar en una discoteca sola, sin un grupito de amigas con las que charlar y pasármelo bien. O hasta lucir palmito.

Sinceramente, ahora mismo no tengo confianza en mí misma. La tengo cuando estoy cara a cara con Callahan; ese chico tiene algo que me hace sentir poderosa y segura. Detesto incluso reconocérmelo a mí misma, pues acabo de dejar atrás una situación en la que permití que un hombre tuviera poder sobre mis sentimientos. Nunca más.

No obstante, el poder que me insufla Callahan es totalmente diferente, en el mejor de los sentidos.

—¿Qué tal si te lo pasas bien en vez de quedarte aquí bebiendo como la fea del baile?

—¡Brady! ¡Has venido! —exclamo, aliviada de estar con un amigo.

—No podía dejar que te metieras en estas aguas infestadas de tiburones tú sola. A no ser que quieras, claro.

—No. Gracias. Dios, empezaba a sentirme como una pringada aquí sola.

—Eso se acabó. —Choca su copa con la mía y me sonríe con picardía—. He traído refuerzos. —Se vuelve y señala a unas caras conocidas—. Es que he pensado: ¿qué mejor que invitar al personal que trabajaría en una discoteca así de moderna?

—Qué buena idea. Estupendo —grito para hacerme oír por encima de la música. ¿Por qué no se me habrá ocurrido?

Porque estaba demasiado ocupada pensando en Callahan y preguntándome qué mosca le ha picado.

—Se me ha ocurrido que al personal le vendría bien verte en acción y manos a la obra en vez de considerarte la arpía ejecutiva que da miedo.

—¿Que les doy miedo? Pero si he venido a ayudarlos.

—Tú lo sabes, yo lo sé. Pero los cambios aterran a mucha gente y, hasta ahora, el cambio de directiva no ha aportado nada. Por lo que el hecho de que tanto tú como ellos estéis aquí hace que te vean un pelín más humana.

Estrujo el antebrazo a Brady y le digo:

—Gracias, en serio. Significa mucho para mí.

—Descuida. Ahora, a por otra copa y a bailar.

Y vaya si bailamos. Hasta que estamos acalorados y sudorosos y abandonamos la pista dando tumbos porque necesitamos respirar y alejarnos de la gente apelotonada.

—Voy a por unas copas —me informa Brady—. Tú ve al baño. Te espero aquí.

—Oído cocina.

Me abro paso entre la multitud con una sonrisa en la cara; este sitio es una pasada. Debería ser ilegal que hubiera tanta gente guapa en un solo lugar. Pero no hay zona VIP, ningún rincón especial al que la gente se muere por acceder.

Sin duda, está en mi lista de cosas por las que pelear —por las que negociar— para Ocean's Edge.

Un premio adicional es que esto es justo lo que necesitaba después de la semana que he tenido. Desmelenarme con Brady y los demás miembros del personal y olvidarme de todo un rato.

Estoy a punto de llegar al servicio cuando alguien me sujeta del brazo y me lleva a un pasillo abierto. La música que retumba por los altavoces ahoga mi grito mientras aterrizo en un torso masculino.

—Callahan. —Me echo a reír y trato de recuperar el equilibrio que me ha arrebatado el alcohol que me corre por las venas.

—¿Borracha? —pregunta con los labios muy cerca de mi boca. Los miro, los deseo, me muero por ellos.

—Contentilla. ¿Qué haces aquí?

—Recordarte lo que deseas, pero que te niegas.

Tras esa única advertencia, su boca encuentra la mía. Se apodera de mis labios; se apodera de mí. Es un beso ávido y desesperado, y casi me flaquean las rodillas. Enrosca su lengua con la mía. Todo me da vueltas. Estrujo su camiseta y él me amasa un pecho.

El beso y la música ahogan mis gemidos a la vez que mi cuerpo reza para que se pegue a mí, se suba encima de mí y esté dentro de mí.

Se enrolla mi coleta en el puño, como la noche en que nos conocimos, y deja de besarme para coger aire.

—Y recordarme a mí por qué vale la pena estar hecho un lío de cojones —mascula cuando nos miramos a los ojos.

—Callahan. —No sé si, al pronunciar su nombre, le estoy advirtiendo que no siga o suplicándole que se quede.

Pero una cosa está clara: las dudas que tenía estos últimos días se han desvanecido. Todavía me tiene ganas.

—Voy a sacarte de aquí —me dice.

—Eso sería un error.

—No sería el primero que cometo. —Cuando me sonríe con arrogancia, vuelvo a notar las mariposas del otro día.

—No, lo digo porque Brady está aquí y...

Callahan echa una ojeada a la multitud y niega con la cabeza brevemente antes de decir:

—El nuestro será incluso mejor. —Me da un último beso en los labios y dice—: En ese caso, vuelve con tus amigos. —Y se marcha raudo y veloz.

—Callahan. —Esta vez su nombre es un grito entrecortado—. Quédate, por favor. —Pero la música ahoga mis palabras, y, ahora que se ha ido, de pronto me siento sola. Vacía.

Debe de ser el alcohol el que habla.

¿Lo persigo? ¿Corro tras él y...?

—Aquí estás —dice Brady, que me toma del brazo y me pone una copa en la mano—. Creía que te había perdido.

197

—No, perdona, es que estaba…

—¿Y ese? —Mira en la dirección por la que se acaba de ir Callahan—. Un ligue para luego, espero.

—¿Quién? —pregunto, y me bebo la copa de un trago—. Ah, ese. —Hago un gesto con la mano en la dirección en la que está mirando Brady—. Ha chocado conmigo y me ha tirado la bebida encima. Ya está, nada más.

Mentiras.

Y más mentiras.

Quería seguir besándolo. Quiero volver a la villa y continuar. Pero no puedo. No lo haré.

Tendré que beber más para sobrellevarlo.

Capítulo 29

Callahan

Marcharme de la discoteca ha sido duro.

Desear a Sutton lo es incluso más.

Y tantas idas y venidas me están haciendo polvo las pelotas; este jueguecito les está pasando factura.

Pero me he contenido: no la he estampado contra la pared ni la he tocado como quería. Eso se merece un aplauso, porque echar el freno no es mi fuerte.

Es lo que quiere, ¿no? ¿Que le demuestre que no sé controlarme? ¿Que solo pienso en mis necesidades y no en las suyas, ni en las repercusiones, ni en las consecuencias fatales que podría tener para ella?

Así que he hecho lo inimaginable, algo que mi yo de la última semana no habría hecho jamás: marcharme.

Y ahora, sentado a oscuras en la villa, pasan los minutos y me pregunto si habré hecho bien.

La próxima vez, no me iré.

La próxima vez, mandaré el jueguecito de los cojones a la mierda y tomaré lo que quiero porque esto, ella, lo nuestro, me está volviendo loco de remate.

Doy otro trago al *whisky* y espero con los ojos cerrados, hecho un lío y pensando en mil cosas.

Las dos de la mañana. Es entonces cuando oigo ruido en la puerta principal y a Sutton maldecir entre risas cuando la cerradura emite un sonido porque no ha insertado bien la tarjeta.

Al rato abre y entra tambaleándose y diciendo: «Uyyy». Deja el bolso en la encimera y, con torpeza, se quita los zapatos de uno en uno y los tira de cualquier manera.

Se echa a reír de nuevo (ya van dos veces esta noche). Es muy extraño oír reírse a una mujer tan circunspecta y testaruda, pero me hace sonreír. Coge una botella de agua de la mesa y bebe largo y tendido. Entonces, se queda ahí de pie, con los ojos cerrados y una sonrisa tonta en los labios.

Va con la falda torcida y un tirante caído. Está cañón y, aun así, sigue siendo adorable cuando antes solo la consideraba *sexy*.

«Callahan, para. Deja que se vaya a la cama y no te descubras».

No aguanto más.

—¿Te lo has pasado bien?

Sutton da un respingo al oír mi voz, pero se tranquiliza cuando me ve sentado delante de su cuarto, a oscuras.

—¿Me has esperado despierto? —Cruza la estancia y agrega—: Qué mono.

—Me estaba relajando —murmuro a la vez que ladeo la cabeza para verla.

—¿A oscuras y a las tantas?

—Ajá. Me gusta esta hora de la noche porque todo el mundo duerme y el silencio habla.

—Creía que eras una persona madrugadora.

—Soy muchas cosas, Sutton.

Se me queda mirando con la cabeza ladeada y mordiéndose el labio inferior. ¡Qué mona es, joder!

—¿Y qué dice el silencio? —susurra a la vez que se sitúa entre mis piernas y se sienta en mi rodilla. La sujeto de la cintura para que no se caiga. Me mira a los ojos con los suyos entornados y vidriosos mientras espera a que le conteste.

—Que mañana vas a tener una resaca de la leche. —Dejo de sujetarla de la cintura y jugueteo con un mechón que se le ha salido de la coleta y lo froto entre los dedos.

—Puede que sí, o puede que no. —Bosteza y me mira con los párpados entornados—. Johnnie, ¿tengo fecha de caducidad?

—¿Que si tienes qué? —pregunto, y me río.

—Es que Brady me ha dicho que eres de los que pone fecha de caducidad a las tías y que solo juegas con ellas hasta entonces, así que me preguntaba si yo también tenía una. —Su mirada es tan sincera que me desarma como nunca.

¿Es su manera de preguntarme si me he cansado de ella?

¿Acaso no se da cuenta de que no hay nada más lejos de la realidad?

—Sutton…

—Tengo sueño —murmura, y, sin previo aviso, se tumba en mi pecho. Se acurruca, apoya la mejilla en mi hombro y planta la punta de la nariz bajo mi mentón.

Vacilo. No tengo claro por qué, puesto que dormimos juntos en su cama la otra noche, pero vacilo.

Lo retiro.

Sé por qué vacilo. Porque, desde esa noche, las cosas han cambiado entre nosotros y puede que esté como loco por volver a lo de antes. A cuando no me acurrucaba ni me preocupaba por la chica en cuestión; a cuando echaba un polvo y, luego, si te he visto, no me acuerdo; a cuando no mantenía conversaciones profundas y estaba claro que no seríamos nada más.

A cuando creía que sería algo bueno para ella y no temía no serlo.

Y, sin embargo…, la abrazo, la acerco a mí e inhalo su aroma.

—¿La sabes ya, Cal? —Se ríe con torpeza—. ¿Te importa que te llame Cal?

—Sí, me importa. Así me llaman mis hermanos, y solo cuando quieren sacarme de mis casillas. —Le acaricio la espalda mientras pienso en ello—. Últimamente me da la impresión de que siempre me llaman así.

—Mmm —dice, y se queda callada. Creo que se está durmiendo encima de mí, pero, entonces, susurra—: Sé qué es.

Sé qué es ser la oveja negra. —Se ríe entre dientes y añade—: Nunca estaba contento con lo que hacía, me ponía trabas para que fallase y, así, divertirse a mi costa, me hacía preguntas delante de sus amigos solo para decirme que contestaba mal, me animaba a apuntarme a la clase de pintura a la que tanto ansiaba ir solo para burlarse de mi obra el día de la exposición. Creía que el amor significaba darle lo que necesitaba, pero… se llevó partes de mí, y yo ni me di cuenta de que había renunciado a ellas hasta que ya fue tarde.

—Sutton —digo sin tener claro si quiero advertirla de que está piripi y me está contando intimidades, o si es para sentirme mejor porque la he avisado aunque quiera que continúe igualmente.

—Su carrera era lo primero. Su felicidad, su… placer. —Resopla y añade—: Por eso estoy aquí. Porque Lizzy me pidió que me hiciera un favor. —¿Lizzy? ¿Un favor?—. ¿Qué clase de chica rechaza ascensos para no herir el ego de su novio por progresar más deprisa que él? La menda lerenda. —Levanta una mano y la deja caer en mi pecho—. ¿Qué clase de chica está tan avergonzada que deja que su novio le robe días, años y horas de vida cuando creía que era fuerte, pero no era así en realidad? La menda lerenda.

—Eres fuerte, Collins —murmuro, y la beso en la cabeza mientras una furia inexplicable me corre por las venas.

Ríe como si no creyera ni una palabra de lo que le he dicho.

—Eso es lo que tú crees. —Vuelve a resoplar. Me pasa la punta de la nariz por la mandíbula y vuelve a donde estaba antes—. No vayas tan provocativa, no llames tanto la atención, para mí que hables con otros tíos es tontear —dice, poniendo voz de hombre—. No, por Dios, no vaya a ser que me sienta viva por dentro. —Niega con la cabeza y añade—: Yo solo quería sentirme viva.

—Ya no está —musito.

—Clint. Así se llamaba. —Hace la peineta y yo sonrío al verla.

—Nunca me ha gustado ese nombre.

—Ni a mí.

—Vete a la mierda, Clint. —Alzo mi copa como si brindara y le doy un trago.

Sutton se ríe, cuela una mano por entre los botones de mi camisa y la deja en mi pecho desnudo. ¿Se imaginará lo mucho que anhelo que me toque?

—Tú me haces sentir viva, Callahan.

—Sutton… —En mi vida me han dejado tan mudo como esta mujer.

—¿Sabías que esta chica no tenía ni idea de que podía ser multiorgásmica porque su novio era un egoísta al que se la sudaba su placer? No lo supe hasta que… te conocí.

Algo similar a la emoción se aloja en mi garganta y hace que me cueste tragar saliva. Siento la necesidad de levantarle la barbilla y besarla en la boca. Y aún más las ganas de subirle la mano por el muslo y hundirla en el paraíso que se esconde entre sus piernas.

Pero en este momento, todo está mal: su confesión, la sensación que me transmite, y que me parezca bien tener a una mujer encima sabiendo que la cosa no va a pasar de ahí.

—¿Por qué no puedes ser lo que necesito? —murmura adormilada y con aire distraído, como si ya estuviera soñando.

—Nadie necesita a alguien como yo, Collins —susurro. Hay que merecer la pena para que alguien te necesite—. Jamás.

—Discrepo —replica con voz aniñada—. ¿Por qué no has vuelto a intentar acostarte conmigo? ¿Es porque ya he caducado? ¿Porque ya has pasado página?

—No es por eso —murmuro. Oigo mi respuesta y no sé qué significa.

—Entonces fóllame, Johnnie —musita. Lo mismo que me susurró la noche en que nos conocimos. Hasta el último ápice de mi ser se resiste a la necesidad de actuar en consecuencia.

—Así no, Collins. —De nuevo, la beso en la coronilla sin pensar—. En este estado, no.

—¿Por?

«Porque quiero que lo recuerdes. Porque quiero saber que estás sintiendo lo mismo que yo, joder».

—Porque mereces más que esto.

—Eres un sol. Lo sabes, ¿no? ¿Que eres un sol? Por eso me he enamorado de ti. —Se ríe bajito y se le regula la respiración.

Juro que por un momento me falta el aire. Está borracha. Es el alcohol el que habla, y, como estoy siendo majo, habrá confundido mi consuelo con algo más profundo.

«Callahan, justifícalo como quieras, pero esas palabras han salido de su boca». Unas palabras que siguen a una sinceridad tan cruda que cuesta horrores ignorarlas.

¡Que se me ha acelerado el pulso y se me ha secado la boca de golpe!

—Gracias, Callahan —farfulla mientras me da un besito en el lateral del cuello—. Por hacer que me dé cuenta de que no debo volver a conformarme jamás.

Abro la boca para hablar, pero, joder, los sentimientos, los pensamientos y esas cosas se arremolinan en mi interior y me confunden y me dejan sin palabras. Y mientras decido qué decir, un leve ronquido abandona sus labios y me ahorra el problema.

Cuesta desentenderse al más puro estilo Sharpe cuando sigo abrazando su cuerpo cálido y sus palabras han hecho mella en mí.

«Por hacer que me dé cuenta de que no debo volver a conformarme jamás».

Sutton Pierce.

«Por eso me he enamorado de ti».

Habla de ella como si fuera débil, pero para mí solo emana fuerza. La reina de las contradicciones, eso es lo que es. *Sexy* y peleona, pero un pelín rota por dentro.

«¿No lo estamos todos, Cal? ¿No lo estás tú?».

Suspiro con pesadez porque la respuesta es sí, pero yo me he roto a mí mismo; a ella la ha roto otra persona.

Entonces, ¿de eso se trata? ¿De eso va el juego? ¿De la necesidad de saber que ningún otro la va a putear antes de entregarse al cien por cien?

Dios. ¿Eso es lo que hago yo? ¿Putear a las mujeres y tratarlas como el falso de mierda de Clint? Me paso una mano por la cara y la dejo en el muslo de Sutton, encima del mío.

No. Ni de coña, vamos. Yo no prometo nada: ni que seremos algo más, ni que estaremos siempre juntos, ni que seremos felices y comeremos perdices, ni nada de ese rollo. Yo no menosprecio ni denigro; yo doy placer y me voy.

Y, sin embargo, las palabras de Sutton hacen que cuestione mis actos por primera vez en mi vida.

«¿Qué saco yo de esto?».

¿Esta es su manera de recuperar algunas de sus partes? ¿Las que Clint le arrebató y destruyó? ¿De asumir quién es y qué quiere en la cama, algo de lo que su novio hacía que se avergonzara?

¿Esa es la respuesta a su pregunta?

«¿Qué saco yo de esto?».

¿La respuesta es «A ella»? ¿Reencontrarse?

Me muerdo el carrillo y escucho el silencio ensordecedor.

Escucho a mis pensamientos susurrar en mitad del barullo.

Y llego a la conclusión de que no quiero que esa sea la respuesta correcta.

De que esa no puede ser la respuesta correcta.

Porque estoy segurísimo de que, en cuanto Sutton Pierce se encuentre a sí misma, seré historia para ella.

Verá su valía, la reconocerá como suya y sabrá, sin ninguna duda, que un tío como yo, que no hace promesas, no vale la pena.

Quiere —merece— a un hombre que esté con ella. Que se comprometa en cuerpo y alma. Y ese hombre no soy yo. No puedo permitir que Sutton crea que estoy a la altura de su desafío.

El juego ha cambiado.

Y este capullo egoísta no quiere seguir jugando.

Capítulo 30

Callahan

Hace once meses

El velero se mece suavemente adelante y atrás mientras contemplo el horizonte. Cientos y cientos de kilómetros de aguas azules se extienden ante nosotros.

Podría decir que el olor a sal que se cuela en mi nariz o el sol en la cara bastan para olvidar la movida de antes, pero sería mentira.

Una mentira de cojones.

—*¿Y papá?* —*pregunto cuando entro en la sala de juntas y me encuentro a Ford sentado y a Ledger apoyado en la ventana, de brazos cruzados.*

«Mierda. Lo saben».

—*A estas alturas, papá es totalmente irrelevante* —*contesta Ledger con voz gélida, los dientes apretados y la mandíbula tensa.*

—*Es su empresa, por lo que debería estar presente para...*

—*¿Para qué?* —*inquiere Ledger, que sube el tono con cada sílaba*—. *No te va a salvar de esta, Cal.*

—*¿De qué hablas?* —*pregunto.*

—*No te hagas el santo conmigo. En este momento, Sharpe International es el puto hazmerreír porque has accedido a comprar un resort para tirarte a la hija del dueño.*

«¿Qué cojones?».

—Todo el mundo lo sabe, Cal. Gracias a tu proposición en el baño, que nos hayas vendido por un chochete de campeonato es la comidilla del pueblo.

Miro hacia donde está mi padre, que sonríe ligeramente con un *whisky en la mano.* Si pudiera verle los ojos tras las gafas de sol, me pregunto qué me diría su mirada. ¿Estará aquí o se le habrá vuelto a ir la cabeza? ¿Recordará lo que ha pasado antes, siquiera?

Por su bien, espero que no.

—No me he acostado con ella —digo mirándolos a los dos a los ojos.

—¡Me cago en la puta! —brama Ledger—. No olvides que te conocemos.

—Papá puede explicarlo. Quiere el resort como un homenaje a mamá, le prometió que le compraría un terreno allí algún día. ¿Cómo...?

—Y anoche me dijo que estuvo desde los treinta en Ibiza, lo cual sabemos que no es cierto porque estuvo aquí criándonos — dice Ledger, que me mira con recelo y los ojos entornados.

—¡Tendría que estar aquí! —grito a la vez que doy una palmada a la mesa. Me niego a creer que no tuvo un momento de lucidez, que su único momento de cordura haya sido otra jugarreta de su enfermedad de mierda. Me niego a aceptar que le creí.

—Está en casa, Callahan —interviene Ford—. Ha sido relegado de sus deberes empresariales.

—¡¿Cómo?! —exclamo casi a gritos. De pronto, noto la lengua pastosa.

—Es lo mejor para todos —dice Ledger en voz baja.

Tiemblo del pánico y digo:

—Lo matará no estar aquí. No ser parte de la empresa ni...

—¿Quién fue, Cal? —Ledger se aparta de la pared y avanza hacia mí—. ¿Quién cerró el trato? Porque si fue papá, nos hace más mal que bien, pero si fuiste tú..., puede seguir al mando un poco más.

—¿Estás bien, Callahan? —me pregunta mi padre, que me devuelve al presente y hace que deje de pensar en lo que ha ocurrido antes.

—Sí. Es que tengo muchas cosas en la cabeza. —Miro por encima del hombro al capitán, que le dice a un marinero algo del foque, y de nuevo a mi padre.

—Ya se les pasará, como siempre.

Asiento, respiro hondo y miento:

—Sí, tienes razón.

—Somos Sharpe. —Se ríe entre dientes y añade—: Luchamos con uñas y dientes, pero amamos con más fiereza aún.

—Lo sé, papá. —Le doy unas palmaditas en la mano e insisto—: Lo sé.

—¿Ves ese punto de ahí? —me pregunta a la vez que señala las costas de Long Island con la copa.

—¿Qué le pasa? —Frunce el ceño; es evidente que está confuso—. ¿Papá?

—Después del arrecife, ahí.

Miro a mi padre y, de nuevo, a la costa en la que, claramente, no hay ningún arrecife (raro sería que viéramos alguno por aquí). Me debato entre decírselo o dejar que siga hablando. Lo último que quiero es alterarlo en el único lugar que aprecia más que su despacho.

—Sí, lo veo —miento.

—Quizá algún día tú también te enamores y la traigas a este sitio. A tu madre le encantaría.

Le sonrío para tranquilizarlo y niego con la cabeza.

—No preveo que sea en breve. —Aún tengo muchos sitios por visitar, muchas cosas por hacer. Lo que sea con tal de no estar encerrado en el despacho horas y horas—. Y menos estando atrapado en la oficina…

—No estás atrapado. Tienes el privilegio de estar ahí. —Suspira satisfecho—. Los únicos días en que me siento yo mismo son los que paso sentado en mi despacho, viendo el imperio que he levantado. Los demás días no recuerdo nada. Pero el despacho, la oficina y vosotros me mantenéis cuerdo.

«La oficina me mantiene cuerdo».

¿Eso? Eso es el motivo por el que he asentido mientras Ledger y Ford sacaban el rencor de años en la discusión de antes. Por el que he asumido la culpa del trato y por el que he permitido que mi padre siga al frente de la empresa y mantenga la poca cordura que le queda.

He actuado mal un montón de veces y siempre me ha perdonado.

Es lo menos que puedo hacer para asegurarme de que es feliz un poco más, aunque no cuente con la aprobación de mis hermanos.

Aunque no nos reconciliemos nunca.

—Tienes razón, es un privilegio. —Pestañeo para hacer desaparecer las lágrimas, pues necesito aferrarme a este momento con mi padre pese a que es obvio que tiene la cabeza en otro lado—. Háblame más de cuando estuviste aquí con mamá.

Capítulo 31

Sutton

Ni confirmo ni desmiento que he tenido la resaca más larga de mi vida. Aunque le estoy muy agradecida a Callahan por dejarme una pastilla y agua en la mesita para cuando despertara, no me ha quitado el dolor de cabeza.

Quizá esté prolongando los síntomas más de lo normal al quedarme a trabajar en la villa y no ir a la oficina porque me da un miedo terrible mirar a Callahan después de lo que le solté anoche. Puede que mi memoria esté borrosa, pero estoy segurísima de que dije cosas que no debería haber dicho.

Si no quería saber nada de familia, pasado y besos, seguro que ahora se va a alejar de mí todo lo posible (si es que no se ha marchado ya).

Gimo y me aprieto los ojos con los dedos.

Tengo que arreglar esto.

Tengo que hablar con él y decirle que hablaba el alcohol, que cuando bebo me pongo tontorrona. A lo mejor le vale y, con suerte, volvemos a lo que fuera que teníamos.

Con suerte.

Lo que nos hace falta es echar un polvo y zanjar el tema de una vez. Quizá así volvamos a centrarnos en lo importante; quizá, si sucumbimos al deseo, podamos… volver a estar como antes de que metiera la pata anoche.

Pero sé que escondiéndome en la villa no voy a solucionar nada.

Me he vestido y ya estoy saliendo por la puerta para ir a ver a Callahan cuando Brady me escribe para decirme que quedamos en The Cove y que se requiere mi presencia.

Ahora hace un rato que no me contesta, así que decido salir a su encuentro.

Esta noche, el resort hierve de actividad. Hoy es nuestro segundo Viernes Playero y los huéspedes se juntan para ver los preparativos y los carteles.

Me hace sonreír ver el cambio que se ha producido entre el primer día que estuve aquí y los más de cuarenta que llevo ya. Por lo visto, los huéspedes prefieren quedarse en el resort y disfrutar de las actividades en vez de ir a otros.

Todavía nos queda mucho por hacer, pero los nuevos carteles han sentado la base de los próximos cambios y mejoras. Hemos encargado nuevos uniformes para el personal, a juego con la sofisticación que emanan las propiedades de los Sharpe.

Las reuniones durante las cenas de Callahan han dado sus frutos. Nuestro proveedor de ropa nos ha hecho un descuento del diez por ciento, y el de alcohol, una rebaja del doce por ciento. Además, ha encontrado una agencia de paisajismo más profesional que de verdad trabajará más por menos. Vamos, que estaban estafando a Ocean's Edge.

La cosa va por buen camino.

Que es justo lo que le he dicho a Roz cuando hemos hablado por teléfono antes. A pesar de que la cabeza me iba a explotar, la he puesto al corriente de los avances de esta semana. Ya me la imaginaba tachando puntos de las listas de tareas pendientes que se hace para cada proyecto.

—Así empieza el éxito, Sutton —me ha dicho antes de colgar.

Y tiene razón. Así empieza el éxito.

Ladrillo a ladrillo.

Y después de que Callahan me confesara el motivo por el que adquirieron el resort y el pesimismo de sus hermanos, estoy más decidida que nunca a reformar este sitio. No solo por mí, sino para que les demuestre que puede hacer su trabajo.

Y no os voy a engañar: es muy emocionante ver lo rápido que ha cambiado todo.

A lo mejor sus hermanos reculan y lo felicitan por cumplir su promesa.

Pero solo de pensar que se irá cuando todo esto acabe, me parte el alma. Que pueda reconciliarse con su familia y no quiera hacerlo, me mata.

Aunque, bueno, quizá no conozca toda la historia.

Deambulo junto a la barra y sonrío al ver a Keone. Ese hombre lo sabe todo del personal, de la isla y de los cuchicheos que nadie debería oír. Ojalá pudiéramos clonarlo.

—Eh, Keone, ¿qué tal está yendo la noche?

—Todo bien por aquí, señorita Sutton. Esto de los viernes playeros que os habéis inventado es muy bueno para el negocio.

—Me alegro de oírlo.

—¿Y usted, está bien? ¿Le pongo una copa?

Me estremezco de pensar en beber. Que le den a la teoría de que la resaca se quita bebiendo más.

—Estoy bien, gracias. He quedado con Brady en The Cove, pero antes quería ver a Callahan.

—Pues sí que está solicitado esta noche. —Se ríe, lo que hace que deje de leer el mensaje que me acaba de enviar Brady que dice que ya no me necesita.

—¿Solicitado? ¿Tiene más reuniones?

Keone niega con la cabeza y señala con el mentón detrás de mí. Sigo su mirada.

¡Caray! La mujer que hay ahí de pie es un bellezón y, a su vez, parece fuera de lugar. Sí, tiene el aspecto de los huéspedes habituales de Sharpe International —exige atención y se comporta como si fuera la dueña de este sitio—, pero tiene algo que me hace cuadrarme.

—Keone, ¿quién es…?

—Gia Diamante —contesta—. También buscaba a Callahan, pero me da a mí que no para reunirse con él.

Se ríe entre dientes y a mí se me cae el alma a los pies.

¿Esa es Gia?

¿La misma que, según Solomon, estaba deseando volver a ver a Callahan?

Retrocedo un paso y, desesperada por salir de aquí antes de que Keone vea cómo me corroen los celos, me despido rápidamente de él.

¿Por eso no encontraba a Callahan? ¿Habrá quedado con Gia esta noche?

—¿Está bien, señorita Sutton? ¿Quiere que le diga al señor Sharpe que ha preguntado por él?

«No, por Dios».

—No, no pasa nada. Ya hablaré con él mañana.

Y, acto seguido, me voy asqueada, necesitada y enfadada. Aquí, el que no corre, vuela.

Igualmente, tengo que hablar con Callahan. Necesito averiguar qué es esto y qué no es para saber de una vez por todas si me subo al carro o no.

Con eso en mente, me dirijo como una flecha a nuestras oficinas, pero no hay luz en su despacho.

Sin embargo, cuando vuelvo a The Cove, al fin lo localizo. Callahan. Está junto a la entrada del restaurante, con las manos en los bolsillos y de espaldas a mí.

Noto una opresión en el pecho al verlos a él, sus hombros anchos y su alta figura recortados contra el sol de poniente.

Si alguna vez me he preguntado si lo nuestro tenía fecha de caducidad, ver a Gia ahí y a él aquí —seguramente esperándola— me lo ha dejado claro.

¿Qué hago?

¿Cómo me ocupo de esto?

¿Le digo que todavía lo deseo?

¿Dejo que se vaya y me ahorro el sufrimiento antes de pillarme más?

«Di algo, Sutton. Lo que sea».

—Aquí estás —logro decir al fin mientras me acerco a él. Vete a lo fácil, finge indiferencia. Sé profesional—. Venía a darte las gracias por la… —«… pastilla que me has dejado en la mesita». Pero no me salen las palabras, porque Ledger estaba en lo cierto el día en que nos conocimos. «Cuanto más nos conozcas, menos te costará diferenciarnos»—. ¿Ledger? ¿O eres Ford? —pregunto, alarmada y un poco sorprendida de verlo aquí. Y con la certeza de que casi le dejo caer lo cercanos que somos Callahan y yo.

Sonríe más abiertamente y dice:

—Es usted muy observadora, señorita Pierce. Soy Ledger; me alegro de volver a verla.

—Por favor, llámame Sutton. Y nosotros nos alegramos de verte tan… de repente.

—Bien salvado. —Se ríe con ganas. Tengo que retroceder para recordarme que es Ledger y no Callahan—. Pero vengo en son de paz. —Levanta las manos y añade—: Solo quería ver qué se cuece por aquí y comprobar en qué se está invirtiendo nuestro dinero.

Ahora esas palabras tienen otro matiz para mí, pero sigo sonriéndole con amabilidad cuando le pregunto:

—¿Vas a quedarte mucho con nosotros?

—Solo esta noche y mañana por la mañana.

—¿Un viaje exprés, entonces? —No sé por qué, pero suspiro aliviada al oírlo. Casi como si lo quisiera fuera de aquí para que Callahan y él no lleguen a las manos.

—Sí, tengo asuntos de los que ocuparme en Texas, así que se me ha ocurrido que no estaría mal pasar la noche aquí.

«Le pilla un poco lejos, pero bueno…».

—Sabia decisión. —Abarco el bello paisaje que nos rodea con las manos—. En ese caso, no te retendré. Seguro que tienes muchas cosas de las que hablar con tu hermano durante tu estancia aquí.

—En realidad, te estaba buscando a ti. Por eso le he pedido a Brady que te hiciera venir. —Su sonrisa es cálida y su mirada ambarina, seductora.

—Ah, vale, estupendo. —¿Brady sabía que estaba aquí y no me ha avisado? Muchas gracias—. ¿Qué puedo hacer por ti?

—Me gustaría consultar algunos cambios contigo y que me des tu opinión de todo. ¿Te apetece cenar conmigo? En The Cove nos han reservado una mesa.

—Claro. Pero no voy vestida para cenar fuera, precisamente. Me cambio en un momento y vuelvo.

—Sutton, en serio. —Levanta las manos y se ríe—. No voy con segundas, te lo juro. No tienes por qué estar nerviosa.

—No lo estoy. Es que no te esperaba y no quiero causarte mala impresión por ir vestida para pasear por la isla.

—Tu atuendo para pasear por la isla está bien, te lo prometo. —Mira a su alrededor como si estuviera tanteando el terreno (o buscando a su hermano) y me hace un gesto con la mano para que camine por delante de él—. Estoy deseando que me lo cuentes todo.

Recorro el camino con el corazón a mil.

No sé por qué me inquieta tanto que esté aquí.

Este resort es tan suyo como de Callahan.

Pero no me he acostado con Ledger.

Y me da miedo que se me escape que me he tirado a su hermano. Hermano que quizá haya quedado con otra esta noche.

Capítulo 32

Callahan

—Bueno, bueno, bueno, pero si es el escurridizo Callahan en persona.

Me quedo inmóvil al oír esa voz; hasta la última célula de mi cuerpo repele ese sonido. Keone alza las cejas y yo me giro despacio y veo a la mujer que tengo detrás.

—Gia.

—Pero ¡si recuerdas mi nombre! Qué pena que no recordaras mi número de habitación. —Esboza una sonrisa seductora con sus labios rojos mientras me devora con la mirada.

—Hay cosas que es mejor olvidar —digo con una sonrisa no tan amable.

«Todo el mundo lo sabe, Cal. Gracias a tu proposición en el baño, que nos hayas vendido por un chochete de campeonato es la comidilla del pueblo».

A Gia le chiflaría saber que sus actos provocaron una escisión de proporciones épicas entre los hermanos Sharpe. Una escisión de la que aún no nos hemos recuperado. Le encantaría.

—Qué malo eres. —Hace pucheros con aire teatral, sabedora de que todas y cada una de las personas de este bar están mirando a la despampanante mujer que tengo delante.

Una mujer en la que no tengo el más mínimo interés.

—Así que has venido a buscarme. ¿Qué quieres de mí exactamente, Gia?

Su risa me recorre de arriba abajo.

—Eso sí que es una pregunta capciosa y lo demás son tonterías.

Esbozo una sonrisa que sé que no me llega a los ojos y digo:

—Si has venido por lo que creo, no me interesa.

—Pero tenemos asuntos… pendientes.

—En realidad, no. —Observo a la mujer por la que habría dado lo que fuera con tal de llevármela a la cama. Lo que fuera. Y la miro ahora y la encuentro atractiva físicamente, pero nada más.

—Callahan, ambos sabemos que eso no es cierto —susurra, y delinea mi hombro con la yema del dedo.

Rechazo su contacto y me levanto de mi asiento.

—¿No te cansas del jueguecito?

—¿Qué jueguecito? —Es entonces cuando lo entiendo: Sutton no juega a nada. Nunca ha jugado, realmente espera recibir algo más, como debe ser. En cambio, Gia…

—El típico numerito de niña rica que entra en escena y monta un pollo con la esperanza de echar un polvo.

Gia vuelve a sonreír pese a la afrenta.

—Yo no tiraría piedras sobre mi propio tejado, Callahan. —Se acerca y me susurra—: Hubo un tiempo en que esas palabras también te describían a ti.

Ahí le ha dado.

La miro con la mandíbula apretada mientras proceso sus palabras. Hay verdad en ellas; una verdad que no quiero afrontar, pero que no puedo negar.

Cuando Solomon mencionó a Gia, supe que vendría a buscarme. Supe que querría verme y ponerle remedio al palo que le di a su ego. Una mujer de su calibre nunca ha recibido un no por respuesta.

Debería haberlo sabido. Yo tampoco lo había recibido… hasta que conocí a Sutton.

Miro a Gia y veo todo lo que una vez deseé.

«¿Qué saco yo de esto?». Si Gia pronunciara esas palabras, pensaría que es una zorra manipuladora.

Pero Sutton merece formular esa pregunta.

No tiene motivos para estar celosa de Gia, y necesito que lo sepa. Tengo que encontrarla, y es que cuando pienso en Sutton, veo todo lo que necesito.

«Dios».

¿Cuándo ha pasado esto?

¿Cuándo cojones ha pasado esto?

—¿Qué quieres, Gia? —pregunto, harto de esta conversación antes de que empiece siquiera.

—A ti. —Ni dudas, ni vergüenza.

Aprieto los labios y asiento, cortante.

—Lo siento, estoy pillado.

Y, tras eso, echo un vistazo a Keone, que abre los ojos como platos. Seguro que cree que estoy loco por dar puerta a la mujer que tengo delante.

Me dirijo a la villa. El desasosiego que antes me empujó a ir al bar ahora sabe que solo hay un lugar en el que quiero estar.

Tengo que encontrar a Sutton. Tenemos que hablar, necesito saber si anoche no hablaba el alcohol, sino su corazón.

En concreto, la última frase.

Y luego tengo que decidir cómo coño me siento al respecto.

—Callahan. ¿Qué…? —Brady mira hacia atrás y de nuevo a mí, confundido a más no poder—. Pero ¿cómo? —Niega con la cabeza.

—¡¿Qué?! —pregunto, impaciente.

—Acabo de verte cenando con Sutton. ¿Cómo has…?

—¿Dónde? —exijo saber, aunque ya imagino la respuesta.

—En The Cove.

Corro hacia el restaurante. No tengo claro por qué me asusta tanto que Ledger, Ford o los dos estén aquí.

Pero así es.

Me asusta.

«Ledger».

Me pongo más celoso que nunca cuando miro al restaurante y los veo sentados junto a la ventana, riendo mientras beben vino.

Verlos juntos me mata. Aprieto los puños, estoy que echo humo. Descarto la idea de ir a sentarme con ellos.

Mi hermano me conoce como la palma de mi mano. Con que me mire una sola vez, sabrá que Sutton y yo estamos liados. Lo sabrá, y, en un santiamén, la honestidad, el conocimiento y el trabajo de Sutton en este proyecto serán cuestionados. Porque, como ella me considere bueno, al instante Ledger criticará sus decisiones y su ética.

Mierda.

¡Mierda!

Me dirijo al fondo del restaurante, no quiero arriesgarme a que alguien me llame y Ledger me vea. Al menos hasta que consiga mantener mi ira a raya. Al menos hasta que...

Saco el móvil y escribo un mensaje a toda prisa.

Yo: Ve al baño. Ahora.

Observo a lo lejos. Veo que Sutton mira el móvil cuando se ilumina la pantalla y que gira el teléfono con presteza. Se ríe de algo que le dice mi hermano. Aprieto los puños al ver la escena. Vuelve a beber y se aparta el pelo despacio mientras se excusa para ausentarse de la mesa. Entonces, tal y como nos han enseñado, Ledger se levanta.

Por el pasillo me llega el barullo del restaurante. El tintineo de las copas, el repiqueteo de los cubiertos en los platos, las risas tras un brindis. Me esfuerzo por oír los pasos de Sutton cuando enfila el largo corredor.

Pero ahí están. Y cuando Sutton pasa junto al escobero en el que me he metido, la agarro del brazo con una mano y con la otra le cubro la boca para silenciar su grito. Echo el pestillo.

—Callahan, ¿qué...?

Le doy un morreo. La desesperación me domina con una vehemencia que no he sentido jamás.

A la mierda las reglas.

A la mierda la espera.

A la mierda la charla.

Sutton es mía, y solo mía. Me he portado bien, he sido obediente y ahora voy a hacerla mía, joder.

Tiene que saberlo.

Tiene que saber que es mía.

Se queda paralizada un instante, sorprendida de que esté aquí, de que esté haciendo esto.

—Callahan, ¿qué haces? Tu hermano...

—Que le den a mi hermano. Esto va de nosotros; de lo que dijiste anoche, de lo nuestro, de querer que tengamos algo.

—¿Y qué pasa con Gia? Está aquí, buscándote. Creía...

—Gia no significa nada para mí, Collins, tú eres la única con la que quiero estar. Solo tú. Y necesito metértela ya.

—Sí, por favor, sí —exclama mientras la acerco a mí para besarla.

Empieza el frenesí. Nuestras bocas se marcan, saborean y mordisquean como si no nos cansáramos del otro.

Nuestras manos. Me bajo la bragueta. Se sube la falda. Me saco la polla. Se baja las bragas.

«Más rápido».

«Espabila».

«Por favor».

«Shhh».

La siento a toda prisa en una mesita que hay en el rincón y me sitúo entre sus piernas separadas. Nuestras bocas no dejan de besarse, nuestros cuerpos no dejan de desearse.

La mano con la que le sujeto el cuello para que se esté quieta parece un collar. La estampo contra la pared y la penetro de golpe y con ímpetu.

Sutton grita y yo rezo para que el jaleo del restaurante que hay al salir por la puerta ahogue el alarido, porque no me voy a detener por nada.

Por nada.

—Joder, Collins —gruño, abrumado por lo calentito y apretado que tiene el coño.

Es el paraíso con el que estoy obsesionado y el infierno al que descendería con tal de sentirlo de nuevo.

Noto en los dedos que tengo en su cuello que el corazón le va a mil. Vuelvo a besarla y empiezo a moverme.

Sutton gime palabras pegada a mi boca. «Dios», «sí», «Callahan», «qué gusto», «por favor», «más».

Sus palabras me espolean mientras juntamos las frentes y nos fundimos en uno.

Me la follo.

Sin delicadeza, ni exigencias, ni cumplidos. Con necesidad, con avidez y con un apremio que no he sentido jamás.

Me clava las uñas en la muñeca de la mano con la que le sujeto el cuello y su coño se contrae más alrededor de mi pene con cada embestida.

—Collins —gruño con las pelotas tensas y la polla más dura.

—Córrete para mí —me exige con voz ronca.

Y esas tres palabras me desatan, se me va la cabeza y no tengo ni idea de dónde estoy. Lo único que veo es a ella; lo único que siento es lo loco que me ha vuelto; lo único que sé es que me muero de ganas de repetir.

—Mía —murmuro pegado a sus labios mientras respiro su aliento—. Eres mía, joder.

Capítulo 33

Sutton

Vuelvo a la mesa mareada e intentando entender qué narices ha pasado.

El apremio, la posesividad, el subidón de que nos pillaran con las manos en la masa.

Pero, sobre todo, la mirada de Callahan y el sentimiento que destilaba su voz.

No soy tan ingenua como para no saber que gran parte se debía a los celos tras verme con su hermano, pero había algo más. Algo diferente.

«De querer que tengamos algo».

Y después de creer que la había cagado anoche al irme de la lengua, asumo mi error con gusto. El mismo gusto que me da Callahan.

Estoy en una nube. Por el polvo, por su confesión y por saber, al fin, que hay algo entre nosotros.

Ahora, a ver si consigo acabar de cenar con Ledger sin que se entere de lo que ha ocurrido en los últimos siete minutos.

—Ay, Ledger, lo siento. Un miembro del personal me ha pillado por banda de camino al baño para preguntarme algo. —Le sonrío con cortesía mientras me siento; todavía me tiemblan los muslos por culpa de Callahan.

—Nada grave, espero.

—Nada que no tuviera arreglo.

—¿Seguro? Estás un poco colorada.

Me río con un nerviosismo que no puedo disimular.

—Sí, estoy bien. Es que he tenido que ir corriendo a mi despacho a por una llave. Alguien ha perdido la suya y... —Niego con la cabeza—. ¿Sabes qué? No importa. Ya está solucionado y he vuelto. —Esbozo una sonrisa que espero que parezca sincera.

Ledger me mira un segundo y asiente.

—Vale. ¿Por dónde íbamos? Habíamos acabado de hablar de las nuevas propuestas que quieres incorporar al calendario y del cambio de imagen, que tiene una pinta estupenda, por cierto.

—Gracias. —Su halago me hace sonreír incluso más—. Hoy hemos firmado con la agencia para empezar con la reforma estética, también.

—Has hecho bien en elegirlos a ellos. Su concepto es clásico pero fresco. Encajará muy bien con el atractivo visual del resort en su conjunto, una vez finalizada la remodelación.

—Estoy de acuerdo. ¿Qué más? El personal, los empleados. Preparar las bonificaciones y los contratos —digo.

—¿Todavía no está listo?

—Tu equipo nos ha enviado el primer borrador de un contrato y lo estamos negociando. Es uno de los últimos puntos que debemos cumplir antes de irnos.

—¿Y las negociaciones y toda la pesca están yendo bien?

—Nada que no tenga arreglo —insisto.

—Bien. —Asiente y añade—: Me alegra oír eso. Roz tenía razón, entonces: sí que eras la mujer indicada para el puesto.

«Si tú supieras...».

Capítulo 34

Callahan

Unos pasos se acercan a mí por detrás y, de pronto, se detienen. No me giro para saludarlo. En vez de eso, sigo mirando el reflejo de la luna en el agua y escucho el suave rumor de las olas al besar la orilla.

—A ver si lo adivino: te has presentado de repente y sin avisar para ver si me pillabas haciendo algo indebido.

—Ha sido una decisión de última hora —responde Ledger.

—¿Cómo has sabido dónde estaría?

Ríe por lo bajo y se planta a mi lado. Hunde los dedos de los pies en la arena junto a mí, que estoy sentado y con una cerveza en la mano.

—Imaginaba que estarías en el sitio con menos cobertura, y allá que he ido.

Asiento y le doy un lingotazo a la birra.

—¿Te importa si me siento? —inquiere.

—Sí.

—Callahan. —Pronuncia mi nombre como un suspiro que no quiero oír.

No después del subidón que he experimentado con Sutton y lo que ha ocurrido hace menos de dos horas.

No me ha bastado.

¿Soy un egoísta de mierda por decir eso?

Llevo pensando en tirármela la mayor parte de los dos últimos meses, por lo que un polvo rápido en un armario no es, ni de lejos, lo único que quiero de ella.

Lo único que necesito de ella.

Y ese pensamiento debería acojonarme.

Pero, por algún motivo, no es así; solo acrecienta mis ganas de más… Y no solo en la cama. Con eso tendría que flipar en colores.

Pero no.

Porque quiero más de ella: quiero oírla suspirar en su mesa cuando no recibe la respuesta que quiere de la persona con la que está hablando por teléfono; quiero verla contonearse al pasar junto a mi mesa para que me pregunte si lleva bragas o no; quiero que me siga llamando Johnnie.

Y, sin embargo…, venimos de mundos diferentes. Llevamos vidas diferentes.

Lo que dijo de la fecha de caducidad.

¿Eso es lo que quiero? ¿Que nos divirtamos y lo nuestro caduque?

¿No es eso lo que he querido siempre?

Entonces, ¿por qué quiero que tengamos algo?

¿Por eso estoy aquí fuera tratando de aclararme las ideas y llegar a una conclusión antes de volver a verla?

Ledger mueve los pies a mi lado, lo que me saca de mi ensimismamiento y vuelvo a centrarme en él y en por qué está aquí.

—Me espías —acabo diciendo.

—Qué va.

—Entonces has cenado con Sutton para interrogarla y comprobar si estoy dando el callo y cumpliendo con mi cometido, ¿no?

—Callah…

—Reconócelo. Has venido a regodearte porque creías que habría metido la pata, pero ahora que estás aquí, ves que no he hecho nada mal y no sabes qué hacer.

—Yo no he dicho eso —replica.

—No hace falta —escupo, consumido por la hostilidad—. Ah, por cierto, por si te cruzas con ella, da la casualidad de que Gia está aquí esta noche, en algún lado.

Suspira con pesadez y dice:

—Y vas y…

—¿Voy y qué? Te he avisado de que está aquí para que, si la ves, no me acuses de cosas que no he hecho, como la última vez. Que tampoco es asunto tuyo, pero bueno.

—¿Acusarte? —Resopla.

—Sí, acusarme. Tú y Ford sois unos cabezotas de cojones, siempre dispuestos a pensar lo peor de mí. Ya os lo imaginasteis todo antes de hablar conmigo siquiera.

—¿Y si nos olvidamos de ese tema y pasamos página?

—No, no vamos a hacer eso. ¿Sabes por qué? Porque no me preguntasteis ni una sola vez dónde estuve aquella noche.

Miro de soslayo a mi hermano. Antes lo admiraba muchísimo, y detesto que esta brecha que nos separa se haya llevado parte de ese respeto. Nuestro padre ya no puede distanciarnos y su favoritismo ya no puede romper nuestro vínculo, pero no sé si tiene arreglo.

—Olvídalo, Cal.

—¡Y una mierda! —Ya no puedo contener la ira que bulle dentro de mí. Me levanto con rabia y me muevo para controlarla—. Importa porque me acusasteis de algo imperdonable. De anteponer un pibón a nuestra familia, de anteponer mis necesidades al bien de la empresa. No…

—Venga ya, Callahan, corta el rollo. Ya lo has hecho antes y probablemente lo hagas en el futuro. ¿Por qué íbamos a pensar otra cosa?

—¡Pregúntame dónde estuve! —grito—. ¡Pregúntamelo!

Ledger suspira y me hace un gesto con las manos para invitarme a hablar.

—Estuve en el cuarto de papá toda la puta noche, en su sillón de cuero gris. ¿Sabes cuál te digo? —A nuestro padre le encantaba ese sillón. Se sentaba allí a contemplar por los ventanales de su vertiginoso ático la ciudad que tanto adoraba. Se pasaba horas y horas pensando en dominar el mundo, como él decía. El recuerdo me hace sonreír—. Lo orienté hacia su cama

226

para verlo, para asegurarme de que su pecho seguía subiendo y bajando con cada respiración. Para que, si dejaba de hacerlo, lo…, no sé.

Lo salvara. No estuviera solo. No sé, joder. Pero lo que sí sabía era que tenía que estar ahí.

—Hay que ver qué hijo más devoto —se mofa Ledger.

En menos que canta un gallo lo sujeto por el cuello de la camisa. Estoy a escasos centímetros de su rostro cuando le grito:

—¡Te estoy diciendo la verdad!

Nos miramos un instante. Estoy tenso y le ruego con la mirada que me crea.

—Callahan. —Es mi nombre, nada más. Pero, por cómo lo pronuncia y por cómo me mira, cabe la posibilidad de que me crea.

—Aquella noche, durante la cena, dijo cosas, Ledge. Hizo comentarios. Que deseaba irse a casa, que quería ver a mamá, que estaba cansado. Creí que se estaba despidiendo. —Se me rompe la voz. Lo suelto y doy un paso atrás. Llevo meses intentando asumir que ha muerto; meses. Y, por alguna razón, decir estas palabras en voz alta y que mi hermano las oiga ha sido la clave.

Se ha ido de verdad. No volveré a oír su voz nunca más, no volveré a sentir el calor de sus abrazos de oso. Su risa ya no formará parte de mi vida. No conocerá a Sutton, ni sabrá lo mucho que significa para mí.

Madre mía, cómo lo echo de menos.

Vuelvo a moverme. Estoy inquieto. Camino hasta el agua y observo la oscuridad. Necesito un momento conmigo mismo, necesito tiempo para procesar.

Ledger se pone a mi lado a su manera estoica y silenciosa. Me doy cuenta de que sufre tanto como yo. Somos Sharpe: nos desentendemos tanto de los problemas que, cuando llega el momento de enfrentarse a ellos, nos cuesta horrores.

Me restriego la cara con la mano; no era así como imaginaba esta conversación. Me veía chillando y gritando, cegado por la ira que me ha consumido estos meses, y a Ledger acusándome, culpándome y asumiendo lo peor de mí.

Pero aquí estamos. Solo falta Ford.

—El trato —murmuro—. Papá me suplicó que le dejara cerrarlo. Me hizo prometerle que convertiríamos este sitio en el lugar soñado de mamá, que lo puliríamos y lo volveríamos digno del apellido Sharpe. —Niego con la cabeza; aún soy incapaz de mirarlo—. Estaba como loco por creer que no era la demencia la que hablaba. Por aferrarme a ese momento de lucidez y creer que estaba haciendo lo correcto.

—Así que pagaste el pato y dejaste que creyéramos que te habías acostado con Gia para que papá siguiera al mando en sentido metafórico.

—No podía permitir que le quitarais eso. He roto muchas promesas a lo largo de mi vida, y no me enorgullezco de ello, pero no podía romper esta.

—Entiendo. —Suspira. Su asentimiento me indica que lo entiende.

—La última vez que hablamos en persona me amenazasteis con echarme del negocio familiar.

—Lo sé —dice sereno, y no con la rabia que esperaba.

—¿A eso has venido? ¿A cumplir vuestra amenaza?

—Se han dicho muchas cosas que no se pueden retirar —comenta.

—Tantas como las que he hecho yo, y por las que a ti y a Ford se os juzgaba diferente y que no puedo ni deshacer ni enmendar —confieso.

—Es lo que hay, Callahan.

—Hablas como papá. —Una sonrisa agridulce asoma a mis labios. Lo miro de soslayo y veo que se le han humedecido los ojos. Entonces, parpadea y finge que no estaba a punto de llorar—. Os guardaba rencor a los dos. Los tres nos dejábamos la piel para estar a la altura del apellido Sharpe, a la altura de las expectativas que estableció papá, pero siempre se os ha dado mejor cumplir con lo esperado que a mí, tanto antes como ahora.

—Y nosotros te guardábamos rencor a ti porque ibas a tu bola y parecía que te quería más a ti por eso mismo. —Ledger me mira. La sinceridad que rezuma su mirada es en parte verdad y en parte disculpa.

—Le recordaba a mamá. Ni más ni menos. Le recordaba a ella. Era su forma de seguir a su lado.

Ledger asiente y dice:

—Aun así, no está bien.

—Tienes razón, no está bien. Pero, a su vez, lo entiendo, porque cuando estoy contigo y Ford, solo lo veo a él. En vuestros gestos, en lo que decís, en vuestra cara de decepción cada vez que me miráis. —Doy otro trago a la cerveza—. A veces me cuesta estar con vosotros. Vosotros sois los hijos bonitos y yo soy el recordatorio constante de que soy la oveja negra.

—¿Por eso desapareciste cuando murió?

—Desaparecí por varios motivos. Porque me culpáis, porque no soporto entrar en su despacho con la esperanza de que esté pese a saber que no lo veré nunca más. Porque me corroe la culpa de no ser lo que él quería que fuese…, porque este oficio no es para mí.

—Pues se te da bien.

Lo miro mientras acepto el insólito cumplido y asiento.

—Gracias.

—Cuando termines con este proyecto, lo dejas, ¿no?

Lo miro de reojo y asiento con prudencia.

—Esa era la idea.

—¿Y a dónde irás?

—A todas partes. A algún lado; no tengo ni idea. A algún lugar en el que me sienta vivo. Ya me conoces, no me gusta quedarme en un mismo sitio mucho tiempo.

Nos callamos y vuelvo a sentarme en la arena. Echo la cabeza hacia atrás y cierro los ojos un segundo.

—Te necesitábamos cuando murió. Aún te necesitamos.

Asiento, pero no digo nada porque no sé cómo me sienta su confesión. Mejor, porque quizá se haya cerrado la brecha que nos separaba, o peor, porque, ahora que ya está cerrada, es cuando me voy.

—Joder, tío. Te cuesta menos enfadarte conmigo que lidiar con sentimientos y toda esa mierda.

La risa de Ledger resuena por toda la playa.

—Pues, ya que estamos, me voy a poner más sentimentaloide.

—Venga ya, ¿en serio? —gimoteo.

—Papá también me hizo prometerle algo. Como a ti —dice en voz baja. Por algún motivo, el corazón se me sube a la garganta tras su revelación.

—Ledge…

—Me hizo prometerle que acabarías lo que empezasteis en Ocean's Edge, lo que empezasteis aquí. Me pidió que usara las armas que fueran necesarias para traerte, que insistiera en que realizaras los cambios pertinentes…, no solo para beneficiar a la empresa, sino para que supieras que podías seguir adelante sin él. Para que supieras que eras digno de llevar el apellido Sharpe. —Niega con la cabeza mientras me escuecen los ojos por las lágrimas—. Me dijo no sé qué de que te había enseñado mal. Que eras tú el que tenía que ensuciarse las manos para marcar la diferencia.

Exhalo de manera audible mientras asimilo lo que mi hermano acaba de decir. Mi padre con sus declaraciones contundentes, tanto vivo como muerto.

—No sé ni qué decir. —Me recuesto y miro a Ledger—. Para empezar, siento que te pusiera en esa tesitura. No ha debido de ser fácil.

—Me lo pidió con una sonrisa. Me dijo que se había pasado años siendo un blandengue, pero que si había alguien que podía enseñarte lo que vales, ese era yo. —Ledger hace una pausa y mira al cielo—. Lo odié por ello, y te odié a ti por obligarme a ser ese alguien; pero, al venir aquí y ver que lo has logrado, no lo lamento lo más mínimo. Has hecho un gran trabajo con el resort.

—Gracias. Joder. ¿Podemos… Podemos dejar el tema aquí? —Vuelvo a ponerme en pie. Me muevo—. Estamos para que nos encierren.

—Ya ves. —Se ríe entre dientes y agrega—: Necesitas pensar en paz.

—Sí. No. —Extiendo los brazos—. Más o menos.

Ledger se acerca y me sorprende sujetándome del brazo para darme un abrazo de hombres. Lo estrecho con la misma fuerza, retrocedo y le sonrío.

—Gracias…, supongo —digo para chincharlo.

—El listillo siempre haciendo gracietas cuando la cosa se pone seria.

—Me conoces como si me hubieras parido.

—Ya te digo. —Sonríe, y yo me giro para irme cuando añade—: Eh, Callahan.

—¿Sí? —Me detengo y miro atrás.

—Que conste que eras justo lo que papá necesitaba. Ni se te ocurra pensar lo contrario.

Capítulo 35

Sutton

—¿Y no tenías ni idea de que se comportaban así porque se lo prometieron a tu padre?

Callahan me mira desde el sofá, a poca distancia de la silla en la que me siento yo, y niega con la cabeza.

—Ni la más remota idea.

Se lo ve perdido. Es lo único en lo que pienso desde que ha entrado dando tumbos hace media hora.

Pero aquí está, sentado, con los ojos rojos de haber llorado y más callado que nunca mientras procesa lo que acaba de confiarme.

Si no lo conociera, diría que está derrotado, pero no es así. Y menos tras limar asperezas con su hermano. Quizá se deba a que, al fin, ha asumido que su padre ha muerto. O a que por fin le ha dado carpetazo a todo lo que lleva tanto tiempo reconcomiéndolo.

—Lo que ha dicho Ledger... no lo arregla todo. Eso lo sé. Pero, al menos, ahora puedo dejarlo todo atrás con la conciencia tranquila.

Me limito a asentir; la idea hace que me duela el pecho y no me atrevo a hablar. «Se va, Sutton. Lo has sabido todo este tiempo». Y, sin embargo, a una pequeña parte de mí le ha aliviado oír que había resuelto sus diferencias con su hermano. Una pequeña parte de mí creía que se quedaría si eso pasaba.

—¿Y esa cara? —me pregunta con la cabeza ladeada mientras busca mis ojos a oscuras.

—Nada. —Le sonrío con ternura mientras rezo para que se refleje en mi mirada—. No dejas de repetirme que te alegras de lo que ha pasado, que te alegras de haberlo arreglado, pero te conozco lo suficiente como para saber que algo te perturba.

Las sombras dibujan formas en su rostro mientras encuentra las palabras con las que exteriorizar sus pensamientos.

—No dejo de preguntarme qué clase de hombre no le deja otra opción a su familia que amenazarlo para que haga su trabajo. Qué clase de hijo la pifia tanto como para que su padre cargue a otro de sus hijos con la responsabilidad de solucionarlo.

La angustia que destila su voz me parte el alma. No existe una respuesta correcta a su pregunta, pero, aun así, trato de dársela.

—La clase de hombre que quiere entenderse. La clase de hombre que busca su sitio.

—He hecho muchas cosas de las que no me enorgullezco. —Suspira—. Disto mucho de ser perfecto, Sutton.

—Nadie espera que lo seas.

Se hace el silencio y me encuentro mirando a un hombre que podría estar destrozado, pero que no lo está. Un hombre que ha vivido un infierno y que se cuestiona su papel en él. Me entran ganas de abrazarlo y quererlo. Me apetece estrecharlo entre mis brazos y decírselo.

—En una ocasión me preguntaste qué sacabas tú de esto. Por qué deberíamos… —Deja la frase a medias y mira al techo.

—No. Dímelo, Callahan.

—Solo me queda una respuesta que darte, pero no creo que sea ni por asomo lo que mereces.

—¿Qué es? —pregunto con el corazón desbocado.

—A mí. —Se encoge de hombros y me mira serio, pero triste—. Soy un desastre que se equivoca más que acierta, pero que no lo reconocerá nunca; soy un mimado con pasta que no tiene ni idea de cómo ha sido tu vida, pero que quiere saberlo; soy un tío que necesita espacio después de sincerarse en exceso y que no puede mirarte al día siguiente. Solo soy un hombre, Collins. Un hombre que no te merece, pero que aun así te desea. —Se encoge de hombros de nuevo y añade—: La respuesta es a mí.

El corazón se me ha subido a la garganta y las lágrimas asoman a mis ojos mientras Callahan me da la respuesta que no sabía que quería. La única respuesta que (ahora lo sé) aceptaría.

Me levanto de la silla y me acerco a él. No deja de mirarme a los ojos en ningún momento. Sin mediar palabra y con una sonrisa tímida, me subo al sofá y me siento a horcajadas en sus muslos.

—Sutton —musita mientras subo las manos por su pecho liso y tomo su rostro.

—Callahan —susurro y, a continuación, junto mis labios con los suyos con una delicadeza infinita. Casi como si me diera miedo besarlo, como si me aterrara aceptar la fuerza del sentimiento que retumba entre nosotros.

Lleva las manos a mis costados mientras lo beso con más pasión. Antes había una urgencia por marcar, reclamar y tomar; ahora no la hay. Solo estamos él y yo en una habitación a oscuras con un acuerdo tácito: estamos cruzando voluntariamente la línea que hemos dibujado.

Y no hablo de la física, sino de la sentimental.

Nos expresamos con nuestro cuerpo. Con su puño apretado, nuestros lametones y arrimándonos al otro. Con gemiditos y plegarias silenciosas, en la quietud que ya no nos grita.

Perdemos la parte de arriba por el camino. Mi sujetador. Él se baja los pantalones a lo bruto y me quita la falda por la cabeza.

Ahora hay una desesperación implícita en nuestros gestos por saber lo que se avecina y ansiar la dicha.

—Qué guapa eres, joder —dice Callahan mientras me besa por el cuello y se lleva uno de mis pezones a la boca—. Tocarte, sentirte, metértela…

Se atraganta con las últimas palabras cuando, poco a poco, se hunde en mí hasta el fondo.

—Mírame —susurra. Lo hago rápidamente. Memorizo su cara, el placer teñido de dolor, el anhelo desesperado, el deseo que se ha vuelto necesidad.

Empiezo a moverme. A balancear las caderas adelante y atrás encima de las suyas. Clavo los ojos en los suyos aunque me apetezca cerrarlos y rendirme al placer que me brinda.

—¿Tienes idea de lo mucho que añoraba esto? —dice, y se apodera de mis labios una vez más—. ¿De lo mucho que te añoraba a ti?

Me dan ganas de decirle que no me he ido, pero no es cierto. Callahan tiene razón: esto es diferente, este momento es diferente. Nosotros somos diferentes, y vaya si no es la experiencia más embriagadora de mi vida.

Nos movemos a un ritmo lento y lujurioso. Arrimamos las caderas, enredamos las lenguas y, juntos, giramos despacio en un remolino de placer.

Me deja llevar el compás. Lo beso con más pasión conforme subo y, poco a poco, vuelvo a sentarme en su polla. Le arrimo las caderas para que sepa lo mojada que estoy por su culpa. Para que sepa lo mucho que me pone.

Me agarra de las nalgas y me levanta de nuevo. Se me contraen los músculos como si mi cuerpo se negara rotundamente a separarse de él. El gruñido que emite por la sensación es un preliminar de lo más sensual, un murmullo *sexy* que pasa a ser un suspiro quejicoso cuando vuelvo a sentarme encima de él.

Nos movemos en esta posición un rato. No hay palabras ni promesas susurradas. Solo su apremio y mi deseo.

Me da la sensación de que no me canso de sus caricias, de su sabor, de los gemiditos con los que me deleita. Del éxtasis que me invade cuando entra y sale.

Lo quiero a él. Quiero más de él. Quiero todo de él, toneladas infinitas de él.

Sin prisa, llegamos a la cima y explotamos. Emite un gruñido gutural mientras me estremezco y él se vacía en mi interior.

Y cuando, acto seguido, seguimos al otro a la cama de Callahan, sabemos, pese a no decir nada, que nuestra relación ha cambiado irremediablemente.

Hacer el amor por segunda vez no hace más que confirmarlo. La devoción que siente por mi cuerpo y su forma de complacerme vuelven a dejarme sin habla.

Y cuando, de madrugada y acurrucada a su lado, me quedo dormida, solo pienso en una cosa.

En que lo lamento.

Lamento haber esperado tanto para hacer esto con él.

Que nuestro tiempo juntos sea limitado.

Lamento... haberme enamorado de él sabiendo que no tenemos futuro.

Que lo nuestro vaya a caducar.

Capítulo 36

Sutton

—Quédate en la cama —murmura Callahan pegado a mi coronilla cuando me despierto del susto.

—Es temprano. ¿A dónde...?

—Voy a llevar a mi hermano al aeropuerto. —Me da un besito en los labios y añade—: Cuando vuelva, quiero verte en el mismo sitio que ahora.

—Callahan. —Me incorporo y observo su silueta en el umbral. Se vuelve y me sonríe con dulzura. Tiene el pelo mojado y ondulado después de haberse duchado.

Asiente mínimamente, como si me dijera que sí, que volverá.

Y, aunque sé que es así, me quedo mirando el umbral vacío mucho después de oír cerrarse la puerta principal.

Me llevo los dedos a los labios como si así fuera a notar su beso. Pero no me hace falta tocármelos para notarlo.

No creo que pudiera olvidarlos. Ni al beso, ni a él.

Suspiro y vuelvo a tumbarme, y, cuando me tapo con las sábanas, su aroma me envuelve.

«Dispones de una hora para autocompadecerte, Sutton. Una hora para enfadarte contigo misma por haber esperado tanto. Una hora para llorar por lo que no sucederá jamás».

«Sabías que esto pasaría (sea lo que esto sea)».

«Que no se quedaría».

«Que no era una joyita».

Entonces, ¿por qué hay una vocecita en mi cabeza que me dice: «Pero sabías todo eso antes de conocerlo en profundidad...»?

Capítulo 37

Callahan

Sentado en el coche, veo el avión de Ledger despegar y alejarse del aeropuerto hasta que no es más que una mota plateada que se funde con los tonos naranjas y rosas del amanecer.

Con una mano en el volante y la cabeza apoyada en el asiento, trato de desglosar las últimas veinticuatro horas.

Pero ¿acaso es eso posible?

¿Cómo se asimila que le hayan dado un giro a tu vida? ¿Cómo se despoja uno de pronto de la ira que ha portado a modo de escudo desde el pasado año, sin sentir que le falta algo? ¿Y cómo se entiende que uno vuelva a casa y se meta en la cama con una mujer cuando se ha pasado toda la vida saliendo de ellas con sigilo para ahorrarse problemas?

—Joder —mascullo para mí mientras me muerdo el carrillo. ¿Así es la normalidad? ¿Una familia que lima asperezas, una mujer a la que te mueres de ganas de volver a ver y un empleo que te absorbe el resto del tiempo?

Sale el sol. Lento pero seguro, se alza en el horizonte con su belleza callada de siempre.

¿Por qué horizonte lo veré en las semanas venideras? ¿Desde qué playa, país o cumbre lo miraré?

En los días previos a esta aventura, pensar en ello me traía paz. Era mi alternativa para salir adelante.

Entonces, ¿por qué ahora me parece un plan menos atractivo?

¿Por qué parece menos… todo?

Capítulo 28

Sutton

—Eso es por los polvos de órdago que estás echando.

Miro arriba y le sonrío a Callahan, plantado a los pies del sofá en el que estoy hecha un ovillo y tapada con una manta pese al día tan estupendo que hace.

—¿Tú crees?

—Sí. —Se sienta en el filo y me da una palmadita en el muslo—. Has gastado tanta energía últimamente que tienes «sexitis».

Resoplo pese a lo mal que me encuentro.

—Me duelen los músculos.

—Eso es por probar posturas nuevas.

—Tengo fiebre —añado.

—Siempre te he considerado una mujer ardiente. —Se encoge de hombros como si no se arrepintiera del comentario.

—Y me duele la garganta.

—La próxima vez no te la metas tan al fondo, ya sabes que la tengo grande. —Se esfuerza por no sonreír y añado—: Te pido disculpas si te he estirado tanto que ahora tus amígdalas me odian.

Pongo los ojos en blanco y digo:

—Ya te digo yo que no es por eso.

—¿Más síntomas que deba diagnosticar?

—Malestar general. A ver qué diagnóstico le das a eso, listillo.

Me aparta el pelo de la frente y dice:

—El malestar general es un síntoma inventado, pues la paciente se queja de que está indispuesta...

—¿Indispuesta? —Alzo las cejas—. Estoy impresionada.

—Haces bien. Pero deja que acabe mi diagnóstico. —Me da un beso en la frente y agrega—: Se queja de que está indispuesta, pero no es más que una farsa porque le avergüenza reconocer que su hombre tiene más aguante que ella.

—¿Mi hombre? —Me parto de risa.

—Sí, ese soy yo.

—¿Y la cura?

—Sexo.

Me troncho.

—A ver si me aclaro. ¿Estoy enferma por exceso de sexo y la cura es más sexo?

—Correcto. Eso es lo que me enseñaron en la escuela. —Ladea la cabeza y me observa detenidamente—. No, en serio, descansa.

—Siento que debo acompañarte. Solomon...

—Se las sabe todas, sí. —Asiente—. Pero no me preocupa, tranquila.

—¿Seguro? Es que...

—Sutton, ya soy mayorcito, me las apañaré.

—Vale, está bien. Mantendré mi obsesión por tenerlo todo un ratito a raya.

Callahan me cubre más los pies con la manta y dice:

—Descansa. Volveré con buenas noticias.

Lo veo coger el portátil y unas carpetas repletas de folios y me pregunto cómo narices hemos pasado de conocernos en la barra de un bar a esto.

En serio, ¿cómo es posible?

Exhalo y me arrebujo en la manta. Tengo la cabeza embotada (Callahan diría que es por pensar tanto en sexo) y no dejo de rememorar los días de locos que hemos vivido d. L. (después de Ledger).

240

Porque todo ha cambiado desde entonces. Sí, seguimos manteniendo nuestra relación en secreto, pero ya no buscamos evitarnos cuando el otro èstá en la villa. Nos enviamos mensajes subiditos de tono mientras yo estoy en mi mesa y él en su despacho, a los que Callahan responde abandonando dicho despacho siguiendo una estrategia muy elaborada. Pedimos a The Cove que nos envíen la cena a la villa para «trabajar» hasta tarde y así reír, hablar y tontear sin que nadie nos vea.

Lo que hace que durmamos poco, muy poco...; pero no me quejo.

Para nada.

Pero el tiempo pasa, y nuestra estancia aquí tiene los días contados. Y, por más que procuro no pensar en ello, lo hago.

«Para, Sutt».

«Regodéate si quieres».

«Pero no en tu miseria».

Capítulo 39

Callahan

Hay emoción en el arte de la negociación. En sentarse cara a cara con un chulito de mierda como Solomon y desafiarlo sin tregua a que defienda aquello que tanto reclama.

Pero Keone tenía toda la razón: el personal de Ocean's Edge estaba molesto. Se quejaban por el sueldo, refunfuñaban por las prestaciones y protestaban por problemas generales con los turnos y las horas extras.

Brady ha tanteado el terreno para ver qué ofrecían los demás resorts y Keone nos ha revelado lo que comentaba en privado el personal, que, a su vez, nos ha permitido a Sutton y a mí poner sobre la mesa un plan de bonificaciones exhaustivo y justo según nuestro criterio. Sueldos más elevados, más beneficios para el personal, librar un día del fin de semana a no ser que se diga lo contrario, un plan de jubilación mejor, etcétera.

Obviamente, nosotros lo veíamos justo, pero Solomon, en cambio, se ha pasado tres horas haciendo su trabajo con maña, tratando de obtener más y más bonificaciones para el personal.

Con algunas he transigido.

Con otras, ni un poquito.

Puede que siga sin caerme bien, pero creo que nos hemos levantado de la mesa habiendo llegado a un acuerdo firme que beneficiará tanto a los empleados como a Sharpe International.

—Jefe. —Keone se ríe por lo bajo y dice—: ¿Qué haces aquí al mediodía? ¿Tan mal te ha ido el día que ya necesitas una copa?

—No, no puedo quedarme —digo, y planto el puño en la barra—. Pero quería agradecerte que me avisaras de que el personal estaba descontento.

—¿Ah sí? ¿A mí? —Keone se limpia las manos con una toalla y esboza una sonrisa torcida—. ¿He ayudado?

—Sí, y lo valoro mucho. Quería agradecértelo. A finales de semana entrarán en vigor los nuevos contratos y beneficios.

—¿De verdad?

—De verdad.

—¿Vas a ver a tu dama?

Sus palabras me hacen titubear y mi reacción me delata. Pero ¿cómo lo sabe?

—¿A qué te refieres? —pregunto con fingida inocencia.

—Estás distinto últimamente. Cuando uno lleva tanto en este oficio, sabe detectar cuándo un hombre es feliz. —Pone los brazos en jarras y sonríe—. No es la pelirroja, ¿no? La Jessica Rabbit. Esa con la que te hiciste el duro el otro día.

Me río de cómo describe a Gia Diamante. Niego con la cabeza y digo:

—No, no es Jessica Rabbit. Pero vale oro.

—Tío, no sé quién será, pero ya puede valer oro para que rechaces a la otra.

Sonrío de oreja a oreja y le guiño un ojo.

—Nos vemos, Ke. Y gracias de nuevo.

«Tío, ya puede valer oro para que rechaces a la otra».

Ya ves si lo vale.

Y sigo pensando en ello cuando regreso a la villa y veo a Sutton ahí sentada, mirándome como si esperara algo.

—¿Y bien? —Le da palmaditas al sofá para que me siente a su lado.

—Ya está.

Se ríe con ganas y dice:

—Pero ¿en plan «hemos llegado a un acuerdo» o en plan «hemos firmado el acuerdo»?

Sutton me mira tan perpleja que me vengo arriba.

—En plan lo hemos firmado.

—Venga ya.

—Te lo juro. —Levanto las manos.

—Ya me imaginaba oyendo sirenas porque te habrías abalanzado sobre la mesa para estrangular a Solomon por ser un mamón. Aunque luego te habrías sentido mal y habrías llamado tú al 911.

Me siento a su lado y digo:

—No te niego que no me lo haya imaginado un par de veces. —Sonrío más abiertamente y agrego—: Pero ya está, Collins, hemos aceptado todas las condiciones. Yo he cedido un poco y él, un montón. El trato está cerrado. Es más, el acuerdo se plasmará por escrito y Brady se lo entregará a finales de semana a todos los miembros del personal.

Sutton me mira con la mandíbula relajada y los ojos como platos, lo que hace que me sienta realizado. No sabía que necesitaba o deseaba sentirme así.

—Estoy muy orgullosa de ti. Qué pasada… Deberíamos celebrarlo. —Se ríe y añade—: Cuando esté mejor, claro.

—De eso nada, no vamos a esperar. ¿Quién dice que no podemos celebrarlo porque estés enferma? —Entrelazo los dedos con los suyos y agrego—: Con lo que mola sentarse en el sofá, poner los pies en la mesa y comer chuches directamente de bolsas gigantes.

—Hablas en serio, ¿no?

—Muy en serio. —Señalo atrás con el pulgar—. ¿Qué creías que había en las bolsas? —Me levanto y le digo—: Me cambio en un momento. Tú ve eligiendo peli.

—Eh —dice Sutton, que me tira de la mano para que no me vaya.

—¿Qué pasa?

Tiene más color en las mejillas que antes y los ojos menos vidriosos. Me sonríe con cariño y dice:

—Sabes que tienes madera, ¿no? ¿Alguna vez te has planteado que quizá te guste este empleo pero no la parte que se te ha encomendado?

—Sutton —digo como si suspirara.

—Escúchame y no volveré a sacar el tema. —Alza las cejas como si suplicara mi conformidad.

—Vale, dime.

—Siempre te has ocupado de este negocio a gran escala, pero yo he estado aquí y te he visto trabajar a pequeña escala, día tras día, y lo hacías estupendamente. —Me estruja los dedos y añade—: A lo mejor deberías centrarte en eso: en los entresijos de poner en marcha un trato sobre el terreno, y no en recibir un vistazo general. La clave está en los detalles, Callahan, y tú tienes ojo para ellos.

Asiento y me voy al cuarto.

—Es una pena que vayas a dejar algo que se te da tan bien —se lamenta Sutton.

La escucho, pero no contesto. No puedo. Porque no tengo del todo claro cómo tomarme sus palabras.

Y no es hasta más tarde, cuando se queda dormida en mi pecho viendo la peli, que me permito pensar en ellas de nuevo.

Que me permito preguntarme si no tendrá razón.

Pero da igual si tiene razón o no, porque tengo planes para dentro de poco más de una semana. Cerraré los ojos, señalaré un punto de un mapa del mundo y allí iré.

Tal y como deseé durante una temporada.

Al menos, ahora puedo hacerlo sin sentirme mal por no cumplir la promesa que les hice a mis hermanos.

«Pero ¿y Sutton?».

Cierro los ojos, escucho la suave cadencia de su respiración y lo medito.

«Lo sabes, ¿no? Eres un sol. Por eso me he enamorado de ti».

En su caso, no estaría faltando a ninguna promesa, porque nunca le prometí nada.

«Tú sigue diciéndote eso, Sharpe».

«Tú sigue diciéndote eso, que a lo mejor así acabas convenciéndote de que no te estás enamorando de ella tú también».

Capítulo 40

Sutton

—¿A dónde me llevas? —Me río mientras Callahan aparca el *jeep* descapotable en un aparcamiento desierto, en la otra punta de la isla, lejos de Ocean's Edge.

—No te preocupes por eso. —Me tiende la mano y dice—: Tú acompáñame.

Bajamos por un camino en el que las plantas autóctonas se nos enredan en las piernas y tenemos que apartarlas para que no nos golpeen en la cara. Solo se oyen nuestras risas mientras lo sigo, hasta que se me escapa un «¡ahí va!» cuando llegamos al claro.

Estamos en un pedacito de playa en el que una hamaca cuelga entre dos palmeras plantadas ahí a propósito. La hamaca da a un risco de arena que se alza sobre el mar. A la izquierda hay un montón de rocas que miro dos veces porque su precaria disposición se asemeja al perfil del rostro de un hombre. Pero lo mejor será la puesta de sol, seguro.

—Callahan. —Avanzo unos pasos y admiro las vistas—. Este sitio es precioso.

—¿Verdad que sí? —Se planta a mi lado y añade—: El proveedor de vino me habló de él en una de las reuniones que tuvimos cenando. Un amigo de su amigo es el dueño, o algo por el estilo.

—Justo cuando creía que este lugar no podía ser más fascinante, vas tú y me traes aquí.

Una sonrisa tímida asoma a sus labios y nos miramos a los ojos.

246

—No podemos tener una cita propiamente dicha porque nos verían y en esta isla se conocen todos, pero puedo ofrecerte esto. —Me enseña la bolsa que lleva en la mano y añade—: Vino, queso y galletitas saladas. Una puesta de sol y alguien con quien disfrutarla.

—Me gusta el plan. —Me cuesta decirlo. Agradezco muchísimo que mi voz no trasluzca la emoción que aumenta en mi interior.

Tenemos los días contados. Él lo sabe y yo lo sé, pero todavía tenemos que enfrentarnos a lo obvio.

Charlamos mientras bebemos vino y comemos. Elucubramos teorías sobre cómo han acabado así las rocas y hablamos de lo tranquilo que se quedará Brady cuando nos pierda de vista. Hablamos de Keone y de su instinto sagaz. Analizamos mi lista de las diez mejores actividades y hablamos de los motivos por los que son mis favoritas, quitando el laboral.

Una charla trivial.

Insignificante.

Para pasar el rato.

Y cuando el cielo adquiere tonos oscuros de rosa, morado y naranja por el sol poniente, nos tumbamos juntos en la hamaca y Callahan me abraza por los hombros tras pasarme un brazo por detrás de la cabeza. Nos sumimos en un silencio agradable.

La brisa nos envuelve como parte del espectáculo de la madre naturaleza.

—Siento que hayas tenido que pasar tus últimos días aquí cuidándome por estar enferma —acabo diciendo—. Gracias.

Me besa en la coronilla y dice:

—Si te soy sincero, me lo he pasado muy bien en la villa contigo. Llevábamos tanto tiempo evitando coincidir con el otro que ha estado guay estar contigo sin tener que vigilar cómo te miro o qué te digo. Sin nadie que nos molestara. Solos tú y yo.

—Ya ves —murmuro mientras disfruto escuchando su corazón, que late sin alterarse. El sol sigue descendiendo y yo sigo esperando reunir el valor para abordar la cruda realidad.

Faltan cinco días y aún no hemos hablado de lo que pasará después.

Y, aunque sé que la fecha de caducidad está a la vuelta de la esquina, necesito oírlo de sus labios. Necesito oír el tono de su voz y sentir que le importo. Que le importa lo nuestro. Porque todo mi ser me dice que le importo, que le importa esto, pero parece que se está haciendo el tonto a propósito para no tener que afrontar el tema.

«Haz de tripas corazón, Sutton».

—¿Y ya has decidido a dónde irás después? —inquiero. No es para nada la pregunta que necesito formularle, pero es un comienzo.

—Todavía no. —Me acaricia el brazo con un dedo. Titubea como si fuera a decir algo más, pero no añade nada.

—Seguro que allá donde vayas encontrarás lo que necesitas. —Procuro que mi voz no destile tristeza, que no me caigan las lágrimas y... guardar la compostura—. Vino —digo a la vez que bajo con torpeza de la hamaca—. Necesito más vino.

Disimulo que me tiemblan las manos sirviéndome más vino, pero no bebo ni una gota. Callahan se mueve a mi espalda. Oigo que camina por la arena, pero no aparto la vista de la puesta de sol que tiene lugar enfrente.

«Pídeme que vaya».

«Dime que te quedarás».

«Di algo».

—No tiene por qué ser el final, Collins —dice, lo que hace que note una opresión en el pecho—. Iré a menudo a Manhattan, a Estados Unidos. Podemos hacer que lo nuestro funcione. Podemos...

Me giro y le pongo un dedo en los labios para que no siga. Me mira a los ojos. Su mirada está empañada de una sinceridad y una esperanza que no esperaba ver, lo que no hace más que complicarme las cosas.

Está diciendo las palabras que quería escuchar, pero, en el fondo, sé que solo son palabras. En el fondo sé que merezco algo más, algo mejor..., todo.

Han cambiado tantas cosas en tan poco tiempo que no me da miedo elevar mis expectativas. Los años que estuve con Clint vivía con el miedo de desear más, de aspirar a más, porque temía cómo reaccionaría.

Miro al hombre que tengo delante, al hombre poderoso y bello que está aquí plantado y que cree que es insensible, egoísta e inútil, pero sé que es justo lo contrario. Infunde poder y coraje, y me ha insuflado una confianza que no había tenido jamás. Una seguridad en mí misma de la que no me avergüenzo.

Me ha demostrado que es lícito desear más. Que no tiene nada de malo.

Y lo que es más importante: sé que, ahora mismo, podría expresar mi confianza sin miedo a que me denigrara por ello.

En el fondo, sé que entenderá por qué voy a decir lo que necesito decir.

Aunque se me parta el corazón mientras lo diga.

—No pasa nada, Callahan. No hace falta que hagas promesas que no vas a cumplir —digo. «Respira, Sutton»—. Los dos nos metimos en esto sabiendo que caducaría algún día...

—Puto Brady —masculla, y se ríe.

—Pero tiene razón, y no pasa nada. —Sonrío y le acaricio la mejilla. Me dan ganas de atragantarme con las palabras que estoy diciendo. Palabras que sé que necesita oír, que necesito decir, pero que no harán más que romperme el corazón—. Llevas toda la vida soñando con ser libre y volar. —Me pongo de puntillas y, con ternura y sin apenas rozarlo, lo beso en los labios—. Vuela, Callahan.

Confundido de pronto, niega con la cabeza y dice:

—Pues ven conmigo. Viajemos y...

—No puedo —susurro con la voz más que rota mientras me debato entre las ganas de decir que sí y la necesidad de decir que no—. Ya pospuse mis aspiraciones y dejé mi felicidad en manos de otra persona con anterioridad. No puedo hacerme eso de nuevo. Estoy tan cerca de lograr aquello por lo que tanto he luchado que tengo que mirar por mí. —Me cae la primera lágrima y a Callahan se le descompone el gesto al verla.

—Sutton. —Toma mi rostro entre sus manos y yo lo beso en la palma mientras cierro los ojos un segundo.

—El problema es que sé que esperaría por ti. Porque vale la pena esperarte, Callahan Sharpe. Esperaría y aceptaría las migajas que me lanzaras cuando volvieras a la ciudad, pero merezco más que eso. Merezco lo que aún no estás preparado para darme… Lo siento.

—No lo sientas. —Me obsequia con una sonrisa torcida y pone cara de valiente; me siento mejor al saber que a él también le duele.

Se inclina y me da el beso más agridulce del mundo. Entonces, me abraza fuerte.

Nos quedamos así un rato.

Inhalando el aroma del otro.

Estrechándonos con fuerza.

Gozando del momento mientras lamentamos esos a los que tendremos que enfrentarnos en los próximos días. Lo conozco desde hace muy poco, pero sé que se llevará mi corazón cuando se vaya. Por muy agridulce que sea el giro de los acontecimientos, conocerlo me ha hecho madurar hasta el punto de que estoy segura de que decir que no es lo mejor para mí. A largo plazo. Y, con suerte, para él también.

De verdad que merece volar.

Y yo también merezco ascender.

Capítulo 41

Callahan

Observo cómo duerme. Cómo se le infla el tórax, cómo exhala con delicadeza. Y me duele el pecho como jamás me ha dolido.

Cierro los ojos y me preparo para la mentira que voy a contar.

Para ser el cobardica que estoy a punto de ser.

Para marcharme de este modo en vez de alargar la despedida hasta el infinito, porque duele que te cagas estar con ella y saber que en apenas unos días ya no lo estaré.

Echo un vistazo a las bolsas que me esperan en la entrada principal y me siento a su lado en la cama. Le aparto el pelo de la frente.

—Sutton. —Se me entrecorta la voz solo con pronunciar su nombre—. Sutt.

Parpadea con la primera luz del día y abre los ojos. Me mira alarmada.

—¿Qué... pasa...?

—Shh. —La beso en los labios y digo—: No pasa nada. —Pego mi frente a la suya e inhalo—. Tengo que irme. —Se queda quieta—. Tengo una reunión, y...

—No —musita sin dar crédito, lo que la impulsa a buscar mi rostro a tientas.

—Lo sé. —Me atraganto al decirlo—. Lo siento. —Y no lo digo solo por mi forma de marcharme.

Lo digo por no ser lo bastante hombre para quedarme.

Por no ser el hombre que merece.

Por no darme cuenta de esto antes.

—Callahan —murmura mientras junta sus labios con los míos—. Por favor. —Vuelve a besarme—. Aún no.

Me echo hacia atrás y veo que le cae una lágrima por el rabillo del ojo y aterriza en la almohada en la que apoya la cabeza. Me aplasta el corazón; un corazón que ya siento que está roto.

—Lo sé. —Le estampo otro beso en los labios—. Lo sé —digo entre besos—. Lo sé —repito mientras nos quitamos la ropa con apremio y en silencio—. Lo sé —susurro mientras la penetro e inicio mi despedida.

Es cómo me mira a los ojos mientras nos movemos al unísono.

Son sus dedos entrelazados con los míos mientras le demuestro lo que significa para mí.

Es su nombre en mis labios mientras memorizo su rostro.

Nos despedimos con la primera luz del día, las palmeras mecidas por la brisa y un torbellino de emociones rugiendo en mi interior.

Nos despedimos con besos silenciosos y suspiros suaves.

Nos despedimos cuando vuelvo a vestirme, la aprieto contra mí y la beso en la coronilla.

Hablamos con miradas, con besos dulces, con un vistazo hacia atrás, hacia el pasillo en el que está ella. Entonces, salgo por la puerta y desaparezco de su vida.

Su recuerdo me persigue mientras el chófer me lleva a la pista en la que me espera el *jet* privado de Sharpe International.

No pienso en otra cosa cuando despegamos y el resort Ocean's Edge no es más que una mota cada vez más pequeña.

Soy un capullo integral por irme así.

Por ser así.

Por demostrarle que tiene razón.

Que se merece a un tío mejor que yo. Anda que no.

«Quizá algún día tú también te enamores y la traigas a este sitio. A tu madre le encantaría».

—Tenías razón, papá —murmuro por debajo del zumbido del motor del *jet*. Echo la cabeza hacia atrás y cierro los ojos.

«Pero la he dejado escapar».

Capítulo 42

Sutton

Oigo a lo lejos el rugido de un *jet* que surca los cielos. Es demasiado temprano para vuelos comerciales, por lo que sé que es él. Callahan Sharpe. Mi Johnnie Walker.

«Te quiero».

Esas dos palabras se repiten en mi cabeza como cuando las tenía en la punta de la lengua cuando Callahan ha echado la vista atrás y me ha mirado a los ojos por última vez.

Sé que no tenía ninguna reunión de buena mañana.

Lo sé porque, de ser así, Ledger me lo habría comunicado cuando hablamos por teléfono anoche. O cuando concerté una reunión con él en la oficina de Manhattan para la semana que viene.

Callahan se ha ido para ponérselo fácil a él..., a mí..., ¿a quién? Yo qué sé.

Aunque me duela, casi le agradezco su forma de actuar. Las despedidas eternas son mortales, así que eso que nos ha ahorrado.

Pero también me ha demostrado que he tomado la decisión correcta.

Que debo anteponerme a mí, pues, con Callahan Sharpe, estaría a su merced. Me dejaría en cuanto la cosa fuera en serio y no supiera lidiar con ello.

Cojo el móvil para escribirle a Lizzy y contarle lo que ha ocurrido, pero los dedos no me responden.

A lo mejor es que aún no quiero creerlo. A lo mejor necesito permanecer un ratito más en silencio y concederme unos minutos para asumir que se ha acabado de verdad. Que se ha ido de verdad.

Que lo quería de verdad.

—Adiós, Callahan —le susurro al silencio—. Gracias por ayudarme a volver a encontrarme. Gracias por quererme, a pesar de todo.

Capítulo 43

Sutton

—¡Que en unas horas te veo! —exclama Lizzy por teléfono, lo que me hace reír.

Y reír es lo que más necesito ahora, porque acabo de despedirme de todos y ha sido más duro de lo que creía.

Y quizá haya sido incluso más duro porque mi corazón ya estaba destrozado desde el principio.

—¡Sí! Te he echado de menos. —La sonrisa que esbozo mientras el chófer me lleva al aeropuerto es agridulce.

—Tenemos que contarnos muchas cosas.

—Ya ves. —Trato de sonar alegre, pero, joder, lo que cuesta.

—¿Seguro que no quieres quedarte en mi casa?

—No hace falta. Los Sharpe me dejan alojarme en su *suite* una semana o dos hasta que encuentre algo. —Niego con la cabeza mientras trato de entender cómo ha ocurrido. Ledger me ha llamado para ofrecerme su *suite* temporalmente, puesto que sabe que llevo meses fuera de la ciudad y seguramente necesite tiempo para encontrar un nuevo hogar.

Y yo he aceptado. Aunque me muero de ganas de ver a Lizzy, también necesito relajarme y arreglármelas por mi cuenta.

Por lo que me vendrá bien pasar unos días sola.

—Anda —dice—, no veas cómo te miman. Seguro que quieren engatusarte para que dejes a Roz y trabajes para ellos a jornada completa.

—Qué va.

—Uy que no. —Resopla—. ¿Qué te parecería la posibilidad? —inquiere con un tono más suave. Teniendo en cuenta que ella ha sido mi paño de lágrimas estos días, lo sabe todo.

—No lo sé. Sinceramente, no lo sé. —Miro por última vez las playas que dejamos atrás—. Tampoco es que Callahan vaya a estar ahí. A estas alturas, ya estará en Tonga, o algo así. Es que...

—Date tiempo para pensarlo.

—Vale, lo pensaré. Te lo prometo.

Llevo tres días guardando silencio, desde que Callahan se fue. No sé por qué esperaba que al menos me llamara o me escribiera, pero ya debería haber aprendido la lección.

Nunca me ha molestado el silencio, pero el que ha dejado su ausencia es casi insoportable. Y aunque empezamos nuestra andadura en Ocean's Edge con mal pie, siempre ha estado conmigo, siempre hablando. Como una presencia que no podía pasar por alto.

Que en las últimas semanas se haya abierto tanto conmigo estando en la villa lo ha hecho todavía más difícil. Como saber lo que me estoy perdiendo: su risa, sus miraditas desde la otra punta de la sala, su sonrisilla, sus caricias tiernas y exigentes.

Pero, sobre todo, su amistad.

Suspiro en silencio mientras trato de contener las lágrimas. Las mismas que llevo reprimiendo desde que se marchó.

Lo he echado de menos más de lo que creía posible.

—Ya hemos llegado —me avisa el chófer.

Y, cuando levanto la mirada, el coche cruza las puertas del aeropuerto y se dirige a un *jet* que hay estacionado en el otro extremo y en el que pone «Sharpe International».

Lizzy tiene razón.

Vaya si quieren engatusarme.

La cuestión es: ¿qué voy a hacer al respecto?

Capítulo 43

Sutton

Cuando regreso a la oficina, me comporto como una autómata.

Pongo al corriente a Roz, que convoca una reunión multitudinaria en la que me felicita y el personal me vitorea. Al acabar, nos vemos a solas y, mientras me da unas palmaditas en la espalda, me ofrece un ascenso.

Es todo por lo que he luchado y, sin embargo, cuando vuelvo a la *suite* de Sharpe International tras un largo día de trabajo, solo me siento vacía por dentro.

Sí, habrá más proyectos en los que me implicaré. Sí, habrá más destinos de los que me prendaré. Pero sé que Ocean's Edge siempre ocupará un lugar especial en mi corazón.

Tengo lo que quería, he conseguido el objetivo que me marqué, pero, mientras estoy sentada en esta lujosa habitación de hotel, tan solo pienso en él. En la noche en que nos conocimos. En todo lo que ha sucedido desde entonces. Me pregunto qué pasaría si…

¿Qué pasaría si me atreviera a desear más?

¿Qué pasaría si no me conformara?

¿Qué habría pasado si le hubiera dicho que sí a Callahan?

Pero estas preguntas no me hacen ningún bien.

Y cuando, ya entrada la noche, me acurruco bajo las carísimas sábanas de esta sofisticada cama, finjo que está aquí conmigo.

Y sonrío y lloro a la vez.

Capítulo 45

Sutton

Experimento un *déjà vu* al sentarme en esta sala de juntas tan imponente.

Vuelvo a tener los nervios a flor de piel y el pulso acelerado, pero esta vez es por motivos muy distintos.

—Queremos que trabajes en Sharpe International a jornada completa —dice Ledger con las manos juntas delante de él.

Ford asiente y sonríe.

—Estamos muy impresionados con el giro que le has dado a Ocean's Edge. ¿Cuánto hace...? ¿Once semanas? Once semanas que empezaste a trabajar allí y ya han aumentado las reservas y los ingresos en los alrededores. Entre que el personal se muestra optimista en las encuestas y en unas semanas empezarán las obras para reformar el interior, creemos que, en cuanto finalicen, obtendremos un beneficio aún mayor del que esperábamos.

—¡Qué buena noticia! —digo sonriendo—. Pero no ha sido todo gracias a mí, os lo aseguro. El personal que trabaja allí es excelente, y Callahan ha sido un socio magnífico.

No se me escapa la mirada que Ledger le echa a Ford. ¿Es porque lo echan de menos en la oficina? ¿Porque se alegran de que se haya marchado? ¿O porque creen que estoy encubriéndolo? Me retuerzo las manos en el regazo, debajo de la mesa.

—Le dijimos lo mismo la última vez que hablamos con él.

«¿Dónde está?».

«¿Cómo le va?».

Respiro hondo, dejo los sentimientos a un lado y reprimo las preguntas que me muero por gritar.

—Seguro que le habrá encantado oírlo. O cabreado —digo—. Con él nunca se sabe.

Los dos hermanos se ríen mientras yo pendo de un hilo con torpeza y pienso en cómo actuar.

—Bueno, la oferta de empleo —dice Ledger para reconducir la conversación—. Sabemos que Roz te ha ofrecido un ascenso, que es lo que debía hacer después de lo maravillosamente bien que has trabajado, pero somos codiciosos. Te queremos para nosotros. —Sonríe y añade—: Por supuesto, el salario y demás es negociable, pero te garantizo que será bastante más elevado que el que te ofrece Roz.

—Estoy segura de que en el contrato que habéis firmado con ella figura una cláusula de no competencia, o como se diga técnicamente —digo titubeante, pues me ha pillado desprevenida y necesito ganar tiempo para que mi cerebro procese lo que me acaba de ofrecer.

—Así es —dice Ford, que asiente—. Pero vaya por delante que encargaremos otros proyectos a Roz y su empresa para compensar la pérdida.

—Soborno. —Me río entre dientes, nerviosa.

—Indemnización —repone Ford, que asiente con decisión; un gesto que exuda arrogancia y privilegio a partes iguales y que me recuerda tanto a Callahan que noto una opresión en el pecho al verlo—. No tenemos por costumbre fastidiar a nuestros empleados, te lo aseguro.

—¿Y bien...? —inquiere Ledger.

Tomo aire con brusquedad y miro a los ojos a Ledger y a Ford, que me miran expectantes. No puedo hacerlo. Es imposible que trabaje con estos dos hombres, día tras día, sin que recuerde el amor que no puedo tener.

Además, albergaría la esperanza de reencontrarme con Callahan. De verlo en las pausas que haya en la oficina, de hablar con él de alguna forma y que, por algún motivo, me dijera que ha decidido quedarse para siempre y estar conmigo.

260

Y no puedo hacer eso cuando me he jurado que no volvería a conformarme.

—Caballeros. Les agradezco la oferta; me halaga y me asombra. —Miro a la mesa y de nuevo a ellos para añadir—: Pero debo rechazarla.

—¿Cómo? —Ledger se ríe. Como su hermano, no debe de estar acostumbrado a oír un no por respuesta.

Rememoro las conversaciones que he mantenido estas semanas con Roz. En ellas le contaba que soñaba con dar el salto algún día. Se rio con nerviosismo al oír mi confesión y abrió los ojos como platos cuando se percató de que hablaba en serio.

—¿Por qué me cuentas esto? La mayoría temería que los echara al saber que su objetivo es aprovecharse de mí para forjarse una reputación y más tarde dejarme para irse con la competencia. —Me mira con sus gafas de montura negra.

—Te lo digo porque eres una empresaria de armas tomar, una empresaria que dio el salto hace diez años, por lo que se me ocurrió que, si alguien entendería mis ganas de triunfar, esa serías tú.

Roz me mira con un recelo que no sé interpretar.

—¿De verdad quieres dar el paso?

Asiento.

—Es un trabajo muy desagradecido al que hay que echarle muchas horas. Horas tras una mesa, y no en acción, como has estado últimamente.

Pienso en Callahan. ¿Cómo no iba a hacerlo? Recuerdo lo mucho que aborrecía el trabajo de oficina y lo bien que se le daba el de campo.

¿Acaso quiero eso para mí? ¿Puedo progresar tras una mesa ahora que he comprobado de lo que soy capaz?

—Me gustaría prepararme para ello. Aprender los pros y los contras de cada faceta durante el próximo año, si me concedes la oportunidad, claro, y dar el salto si aún es lo que deseo.

—¿Crees que estarás lista para dar el salto en un año?

—No se está listo nunca, pero, a veces, hay que saltar y aprender a volar —digo.

—*Sutton Pierce.* —*Roz sonríe más abiertamente y agrega*—: *No sé qué te ha pasado en las Islas Vírgenes para hablar con tanta confianza, franqueza y espíritu, pero me encanta. Será un placer ser tu mentora.*

«Lo que me ha pasado es Callahan».

Pero eso solo puedo contárselo a Lizzy.

—Mi meta siempre ha sido fundar mi propia empresa. Trabajar para mí. A lo largo de las últimas semanas, y gracias a la experiencia que me habéis proporcionado con Ocean's Edge, sé más que nunca que ese es mi objetivo.

Vuelven a mirarse.

—Qué golpe más inesperado —dice Ford, que se ríe—. Pues permítenos ser tu primer y único cliente. Sé nuestra asesora en exclusiva, deja que te ayudemos a crear un porfolio potente.

—No… —Me río, abrumada. ¿Acaba de decir lo que acaba de decir? ¿Que se ocupará de Roz y me contratará como trabajadora independiente, trabajaré para Sharpe International (y solo Sharpe International) mientras me encargo de mi porfolio y hago contactos de cara al futuro? Es un sueño hecho realidad.

¿Dónde está la trampa?

Debe de haber trampa.

Entonces miro primero a Ford y después a Ledger, y sé perfectamente dónde está la trampa. En ellos. Que me recordarán día tras día al hombre al que amo. Al hombre que se marchó. Será como tenerlo tan cerca que podría tocarlo, pero sabiendo que no es así.

—No dices nada —dice Ledger.

—¿Por qué haríais eso por mí? —acabo preguntando.

—Porque cuesta encontrar gente buena. Y tú has demostrado con creces que eres buena persona y una profesional como la copa de un pino, por lo que, aunque tú vayas a salir beneficiada, nosotros seremos los mejor parados.

—Me siento halagada. Gracias. Estoy un poco agobiada. Es que Roz… ¿Qué pa…?

—Como hemos dicho, nos encargaremos de ella —dice Ledger.

—Aun así...

—Somos conscientes de que te hemos dado mucho en lo que pensar —dice Ford, que sonríe amablemente—. ¿Necesitas un momento para considerar nuestra oferta?

—Sí, por favor. —Me tiemblan las manos, por lo que las junto para disimular los trembleques—. Os lo agradecería mucho.

Cogen sus portátiles y sus papeles y sonríen mientras abandonan la sala de juntas y me dejan ahí, anonadada.

Tengo que moverme, asimilar..., pensar. Me levanto de la silla, me dirijo a los ventanales y contemplo la ciudad que hay a mis pies sin mucho afán, pues acabo de llegar a la conclusión de que mis aspiraciones laborales están al alcance de mi mano, pero, a su vez, me aterra lo cerca que están de lo que no puedo tener.

—¿Te hemos dado tiempo suficiente? —me pregunta Ledger cuando vuelve a entrar en la sala de juntas tras lo que se me antojan segundos—. ¿O necesitas más?

Me miro las manos y suspiro.

—Lo siento. Agradezco la oferta y vuestra fe en mí, pero en este momento no creo que sea la mejor decisión...

—Yo no lo haría si fuera tú.

Me quedo inmóvil al oír esa frase. La misma que me dijo Callahan cuando nos conocimos. Me da miedo desear que esté aquí; me da miedo levantar la vista para comprobarlo.

Porque es que como mire y esté, se me va a notar demasiado. No seré capaz de disimular nuestro secreto delante de sus hermanos. Es que ni de lejos, vamos.

—Mírame, Collins.

Noto una opresión en el pecho al oír el estúpido apodo que me puso un hombre estupendo.

Me trago la zozobra y la esperanza que se alojan en mi garganta y me atrevo a mirar. Se me humedecen los ojos, pero ahí está.

—Callahan. —Su nombre es un reflejo y un juramento que voy a cumplir.

Ledger mira a su hermano y después a mí. Entonces, le da unas palmaditas en la espalda a Callahan, abandona la sala de juntas y cierra la puerta.

—Lo saben —dice Callahan al verme pálida del pánico.

—¿Lo saben?

Asiente y da un paso hacia mí.

—Se lo he contado todo. Salvo los detalles innecesarios, claro. —Me guiña el ojo mientras trato de entender por qué sonríe cuando a mí me está costando Dios y ayuda respirar. Anhelar. No albergar esperanzas.

—Pero… ¿por qué?

—Por qué, ¿qué? —pregunta.

—¿Por qué se lo has contado? —susurro.

—Porque era mi deber. Porque pensé que, si me quedaba aquí, debía ser sincero con ellos. Y…

—¿Cómo que si te quedabas aquí? —Cae la primera lágrima. Me la limpio.

—Lo único que siempre he querido ha sido huir de aquí y ser libre, pero, cuando he tenido ocasión de hacerlo, no he podido.

Se me acelera el corazón. Me tiemblan las manos. Pero se lo pregunto, de todas formas.

—¿Por qué no?

Callahan salva la distancia que nos separa, se agacha hasta quedar a mi altura y toma mi rostro entre sus manos. Clava sus ojos de un ambarino líquido en los míos y sonríe con cariño.

—Porque tengo otras cosas más importantes en mente.

—¿Como cuáles?

—Como esta: te presento al nuevo vicepresidente de Transición *in situ* de Sharpe International Network. —Sonríe pletórico y añade—: Una sabia me dijo una vez que se me daba bien la parte minúscula de este trabajo. Le hice caso y se lo sugerí a mis hermanos.

—¿Qué les sugeriste?

—No trabajaré en la oficina, sino fuera. Viajaré, mantendré el legado familiar y buscaré mi sitio a la vez.

—Qué guay. Pero ¿y tus sueños de viajar? ¿Tus…?

—Sigo queriendo todas esas cosas, pero te quiero más a ti.

—¿Cómo? —pregunto, confusa, casi como si no lo hubiera oído—. ¿Qué dices?

—Digo que Brady se equivoca.

—¿Brady? —Me río.

—No me gustan las fechas de caducidad. No quiero que lo nuestro tenga una.

—Callahan, no…

Me besa en los labios con tanta ternura y tanta delicadeza que es como si me acariciara hasta la última de mis terminaciones nerviosas.

—Shh. La respuesta a la pregunta «¿qué sacas tú de esto?» es nosotros. —Me limpia una lágrima dándome un beso en la mejilla.

—¿Nosotros? —pregunto como si fuera tonta. La cabeza me da vueltas y se me va a salir el corazón del pecho.

—Nosotros. —Asiente—. Tengo otra proposición que hacerte.

Ay madre. No, aún no. Debe de notárseme en la cara que estoy aterrada porque Callahan echa la cabeza hacia atrás y se ríe.

—No te voy a pedir matrimonio, Collins. No nos volvamos locos tan pronto.

Suspiro largamente y me echo a reír hasta que lo miro y veo que está de brazos cruzados y enarca una ceja.

—¿Tan horrible sería? —inquiere.

Lo beso en los labios y sonrío pegada a su boca.

—No, en absoluto. Pero no está bien provocarle tantos infartos a una chica en un solo día. —Me río de nuevo y junto mi frente con la suya—. ¿Qué querías proponerme?

—La oferta de Ledger, nuestra oferta, sigue en pie: funda tu empresa, sé tu jefa, pero déjanos ser tu cliente. Deja que te ayudemos con tu porfolio.

—Y…

—Y como el nuevo vicepresidente, tengo serias exigencias.

—No me digas. —Me duelen las mejillas de sonreír tanto. He pasado de estar como un flan a llorar y ahora a sonreír de oreja a oreja. Esto sí es una montaña rusa de emociones inesperadas y lo demás son tonterías—. ¿Cuáles son esas exigencias?

—Debes trabajar *in situ* conmigo. Como socios, como iguales. Se acabó lo de esconderse y se acabaron las bragas de abuela.

Se me escapa un hipido a caballo entre un sollozo y una carcajada mientras me mira con diversión.

Y con amor.

Creí haberlo visto antes, pero me daba miedo ilusionarme con que así fuera.

Ahora lo veo, y es lo más emocionante que he visto en mi vida.

—Vas en serio —suspiro.

—Completamente en serio. Hacemos un buen equipo, Collins. Eso y que no pienso perderte de vista; así mato dos pájaros de un tiro.

—Te crees que lo tienes todo resuelto, ¿no?

—Sé que es así.

—¿Qué ha pasado con las buenas negociaciones a la antigua usanza? —pregunto arqueando una ceja.

Se ríe con voz baja y grave y contesta:

—No hay negociación que valga cuando se trata de nosotros. Nunca.

—¿Nunca?

Me besa en los labios y dice:

—Nunca.

Epílogo

Sutton

Un año después

El eco de las risotadas que provienen del patio exterior me hace sonreír. Me cuesta distinguir de quién es la risa porque, cuando se juntan los tres, suenan igual.

Oigo otra carcajada. Se me va a salir el corazón del pecho.

¿Quién iba a decir que los fines de semana en la finca de su padre, en Sag Harbor, los ayudarían a sanar las heridas y fortalecer los lazos que llevan restableciendo los doce últimos meses?

Acordaron quedar aquí una vez al mes, fuera de la oficina, con la promesa de no hablar de trabajo, para mirar con calma las cosas que dejó su padre. Y siguen siendo fieles a su acuerdo.

Vienen cada mes.

Cada mes ojean restos de su pasado y aprenden más cosas de la historia de su padre.

Cada mes son más cercanos.

Me asomo a las puertas francesas abiertas para observarlos. Callahan se sienta hacia delante con los codos apoyados en las rodillas, una cerveza en la mano y una amplia sonrisa. Ledger se sienta enfrente de él, en una pose parecida, y Ford saca fotos de una caja y las pone en la mesa que tienen delante.

Fotos que su padre ha guardado todos estos años. Instantes inmortalizados que les permiten recordar o aprender algo nuevo los tres juntos.

Es la primera vez que Callahan me pide que lo acompañe en su viaje mensual en helicóptero. Yo le dije que no quería venir, que me parecía más importante que estuviera con sus hermanos.

Pero insistió.

—*Ya hemos arreglado lo chungo y todo lo que queda es papeleo, y ya hemos resuelto nuestras diferencias respecto a eso. Este finde vamos a ver fotos.*

—*Aun así, no me parece bien. Es como si invadiera vuestra intimidad —digo.*

—*Te quiero ahí, Collins. —Me besa y me abraza—. Te necesito ahí.*

Y aunque temía que Ledger y Ford me guardaran rencor por venir y formar parte de un momento tan personal para ellos, han hecho que me sienta una más de la familia durante las últimas veinticuatro horas.

—¿Os acordáis de eso? —dice Ford, al que apenas se le entiende de lo que se está riendo.

—Madre mía, se me cayó el pelo por eso —repone Callahan, que coge la foto y la mira.

—¿A ti? —dice Ledger, que casi escupe la cerveza—. Tú fuiste el que escribió P-O-L-L-A en el césped con lejía y yo el que se metió en un buen lío intentando limpiarla.

—Te dije que la taparas con pintura en espray —se defiende Callahan—. Mano de santo.

—Qué cabrón —dice Ledger, pero se ríe.

La conversación entre ellos fluye tan bien que dan ganas de unirse, así que salgo a la entrada y sencillamente sonrío.

Callahan me ve y me hace un gesto para que me siente a su lado.

—Ven, Sutton —me dice Ledger cuando repara en que su hermano me está mirando—. Que seguro que hay fotos vergonzosas de Callahan de cuando éramos niños.

—Cortes de pelo a tazón y ese rollo —agrega Ford.

—Tío, si hay de mí, hay de ti —dice Callahan.

—¿Material con el que extorsionar? —pregunto mientras me acerco a la mesa—. Sí, por favor. —Grito cuando me voy a sentar y Callahan me agarra por la cintura y me sienta en su regazo.

Me besa en la mejilla y me abraza.

Con naturalidad.

Así es nuestra relación: natural. Me sigue asombrando cada vez que estamos juntos. Lo sencillo que es el amor que nos profesamos. Hemos estado un mes trabajando en Manhattan, tres en una antigua propiedad de Napa que necesitaba una manita, otra vez en Manhattan… Y aunque nos hemos pasado largas horas dejándonos la piel, los ratos libres han sido maravillosos. Hemos reído, hemos hecho el amor y nos hemos sumido en un agradable silencio interrumpido solo por más risas.

Para un hombre que creía que no sabía amar, día a día me ha demostrado lo mucho que me aprecia y lo importante y esencial que soy para él. Me ha demostrado lo que es que alguien te quiera con todo su corazón.

—Me alegro de que hayas venido —me murmura Callahan al oído; un ejemplo que ilustra a la perfección mis pensamientos.

—Y yo.

—¿Veis? Cortes de pelo a lo tazón —dice Ford, que me enseña una foto con la que me río tanto que lloro.

Me muestran fotos, una tras otra. Comparten pedazos de su vida conmigo, anécdotas e imágenes de su padre, un hombre al que no he llegado a conocer pero que sigue presente. Reímos, nos emocionamos. Y los tres se miran con un cariño fraternal.

—¿Ves? Te dije que te habías quedado con el mejor hermano —dice Callahan tras coger una foto en la que salen ellos de adolescentes. Callahan aparece sin camiseta, presumiendo de bíceps.

—A ver, deja que mire. —Cojo la foto y la estudio de cerca—. ¿Seguro que eres tú? Para mí que es Ford —le digo para chincharlo.

Ford se ríe y chocamos los cinco.

Pero cuando vuelvo a mirar a Callahan, se me corta la risa.

—¿Qué pasa? —le pregunto de pronto al ver su semblante agridulce.

Sigo su mirada, que está puesta en otra fotografía que, al parecer, estaba pegada en el reverso de la foto en la que presumía de músculos, y se me corta el aliento.

La imagen está borrosa y deteriorada por los bordes, y el color se ha desvanecido en varios puntos. Pero cuando Callahan la levanta de la mesa, está clarísimo dónde se hizo y quiénes salen.

Un joven Maxton Sharpe está de pie en un risco de arena, el sol está en lo alto y un montón de rocas inconfundible y peculiar se alza a su derecha. La brisa despeina su cabello y él sonríe embelesado a la mujer de su lado. Ella lleva un vestido recatado y un sombrero muy moderno, y lo mira con la misma veneración.

—¿Conoces este sitio? —susurra Callahan, que tiene los ojos llorosos cuando deja de mirar la foto de sus padres.

Asiento, pues las palabras no salen de mí. Con los ojos húmedos, acabo susurrando:

—Sí, lo conozco.

Es el risco de las Islas Vírgenes. El mismo al que Callahan me llevó la última noche que pasamos juntos, cuando nos mecimos en la hamaca, bebimos vino y nos despedimos en silencio.

—Sí que fue. Se acordaba. —Y cuando Callahan cierra los ojos y exhala entre temblores, imagino lo mucho que esta fotografía significa para él.

Su padre recordó la playa y la promesa que le hizo a su madre. Todo era verdad. No un recuerdo que le arrebatara y tergiversara la demencia. Fue la última verdad que su padre compartió con su hijo para que Callahan se aferrara a ella cuando él no estuviera.

La compra del resort, los motivos por los que consintió que su padre cerrara el trato y la razón por la que nos conocimos son válidos.

—Papá tenía razón —susurra Callahan, que les pasa la foto a sus hermanos—. Se acordaba.

Callahan

—No sé dónde tienes la cabeza, pero si es donde yo creo, quizá esto te interese.

—¿El qué? —Lo miro y veo que sostiene una cajita de terciopelo negra.

—Tanto Ford como yo creemos que deberías quedarte esto.

—Ledge, ¿qué…? —Abro la caja y observo lo que hay dentro. Rodeado por unos laterales acolchados, hay un solitario diamante de corte ovalado sujeto por una franja intrincada. El anillo de pedida de nuestra madre. Miro a mi hermano y otra vez al anillo—. No sé qué decir.

—No tienes que decir nada. —Su sonrisa es tan amable como las palmaditas que me da en la espalda antes de irse y dejarme mirando algo que era sumamente especial para mi madre.

Tanto como lo es Sutton para mí.

El sol se alza tímidamente sobre el océano Atlántico. Sus cálidos rayos inundan el cuarto en el que dormimos de la casa de Sag Harbor. Miro al techo y pienso en todo lo que ha pasado en las últimas cuarenta y ocho horas.

El anillo. La foto. Es que… siento que mi padre está aquí, hablándome, aguantándose la risa.

«Quizá algún día tú también te enamores y la traigas a este sitio. A tu madre le encantaría».

Si él supiera…

Aunque me da la impresión de que lo sabe. Y una parte de mí se pregunta si ha tenido algo que ver en todo este asunto: en que me haya reconciliado con mis hermanos, en que haya encontrado mi sitio en la empresa y lo haya moldeado a mi gusto. Y en que haya encontrado a Sutton.

Sonriendo, doy media vuelta. Sutton está tumbada a mi lado, con su melena oscura diseminada por las sábanas blancas y su inconfundible belleza natural a la vista.

¿Cómo he podido tener tanta suerte?

Hace dos años, era un hombre que iba por el mal camino y que estaba cabreado con el mundo. Y ahora…, ahora tengo a esta mujer al lado.

Sutton parpadea varias veces y finalmente abre los ojos. Una sonrisa perezosa y soñolienta ilumina su bonito rostro cuando dice:

—Buenos días.

—Hola.

—¿Qué haces mirándome? —pregunta, y cuando hace ademán de taparse la cara, la detengo.

—No. Eres preciosa.

Sí, soy como esos pringados de los que me burlaba. Pero me da igual, porque mirad lo que he conseguido a cambio: a ella.

—¿Por qué estás tan intenso de buena mañana? —inquiere.

—Estaba pensando.

—¿En lo de ayer? —Me acaricia el bíceps y deja la mano ahí.

—En eso y en otras cosas.

—¿Como qué?

—En ti.

—¿En mí? —dice entre risas.

Asiento, súbitamente nervioso.

—Ajá. En que mereces una pedida de mano chulísima. Llena de flores, globos y, lo mejor de todo, en nuestro risco de las Islas Vírgenes. —Pone cara de sorpresa, pero que vaya por delante que estoy tan sorprendido por mis palabras como ella—. Pero, si te soy sincero, no quiero esperar. Soy un hombre impaciente, y, aunque podría tomarme mi tiempo para montarlo todo con algún organizador, me niego a perder un día más. Quiero pedírtelo ahora. En la casa en la que veraneaba, en la otra punta del pasillo donde se encuentra el cuarto en el que vi a mi madre por última vez; en el lugar en el que he sido más feliz.

—Vas en serio, ¿no? —dice con calma clavando sus ojos en los míos mientras trato de procesar qué diantres estoy haciendo.

Pero lo sé.

Creo que, en el fondo, siempre lo he sabido.

Collins es la definitiva. Siempre lo ha sido.

—En serio. Tan sencillo como eso. Quiero casarme contigo, Sutton Pierce. Te brindaré una vida con todos los lujos que mereces y todas las bragas *sexys* que desees, pero lo único que puedo ofrecerte a cambio es a mí. Un tío cabezota, desafiante y un poco intransigente a veces, pero que promete quererte con toda su alma. —Me río por lo bajo y añado—: Tampoco es que me haya quedado otra.

—No hablas en broma, ¿no? —pregunta cuando se da cuenta de que no le estoy tomando el pelo.

Me muevo y me incorporo.

—Es curioso cómo pasan estas cosas, cómo ha pasado lo nuestro. Un día ni sabía de tu existencia, y al otro, solo pensaba en ti. Y sigo sin pensar nada más que en ti. —Abro el cajón de la mesita que tengo detrás y saco la cajita que me dio Ledger ayer—. Sí, merecerías llevar un vestido precioso y no estar desnuda bajo las sábanas. Sí, merecerías que te agasajara con una cena y un vino antes de pedírtelo, en vez de estar con el estómago vacío. Y sí, merecerías el mundo entero en vez de estar en una cama a las siete de la mañana mirándome con los ojos como platos.

—Este momento es perfecto. Tú eres perfecto. —Me besa en los labios—. Esto..., tú..., nosotros... es lo que siempre he querido. Lo que siempre he necesitado. La forma es lo de menos porque, al final, todo se reduce a ti y a mí y a la pura verdad de que te quiero con todo mi corazón y sería un honor ser tu esposa y compartir a tu familia contigo.

—¿Quieres? ¿Querrías? —tartamudeo como un colegial nervioso, pues, aunque no me preocupaba su respuesta, necesitaba oírla. Necesitaba saberla.

—Quiero y querría —dice mientras se incorpora. Me roza las rodillas al cruzar las piernas y el sol le ilumina el rostro.

Abro la caja y saco la alianza.

—Sutton, solo he amado a dos mujeres en toda mi vida: a ti y a mi madre. Es de justicia que lleves el anillo que una vez le perteneció. La alianza que una vez simbolizó un amor inmune al paso del tiempo, a la enfermedad e, incluso, a la muerte.

—Es precioso —dice mientras le cae la primera lágrima por la mejilla.

—¿Quieres casarte conmigo?

Enmarca mi rostro con las manos y me besa con ternura. Entonces se aparta y me mira a los ojos para decir:

—Sí, un millón de veces sí.

Si has disfrutado de la historia de amor entre Callahan y Sutton, tengo una noticia que darte: pronto podrás conocer también las historias de Ledger y Ford, que protagonizarán los dos libros restantes de la serie S.I.N. Los libros de esta trilogía se pueden leer en cualquier orden y puedes encontrar más información en inglés de esta serie en www.kbromberg.com/books/sin-series

También de K. Bromberg

Chic Editorial te agradece la atención dedicada a
El último paraíso, de K. Bromberg.
Esperamos que hayas disfrutado de la lectura
y te invitamos a visitarnos
en www.chiceditorial.com,
donde encontrarás más información
sobre nuestras publicaciones.

Si lo deseas, también puedes seguirnos
a través de Facebook, Twitter o Instagram
utilizando tu teléfono móvil
para leer los siguientes códigos QR: